中日比较文学视域下的尾崎红叶文学研究

本书系教育部人文社会科学研究青年基金项目『中日比较文学视域下的尾崎红叶文学研究』（15YJC752045）结题成果

张秀强◎著

上海交通大学出版社
SHANGHAI JIAO TONG UNIVERSITY PRESS

内容提要

本书运用比较文学的方法研究日本明治文坛的代表作家尾崎红叶的文学。第一章试图探讨尾崎红叶文学与日本古典文学的关系;第二章从尾崎红叶文学与中国古典文学的角度,探明尾崎红叶文学与《红楼梦》《聊斋志异》《咫闻录》以及明清笔记小说等的关联;第三章为尾崎红叶代表作《金色夜叉》的作品论;第四章就《金色夜叉》所衍生的中国影视剧作品进行梳理,借此了解《金色夜叉》在中国以及东亚的传播情况;第五章将研究拓展到尾崎红叶文学的周边,探讨日本近代作家正冈子规、泉镜花等与中日甲午战争,尾崎红叶与二叶亭四迷的文学史意义,尾崎红叶、幸田露伴文学创作与《李夫人》《长恨歌》的关联。

图书在版编目(CIP)数据

中日比较文学视域下的尾崎红叶文学研究 / 张秀强
著 . 一上海 : 上海交通大学出版社,2023.5
ISBN 978 - 7 - 313 - 26125 - 0

Ⅰ. ①中… Ⅱ. ①张… Ⅲ. ①比较文学-文学研究-
中国、日本②尾崎红叶(1868-1903)-文学研究 Ⅳ.
①I206②I313.064

中国版本图书馆 CIP 数据核字(2021)第 263414 号

中日比较文学视域下的尾崎红叶文学研究
ZHONG-RI BIJIAO WENXUE SHIYU XIA DE WEIQI HONGYE WENXUE YANJIU

著 者:张秀强
出版发行:上海交通大学出版社　　　　　地　址:上海市番禺路 951 号
邮政编码:200030　　　　　　　　　　　电　话:021 - 64071208
印　刷:江苏凤凰数码印务有限公司　　　经　销:全国新华书店
开　本:710mm×1000mm　1/16　　　　印　张:12.75
字　数:219 千字
版　次:2023 年 5 月第 1 版　　　　　　　印　次:2023 年 5 月第 1 次印刷
书　号:ISBN 978 - 7 - 313 - 26125 - 0
定　价:78.00 元

序

何为文学？按照特里·伊格尔顿（Terry Eagleton）的学说，文学并非客观的存在。"构成文学的价值判断会受到历史变化的冲击"，"文学中的价值判断与社会思潮有着密切的关系"。伊格尔顿一方面强调文学、文学批评与社会历史之间的关系，同时也指出文学会因读者和社会的接受而被再次创造。在这个意义上，张秀强教授的著作采用了伊格尔顿的理论与方法，其研究成果集中体现在《中日比较文学视域下的尾崎红叶文学研究》一书之中。

尾崎红叶（1867—1903）是日本近代文坛上的知名作家。曾就读于东京大学法科政治学专业，后转入文学科。其文学创作之始，提倡尊崇古典之精神；与志同者结"砚友社"（1885），出版杂志《我乐多文库》。此时的尾崎红叶，仅仅是大学预科的学生。"砚友"，其意或为研墨挥毫者，或有意针对当时趋骛西洋之世相。尾崎红叶的早期创作，多有拟古典文学之风格。甚至有后世学者将尾崎红叶的文学与幸田露伴的文学并称为明治文坛上的"拟古典主义"，更有的学者称尾崎红叶与幸田露伴的文学创作时期为"红露时代"。尾崎红叶的小说《金色夜叉》早在我国翻译出版，并且曾经于20世纪末由大连电视台拍制成电视连续剧。

尾崎红叶的主要文学作品有《二人比丘尼色忏悔》（1889）、《伽罗枕》（1890）、《二人女房》（1891—1892）、《三人妻》（1892）、《心之阴翳》（1893）、《不言不语》（1895）、《多情多恨》（1896）、《金色夜叉》（1897—）等。《金色夜叉》还未写完作者便因病离世，给读者留下遗憾。尾崎红叶的小说，多描写女性人物，或困于理，或苦于情，而其理其情，又或受情理之外的各种牵制，或伦理、或利益。而在尾崎红叶看来，那些牵制人之情理的各种利益，才恰恰是明治社会世风可叹的根本所在。尾崎红叶的小说，文辞华美，擅长以内心独白或自我叙述的形式描写女性心理。但是尾崎红叶的小说，并没有停留在人物的描写上，而是通过作品中的人物的故事，或命运多舛，或一己私心，折射了一个时代的变化和随之而来的价值观的变化，更通过作家最擅长描写的人物内心独白，表现了不同人物在价值观的多元化面前难以抉择时的内心挣扎。

尾崎红叶的文学创作,在文体上亦有所建树。他在一部分小说里使用了"である"调的文体写作,即"言文一致"。当时还有其他作家也各自使用不同的口语文体写作,可见文学写作的语言改革,也是当时社会文化发展所需。尽管尾崎红叶小说中言文一致文体所占的比重并不是很大,但言文一致文体的小说写作,不仅丰富了文学的写作样式,从文体及话语上提升了明治文学的近代性,同时更是为日本语的发展做出了贡献。

张秀强教授的《中日比较文学视域下的尾崎红叶文学研究》,是近年来难得的一部研究尾崎红叶文学的专著,也是一部在材料、视角、方法等几个方面都有所创新和突破的优秀科研成果很值得一读。

首先在材料方面,尾崎红叶的早期小说《二人比丘尼色忏悔》,迄今的研究都认为是比较典型的拟古典文学作品,小说接受了井原西鹤文学的影响。张秀强教授的研究充分解读了日本古典文学文本,将小说《二人比丘尼色忏悔》对日本古典文学的继承,上溯到了《万叶集》的和歌、《伊势物语》《大和物语》的故事,以及《今昔物语集》的词语称呼,认为尾崎红叶的拟古典文学,并不是单一地对某个作家作品或风格的模仿,而是扎根于本民族传统文学文化土壤之上的再生意义上的创作。而且他还认为尾崎红叶的文学,如果没有早期写作过程中摄取了大量古典文学的精华,也不会有后期作品的巨大成功。

张秀强教授的研究,在尾崎红叶文学与中国文学的比较研究方面也有所发现和突破。通过翔实的资料考证,不仅客观地描述出了尾崎红叶本人的汉文学素养,同时指出了文学中汲取的中国古典文学的素材。如尾崎红叶晚年的短篇小说《伪金》(1902),素材来自中国清代慵讷居士的笔记小说《咫闻录》第九卷里的《嫁祸自害》。还有尾崎红叶的小说《巴波川》(1890),先行研究已经考证过几种中国典籍中的小说素材,在这个基础上,这本研究专著首次提出该小说与广东民间故事的关系,并做了细致的比较分析。希望这一部分能够给读者带来阅读论证的快乐,给读者带来不一样的尾崎红叶文学印象。

小说《金色夜叉》,最初发表于1897年,后断续连载。1897年的日本刚刚策划和实现了近代以来的第一次武力对外扩张,迈出了帝国主义侵略的步伐。1894年的甲午战争,1895年清政府与日本签订下关条约;清政府赔款,日本在台湾设殖民地总督府。1897年3月,日本公布货币法,实现了金本位货币制。一边是媒体上的军国主义叫嚣,一边是部分民众的民族主义思想膨胀,一边是银行发行新货币,一边是物价上升。小说《金色夜叉》的"金"指的就是货币意义上的金钱。张秀强教授的《尾崎红叶文学研究》,作为文学研究的专著,特别注意到了甲午战争时期日本社会以及文人作家等与战争的问题,并且在结尾部分做了观点明确的论述。

　　毫无疑问，小说《金色夜叉》是作者观察社会、思考社会的产物。作者笔下所描绘的两个人的青春迷失，实质上是反映了这个时期整体一代年轻人的精神迷失。曾经两小无猜的青年男女，由于女主人公选择了更有经济实力的求婚者，男主人公愤而自甘堕落，做了高利贷的手下，只认金钱不认人。故事表面上看，是最常见的爱情与金钱的问题，而实质上是在讲述价值观的根本分歧。尾崎红叶是一位了不起的作家，在他的笔下，小说人物的最大痛苦，居然是自己内心的良知与新价值观选择之间的互不相容。归根结底，终极是要叩问自己。这就使小说《金色夜叉》远远地超越了所有描写青年男女爱情悲剧故事当代文学，远远地超越了一般言情小说的范畴。

　　张秀强教授的研究，用了一整章的篇幅，以接受美学的研究方法，对比分析了小说《金色夜叉》发表之后，在其他国家和地区的接纳与改观——翻译、翻案、改写、改编、小说、电视剧乃至流行歌曲。这一部分的研究，对于尾崎红叶文学的整体研究非常重要。——都市空间的物化感，更多依赖于货币的生存，多元化价值观下人与人的分歧，受教育获得的良知与利益选择之间的矛盾，甚至，曾经的社会共同体伦理约束力的丧失——重要在于能够帮助研究者更深层地理解小说《金色夜叉》描写情感男女青春之殇的问题本质，进而更准确地把握尾崎红叶的文学思想。

　　张秀强教授读书广泛，勤奋严谨；连续多年研究尾崎红叶文学，文本解读和基础研究都做得非常扎实可靠，已发表论文多篇，亦不乏独到的见地。多年的学术积累，一边工作一边完成了这本有特色的专著。希望这本书能给读者带来新的视野、新的启发。

林 岚

2021 年 9 月于长春

目 录

绪论 …………………………………………………………………… 1

　第一节　问题意识 ………………………………………………… 1

　第二节　文献综述 ………………………………………………… 3

　第三节　研究意义 ………………………………………………… 16

第一章　尾崎红叶文学与日本古典文学 ………………………… 18

　第一节　作为拟古典主义文学的《二人比丘尼色忏悔》………… 22

　第二节　《二人比丘尼色忏悔》中的古典文学继承 …………… 27

　第三节　《二人比丘尼色忏悔》的近代性与前近代性 ………… 33

第二章　尾崎红叶小说创作与中国要素的借鉴 ………………… 45

　第一节　《巴波川》创作与中国要素的借鉴 …………………… 48

　第二节　《伪金》创作与明清小说《嫁祸自害》的借鉴 ……… 58

　第三节　《金色夜叉》创作与《红楼梦》的借鉴 ……………… 73

第三章　《金色夜叉》在东亚的传播 …………………………… 87

　第一节　"越境"的《金色夜叉》……………………………… 87

　第二节　从异文化交流角度看《金色夜叉》在东亚的传播…… 95

　第三节　台湾歌曲《金色夜叉》的诞生 ……………………… 103

　第四节　台湾电视剧《金色夜叉》的接受与改编 …………… 113

第四章　《金色夜叉》人物论 …………………………………… 122

　第一节　超明治女性的阿宫形象 ……………………………… 122

第二节　贯一的心路历程 ………………………………………… 128

第五章　尾崎红叶文学的周边 ……………………………………… 135
　　第一节　尾崎红叶与甲午战争——兼论同时代文人 ……………… 135
　　第二节　《浮云》与《金色夜叉》的文学史意义探寻 ……………… 142
　　第三节　尾崎红叶、幸田露伴与《李夫人》《长恨歌》…………… 149

附录　尾崎红叶年谱 ………………………………………………… 168
主要参考文献 ………………………………………………………… 179
跋 ……………………………………………………………………… 193

第一节　问题意识

　　尾崎红叶(1867—1903)是日本近代文坛上的一位知名作家。明治二十年代(1887—1897),日本社会出现反对欧化,主张国粹主义的声音。在此社会思潮背景之下,尾崎红叶主张回归传统古典,于1885年创办了文学结社砚友社,并创办机关刊物《我乐多文库》。谈及尾崎红叶的文学,评论界往往推崇的是他华丽的修辞、高超的写作技巧以及对于近代日语文体的贡献。的确,尾崎红叶从一开始模仿学习井原西鹤的写实风格,到逐渐形成独具特色的文体,最后发展为成熟的言文一致体,这在日本近代文学史上是巨大的贡献。在尾崎红叶的作品世界中,不管是前期创作风格明显受井原西鹤影响的处女作《二人比丘尼色忏悔》(1889),还是后期在《源氏物语》的影响下创作的言文一致体小说《多情多恨》(1896),都因擅长描写女性心理和行为而得到世人瞩目,并广受好评,尾崎红叶也因此被称为拟古典主义作家。新闻连载小说《金色夜叉》是他这一系列创作的巅峰之作。尾崎红叶成为明治时代的有名作家,与同时代作家幸田露伴一起开启了属于他们二人的"红露时代"。

　　然而,在尾崎红叶去世一百多年后的今天,人们对尾崎红叶的评价也并不总是正面的。有日本研究者认为尾崎红叶用美文调的文体描绘出的明治时代市民生活以及女性情感对他们而言是遥远而陈旧的。譬如从读者的角度出发,马场美佳指出"(尾崎红叶的文学)虽然被认为支撑着小说兴盛的黎明期,但它们长期被排除在小说阅读和鉴赏的对象之外"[1];小平麻衣子认为在日本近代

---

[1]　马场美佳:『小説家の登場——尾崎紅葉の明治二〇年代』、東京:笠間書院,2011年、10頁。

文学史的位置上,"尾崎红叶的地位一直不上不下,有些难堪"[1];而松村友视则认为"尾崎红叶及砚友社同仁们所展现出的年轻活力以及文学成果,在老成的文学史上并未得到充分的肯定"[2]等,这些都是代表性的观点。尾崎红叶曾经获得巨大成功,其文学作为研究对象却被长期闲置和无视。这毋宁说是时代带来的落差。而从这些代表性观点中,我们可以略微窥见,仍然有一些钟爱尾崎红叶文学的学者在为尾崎红叶文学在研究界的现状打抱不平。

的确如同"雪花飘飘洒洒,明治渐行渐远"(降る雪や　明治は　遠くなりにけり。　中村草田男)这一俳句表现的那样,对于 1931 年的诗人中村草田男来说,明治时代已经算是过去的时代。岩波书店推出了《新日本古典文学大系明治篇》相关丛书,从该丛书标题就可以看出,知识界已开始将近代文学的明治文学视为古典。尾崎红叶文学的研究遇冷,应该也和这一现状有关吧?日本大学生"国文科的本科毕业论文里,在近代(现代)文学中选题的比重越来越大,最近这一倾向正变得尤为明显"[3],这是负责《明治文学》一书编辑工作的红野敏郎在序言中谈到的感想。而且这还是距今四十多年前的倾向,在进入 21 世纪后,这种倾向应该更为显著。因此也就形成了当前"雪花飘飘洒洒,明治渐行渐远"这一寂寥的研究现状。

笔者在本科毕业论文中曾尝试分析《金色夜叉》中阿宫这一人物形象,以此为契机,开始以尾崎红叶的拟古文文体的文学作品为对象,进行作品解读。就读硕士研究生期间,笔者也将尾崎红叶的集大成作品《金色夜叉》作为硕士论文的研究课题,结合明治的"立身出世"(出人头地)这一思想背景来考察男主人公间贯一的人物形象,探求尾崎红叶人物设定的意义。随着笔者对驰骋明治文坛多年的尾崎红叶文学认识的加深,也因为接触到与尾崎红叶同时代评论家对尾崎红叶文学的严厉批判,对于被打上"无思想"烙印的尾崎红叶文学,笔者反倒产生了越来越多的疑问。坦白地说,笔者开始想研究尾崎红叶的拟古典主义文学究竟为什么能够受到一个时代读者的热烈追捧。

简而言之,笔者认为在尾崎红叶的作品中,有着尾崎红叶独有的文学修行。在其文学修行之中,包含着对文学营养的吸收、消化、内省还有超越的过程。这个研究课题在大的方面,与被称为拟古典主义文学的尾崎红叶文学和古典文学之间的关联性有关。当然,在当下日本研究界比较集中地强调作家与日本古典文学之间的关联性研究现状之下,我们不应该笼统地考察日本的古典文学。我

1　小平麻衣子:『尾崎紅葉──〈女物語〉を読み直す』、東京:日本放送出版協会,1998 年、11 頁。

2　須田千里、松村友視校注:『新日本古典文学大系明治編　尾崎紅葉集』、東京:講談社,2003 年、499 頁。

3　紅野敏郎、竹盛天雄等:『解釈と鑑賞』別冊現代文学講座明治の文学、東京:至文堂,1975 年、1 頁。

们应该考虑的是,尾崎红叶作为汉文素养极高的明治时代的文学家,是否有从中国古典文学吸收借鉴的情况? 这也是一个值得研究的课题。这些问题的解决,自不必说,对研究视野的扩大而言意义匪浅。毕竟迄今为止,尾崎红叶文学的文学鉴赏和文学研究基本只以日语作为传播手段。另一方面,尾崎红叶的代表作《金色夜叉》也成了文化的源头,影响到朝鲜半岛、中国大陆以及中国台湾地区,并有了相关的影视作品出现。如此作为世界文学的尾崎红叶文学,在其被接受过程中的改观也是重要的课题。

本研究将基于上述问题意识,以中国学者的视角,试图阐明尾崎红叶文学中存在的各种外在因素和内在因素的关联性。通过中日比较文学的视域,研究探讨日本学者较少重视或者不曾研究过的课题,为尾崎红叶文学的研究提供新的视点。

第二节　文献综述

关于尾崎红叶文学的先行研究,按照同时代评论、战前评论和战后批评的顺序进行回顾。概括来看,日本战前文学评论中,由于意识形态以及对娱乐文学的压制,主要聚焦于尾崎红叶文学的拟古典文学特征以及尾崎红叶对言文一致的贡献,而尾崎红叶文学的艺术性并未受到很高评价。战后,对尾崎红叶文学的批评呈现出多样化的局面,可以从作家论、作品论、文体论、读者论、媒介论等多角度进行解读。但是,尾崎红叶文学和中国文学之间的关系却很少被指出来。以 1945 年为界,尾崎红叶研究专家冈保生和土佐亨就战前的研究文献制作了全面且详细的参考文献目录以及研究史概括。本研究主要收集和总括了"二战"后的尾崎红叶研究成果。就本书所涉及的各个课题,大致归纳文献综述如下。

首先,就尾崎红叶在日本文学史上的地位而言,吉田精一在《近代日本文学概说》中做出如下评价。"尾崎红叶受到过西方近代文学的影响,在这个意义上,他的文学区别于前一个时代的旧派文学。然而,他并没能摆脱戏作的文学观,在真正意义上的近代文学还没诞生前,他属于过渡期文坛的代表性作家。[1]"加藤周一在《日本文学史序说》中,将尾崎红叶的文学定位为"第四转换期"的"一八六八年世代",并将其文学特征概括为"传统主义"。加藤周一认为,

---

1　吉田精一:『近代日本文学概説』、東京:集英出版,1959 年、37 頁。

尾崎红叶的"伦理及审美价值观几乎原原本本地继承了江户时代的町人文学。[1]"唐纳德·基恩在《日本文学史》中,视尾崎红叶为砚友社同人作家的主导者,认为他们在文学上的复古"并非全面复古",在"和洋折衷"的时代,以尾崎红叶为代表的砚友社作家是坪内逍遥《小说神髓》主张的实践者[2]。叶渭渠在《20世纪日本文学史》一书中主张将尾崎红叶和幸田露伴作为"拟古典主义""拟写实主义"作家的代表,他们的文学创作活动同样受到井原西鹤的影响,基本与西洋文学没有关系,而是将重点放在文学传统的继承与发扬之上,在日本文学史上起着"承前启后"的作用[3]。

关于尾崎红叶文学的艺术性和艺术价值,作家谷崎润一郎在《饶舌录》中认为:"故事情节的趣味性,换句话说,也就是故事组合的方法,故事架构上的趣味性,建筑学上的美感。""如果小说失去了故事情节的趣味性,则意味着抛却了小说这一文学形式的特权。我认为在日本的小说中,最缺乏的部分是故事架构能力和将各种错综复杂的故事情节组合起来的能力。"谷崎润一郎在阐述了上述观点的基础上,以尾崎红叶的小说《三人妻》(1892)为具体实例,对该小说赞不绝口:"明治时期的文学,在这方面最杰出的作品恐怕属红叶的《三人妻》了吧?像《三人妻》这样出色的故事架构,在日本历来的文学中也难找到类似的作品[4]"。学者平冈敏夫则高度评价了尾崎红叶对于文体的独自探索。他举出尾崎红叶的代表作《多情多恨》并评价道:"抛开故事与构思的新奇不谈,该作品文风平淡,但描写人情细致入微,力道十足,是一部杰作。直至今日,读来仍觉新鲜[5]"。

作家河野多惠子认为尾崎红叶"为小说带来了真正的创造性,是第一个赋予作品人物'性格'的文学家";她还说到"尾崎红叶最先开拓了小说的真正意义上的创造性,我认为直到今天还有很多启迪意义[6]。"作家丸谷才一也在尾崎红叶的代表作之一的《多情多恨》的解说中称赞尾崎红叶的文学才能,"尤其值得称赞的是故事情节展开的奇妙之处,这在近代日本文学中较为罕见。故事的进展方式充满智慧且极具义气之美[7]。"奥野健男肯定了尾崎红叶文学的"故事情

1　加藤周一:『日本文学史序説　下』、東京:筑摩書房,1999 年、284 - 285 頁。
2　ドナルド·キーン:『日本文学史　近代·現代篇一』、東京:中央公論社,1984 年、192 - 197 頁。
3　叶渭渠:《20 世纪日本文学史》,青岛:青岛出版社,1998 年,29 - 34 页。亦参照了吉林大学的《简明日本近现代文学史教程》(2007)。
4　谷崎潤一郎:『谷崎潤一郎全集』、東京:中央公論社,1982 年。
5　紅野敏郎,三好行雄,竹盛天雄,平岡敏夫:『明治の文学』、東京:有斐閣,72 - 76 頁。
6　尾崎紅葉:『三人妻』、東京:岩波書店,2003 年、302、308 頁。参照小说文后所附解说。
7　尾崎紅葉:『多情多恨』、東京:岩波書店,2003 年、431 頁。参照小说文后解说。

节充满趣味,文笔精妙,集中表现类似于江户时代的审美意识。尾崎红叶的文学立场体现为一种艺术至上主义,包含了其后的日本文学已经失去了的重要侧面。尾崎红叶之后的日本文学,是以自然主义为中心的过于拘谨求道的文学。"同时,奥野健男也指出"红叶自身的才能是一般常识性的,故而没能够深化乃至建立其自身的唯美世界。[1]"

在探讨尾崎红叶文学中展开的恋爱问题时,我们有必要从日本近代文学整体的角度把握日本近代文学中的恋与爱。渥美孝子在著作《恋爱的近代文学》中指出,英语的"love"一词其实是进入明治时代才被翻译成"恋爱"并逐渐普及使用的。实际上也是从明治、大正、昭和等各个时期发表的恋爱小说中筛选出来,能够反映不同时代男女情爱世相的一个概念[2]。丸谷才一在《恋爱与女性的日本文学》一书中主张日本文学的传统中有女人往生、女人成佛的文学模式,而在明治以降,诸如泉镜花、川端康成、谷崎润一郎等作家都继承了这样的文学传统。丸谷才一在卷末总结道:"一直以来,学者和批评家都容易忽视贯穿我们文学史的女性崇拜或者至少是重视女性。虽不是无视,但轻视是肯定有的。日本文学史也因此而遭到扭曲。[3]"在这个意义上,重视女性描写的尾崎红叶文学,正是继承和发扬了丸谷才一所言的日本文学的文学传统。

关于尾崎红叶文学与古典文学的关系,村冈典嗣作为第一手资料找到了尾崎红叶旧藏的《源氏物语》,他以此为抓手进行研究,彻底调查尾崎红叶创作的小说《不言不语》(1895)、《多情多恨》(1896)等体现的《源氏物语》影响,写成论文《红叶山人与源氏物语》[4]。紧接着,伊狩章在论文《砚友社的小说创作手法——红叶与古典文学》中,全面考察了体现在尾崎红叶文学中的滑稽本、人情本、假名草子《二人比丘尼》以及井原西鹤的影响等,指出以尾崎红叶为代表的砚友社文学"深受身份制度的道德观束缚,同时也作为对欧化思想的反动,积极醉心于文人墨客、风流隐士式的生活态度";强调砚友社一派文学的性格有着"游戏性文学观"和"注重文字推敲和故事情节的曲折"的倾向[5]。

在上述学说的基础上,土佐亨在《〈金色夜叉〉的相貌——前篇与人情本〈娘节用〉》[6]一文中考证了《金色夜叉》前篇热海海岸一节与曲山人的人情本《小三金五郎假名文章娘节用》的影响关系,"尽管以往研究者也曾提及,但在本论文

1　奥野健男:『日本文学史　近代から現代へ』、東京:中央公論社,1970 年、32 頁。
2　渥美孝子:『恋愛の近代文学』、東京:双文社,1991 年。
3　丸谷才一:『恋と女の日本文学』、東京:講談社,1996 年、172 頁。中文译文为笔者自译,以下同。
4　村冈典嗣:『増訂日本思想史研究』、東京:岩波書店,1940 年。
5　伊狩章:「硯友社の小説作法——紅葉と古典文学」、『国文学解釈と鑑賞』,1963(9):35 頁。
6　土佐亨:「『金色夜叉』の相貌——前編と人情本『娘節用』」、『国語と国文学』,1969(12)。

中尝试更加具体地解析了《金色夜叉》人情本的性格。"冈保生也在《红叶与人情本》一文中介绍了"二十岁左右时的尾崎红叶不仅爱读人情本,而且还自己抄写了一本并珍藏了起来[1]"这一事实。近年,酒井美纪在研究著作《尾崎红叶与小说改写——解读其方法中的"近代"体现与局限》中,在上述先行研究基础之上,将尾崎红叶对古典文学的吸收分别概括整理为"井原西鹤的影响""俳谐精神""源氏物语的影响"三类,认为"尾崎红叶的小说改写,是以江户时代和之前时代流传下来的日本传统文学形式为背景,在其中试图片段性地添加他从外国文学的形式和表现中摄取到的文学形态[2]"。

在尾崎红叶对外国文学的接受方面,先行研究中较为集中关注的是红叶文学与北美文学、西欧文学等的比较研究。在此仅介绍《金色夜叉》原典论的代表性学说。《金色夜叉》原典论的研究起源于江见水荫《以自我为中心的明治文坛史》(1927),其中记载的尾崎红叶自身就《金色夜叉》出处所做的谈话。"最近我读了美国某作家写的 *White Lily*","从中我得到一些灵感,过一段时间准备在《读卖新闻》上写连载小说[3]。"在江见水荫提供的线索基础上,木村毅在《Bertha M.Clay 与明治文学——浅谈我的一些想法》[4]中通过调查,推断尾崎红叶在谈话中提到的美国小说是美国作家 Bertha M.Clay 创作作品的可能性较大。山本健吉在著作《小说再发现》[5]中撰文《〈呼啸山庄〉和〈金色夜叉〉》,指出《金色夜叉》在作品主题和创作方法上与英国文学作品《呼啸山庄》有很多相似之处。而伊狩章则在《〈夏小袖〉的构成和〈金色夜叉〉》(日文原标题:『夏小袖』の構成と『金色夜叉』)中主张"《金色夜叉》的构想是以《夏小袖》为基础形成的。[6]"最终,这桩学术悬案在 2000 年得到解决,直接契机是日本研究者堀启子论文《〈金色夜叉〉的蓝本——以 Bertha M. Clay 为中心》(日文原标题:『金色夜叉』の藍本—— Bertha M. Clay をめぐって)在学术杂志上的公开发表。

尽管尾崎红叶文学和西方文学的关联性被多次论证,但尾崎红叶文学研究史上,极少有先行研究谈及尾崎红叶文学与中国文学的关联性。少数先行研究中,土佐亨在《红叶细见 杂考四篇》[7]中,作为杂考四篇中的一篇,考察了尾崎红叶的翻案小说《伪金》的出典《嫁祸自害》,并将中文原文全文作为第一手资料

---

1 岡保生:「紅葉と人情本」、『文学』,1994(1):83 頁。

2 酒井美紀:『尾崎紅葉と翻案—その方法から読み解く「近代」の具現と限界』、福岡:花書院,2010 年、13 頁。

3 江見水蔭:『自己中心明治文壇史』、東京:日本図書センター,1982 年、238 頁。

4 島田謹二教授還暦記念会:『島田謹二教授還暦記念論文集 比較文学比較文化』、東京:弘文堂,1961 年、387 - 406 頁。

5 山本健吉:『小説の再発見』、東京:文芸春秋新社,1963 年。

6 日本文学研究資料出版会:『明治の文学』、東京:有精堂,1981 年、198 頁。

7 土佐亨:「紅葉細見 雑考四篇」、『文芸と思想』,1973(2):36 - 55 頁。

刊载,但只是指出了出典资料的存在,未做更进一步的展开。尾行国治在《红叶与陆游》一文中,将着眼点放在《金色夜叉》里出现的陆游诗作《楼上醉歌》上,借此推断尾崎红叶涉猎陆游自选诗集《渭南文集》以及《剑南诗稿》的可能性,并进一步暗示《金色夜叉》的主题和构思可能是在尾崎红叶喜爱的《唐宋诗醇》中的诗人陆游身上得到的[1]。中国学者阮毅曾论述过《三人妻》与《金瓶梅》的关联,另在《日本人与〈西游记〉》一文中,亦论及尾崎红叶与《西游记》的关联[2]。诸田龙美也曾论及尾崎红叶的代表作《多情多恨》与《长恨歌》之间的关联[3]。但总体来说,论述尾崎红叶文学与中国文学之间关联的先行研究比较少。

概观尾崎红叶作品的先行研究,可以说大多都集中在《金色夜叉》这篇小说上。虽然《三人妻》(1892)、《心之阴翳》(1893)、《多情多恨》(1896)等尾崎红叶各时期的代表作相关的研究数量庞大,在此仅对本研究中将会重点涉及的三部作品即《二人比丘尼色忏悔》《巴波川》和《金色夜叉》进行先行研究的回顾。

首先,尾崎红叶处女作《二人比丘尼色忏悔》相关的先行研究论文的数量并不少。早期相对全面的作品研究应该是冈保生《尾崎红叶——其基础的研究》[4]一书中收录的"《〈色忏悔〉序说》(日文原标题:『色懺悔』序説)和《〈色忏悔〉的文体》(日文原标题:『色懺悔』の文体)"这两篇论文。冈保生在前一篇论文中论述了在《色忏悔》的构想阶段体现出的日本古典文学的影响,后一篇论文则如其题目所示,主要论述了尾崎红叶的小说文体与山田美妙以及井原西鹤的文体的关联性。20世纪80年代以后的作品相关研究有安田孝的《〈二人比丘尼色忏悔〉的场合》(日文原标题:『二人比丘尼色懺悔』の場合、《日本文学》1981.1)。近年作品论则有木谷喜美枝的《试论〈二人比丘尼色忏悔〉》(日文原标题:『二人比丘尼色懺悔』の試み)[5]。木谷喜美枝将多年的研究汇集于《尾崎红叶的研究》一书之中。在《试论〈二人比丘尼色忏悔〉》一文中,木谷喜美枝运用数据统计的方法,从作品开篇体现作者意图的"作者曰"的内容在小说实际的文本中是否得到实现这一问题点出发,对作品整体进行了论述。尾形国治在《尾崎红叶〈二人比丘尼色忏悔〉》一文中着眼于作品结构展开论述,指出《二人比丘尼色忏悔》"作为突破江户的外壳蜕变到近代的过渡期的作品具有重要意

1 尾形国治:「紅葉と陸游」、『国文学』,1976(10):180頁。
2 相关论文参见阮毅「尾崎紅葉『三人妻』と『金瓶梅』」(『日本語日本文学』2008(18):37-52頁)以及阮毅「日本人と『西遊記』」(『日本語日本文学』2013(23):29-46頁)
3 相关论文参见诸田龍美「尾崎紅葉『多情多恨』と「李夫人」「長恨歌」」(『愛媛人文学論叢』2006(8):1-10頁)
4 岡保生:『尾崎紅葉—その基礎の研究—』、東京:東京堂,1953年。
5 木谷喜美枝:『尾崎紅葉の研究』、東京:双文社,1995年,26-44頁。

义 [1]”。

　　宇佐美毅在《家族的"规范"〈二人比丘尼色忏悔〉》中指出尾崎红叶想要描绘的世界是"深受'情'的苦恼，却更加看重'规范'的人们的世界，是挣扎于'规范'与'规范'之间的情感纠葛的世界"。[2] 此外，马场美佳的《泪的趣向和脚本变容——〈二人比丘尼色忏悔〉论》从"小说改良的近代意识"这一角度来阐述观点，认为尾崎红叶"始终立志实践性改良，而不是理论改良"[3]。在作品主题方面，三好行雄认为作品描写了"超越人类意志的命运以及卷入命运而引起破灭的人类悲剧"[4]。盐田良平则认为尾崎红叶的《二人比丘尼色忏悔》这部作品与《三人法师》和《七人比丘尼》等作品同属一个系统，是忏悔类文学。而相比较之下，《二人比丘尼色忏悔》"充满朝气和幻想的浪漫情怀"。[5]

　　关于短篇小说《巴波川》的先行研究数量较少。与尾崎红叶同一时代的评论中，抚象子在 1891 年 1 月 10 日的《女学杂志》上批判了《巴波川》的立意，并评价道"如若小说都如此这般，则奉劝良家父兄还是杜绝小说流入自家儿女手中为好"。[6] 平冈敏夫的《红叶的初期小说——〈胧舟〉及其他》[7]中指出尾崎红叶的《南无阿弥陀佛》以及《胧舟》的立意是"将年轻女性置于悲惨的命运末路"的故事，而《巴波川》与上述故事是同一类型。桥口晋作对《巴波川》做了注释和解说，指出作为涉及麻风病的小说，该作品与幸田露伴的《对骷髅》(1890)具有一定的关联性[8]。菅聪子的博士论文《尾崎红叶・樋口一叶の文学》的第一部第四章中，批判书生青木对"恋"的认识太过肤浅如儿戏。她认为"阿茑最后的那句话是对青木的一记沉痛反击。青木在心里其实是将阿茑看作为'主动送上口的美食'，但他使用'恋爱'这一词语对自己的色心进行了遮蔽隐瞒"[9]。近年的研究可列举出高桥茂美的《尾崎红叶〈巴波川〉论——青木的'虚'与'实'》[10]和秦重雄的《明治文学作品中描写的麻风病患者》，秦重雄着眼于作品中的麻风

1　尾形国治：「尾崎紅葉『二人比丘尼色懺悔』」、『解釈と鑑賞』，1992(5)：123 頁。

2　宇佐美毅：「家族の「規範」『二人比丘尼色懺悔』、『国文学』，1997(10)：12 頁。

3　馬場美佳：「〈涙〉の趣向・脚色の変容——『二人比丘尼色懺悔』論」，2002(10)：47 頁。

4　三好行雄：『三好行雄著作集第四巻　近現代の作家たち』，東京：筑摩書房，1993 年、11 頁。

5　尾崎紅葉：『二人比丘尼色懺悔』、東京：岩波書店，1945 年、100 頁。　参考作品解説。

6　中島国彦：『文藝時評大系「明治篇」第 1 巻』、東京：ゆまに書房，2005 年 263 頁。

7　平岡敏夫：「紅葉の初期小説——『おぼろ舟』その他」、『国語と国文学』，1968(4)：31 - 32 頁。

8　現代文学研究会：『近代の短編小説(明治篇)』、福岡：九州大学出版会，1986 年、32 - 33 頁。

9　菅聡子：「尾崎紅葉と樋口一葉の文学」、[博士学位論文]、東京：お茶の水女子大学，2000 年、52 頁。　日语中有谚语"据え膳食わぬは男の恥"的说法，意味着如果女人主动向男人示好，男人若不响应则是男人的耻辱。辜负女儿心，愧为男子汉。

10　高橋茂美：「尾崎紅葉『巴波川』論——青木の〈虚〉と〈実〉」、『清泉女子大学大学院人文科学研究科論集』、1998(4)。

病要素,认为阿茑在坚守爱情的同时,将"无依无靠的母亲"托付于青木。"深度解读的话,可以认为尾崎红叶描写了一位以自己之死求得爱孝两全的女性。"[1]

《金色夜叉》是公认的尾崎红叶的集大成之作。关于《金色夜叉》的论文,在数量上十分庞大,在时间上跨越百年,所以整理起来也不是件容易的事。关于《金色夜叉》研究史的情况,在木谷喜美枝的著作《尾崎红叶的研究》中的《〈金色夜叉〉研究史》[2]整理了20世纪50年代到20世纪90年代之间的《金色夜叉》研究,按主题论、原典论、作品论、文体论等方面进行了详细的整理。论文还对未来的研究做了展望,认为"到了平成时代,《金色夜叉》的研究迎来了新一轮备受瞩目的时期。"关于《金色夜叉》的原典论前面已做归纳,这里主要概括各个时期的具有代表性的作品论,特别是20世纪90年代以后的《金色夜叉》的研究动向。

20世纪80年代之后的关于《金色夜叉》的作品论中,可列举的是大屋幸代的论文《小说架构的分析——〈金色夜叉〉的时间论》[3]。该论文首先从时间论的视角,提出《金色夜叉》并非连载中断,而应该视作完整故事的观点。在此基础上,木谷喜美枝的论文《尾崎红叶〈金色夜叉〉里的时间》也从"时间"的角度出发,分析了《金色夜叉》的构思,并认为"这本小说前后花了6年的时间,断断续续地在刊物上连载。尽管尾崎红叶当时被病魔缠身,还是完成了巧妙的构思。"[4]此外,在作品人物论方面,有前田爱的论文《〈金色夜叉〉的阿宫》,作者聚焦作品女主人公阿宫,论述了阿宫的新颖之处。"阿宫这一人物的新颖之处在于以价值交换的尺度金钱来衡量人性。而这种新颖正是在明治社会中金钱的力量得到解放后才产生的。"[5]高田千波的《贤妻良母的背离——解读〈金色夜叉〉的女主人公》[6]里论述了在明治三十年代前后的时代背景下,明治政府想要通过树立"贤妻良母"的理想女性形象将女性纳入国家体制,然而阿宫的形象恰恰背离了"贤妻良母"的女性形象。面对研究界对于阿宫人物形象的重新评价,菅聪子的论文《百合与钻石——解读〈金色夜叉〉的梦》将视线再次集中在男主人公贯一的"物语"上,认为"贯一自身持有的矛盾,客观上阻碍了《金色夜叉》的终结,将小说推向没有尽头的拖延。"[7]。

1　秦重雄:「明治の文学作品に描かれたハンセン病者」,『部落問題研究』,2005(4):219-232頁。
2　木谷喜美枝:『尾崎紅葉の研究』、東京:双文社,1995年、132-146頁。
3　大屋幸世:「構成の分析——『金色夜叉』を例として・その時間分析」,『解釈と鑑賞』,1981(12):70-72頁。
4　木谷喜美枝:「尾崎紅葉『金色夜叉』の〈とき〉」,『解釈と鑑賞』,2008(2):17頁。
5　前田愛:「『金色夜叉』の宮」,『国文学』,1980(4):33頁。
6　高田千波:「『良妻賢母』への背戻——『金色夜叉』のヒロインを読む」,『日本文学』,1987(10):18-27頁。
7　菅聡子:「百合とダイヤモンド——『金色夜叉』の夢」,『淵叢』,1998(3):11頁。

近年,《金色夜叉》的研究更加呈现多样化,真铜正广的论文《尾崎红叶〈金色夜叉〉——关于流行及文学性》论及作品流行的原因,认为原因应该在读者群、作品的周边环境以及作品本身中寻求,并认为"作品相关评论的波动最能如实准确地反映出该作品的性格"。[1] 关肇的论文《〈金色夜叉〉的接受与综合传媒效应》则借助媒介论的视角,考察了新闻媒体和读者群、小说与戏剧的跨界合作以及《金色夜叉》衍生的电影、新体诗、流行歌、绘画作品,强调了《金色夜叉》"长期获得支持的原因不仅仅是由于小说自身的内在价值。在此期间,各种各样的综合传媒效应起了推动效果"。[2] 此外,关礼子《尾崎红叶〈金色夜叉〉——合评的读书空间》(日文原标题:《尾崎紅葉〈金色夜叉〉——ある合評批評の読書空間》)则以女性读者的视角展开了新的论说。[3]

在尾崎红叶的文体研究方面,冈本勋从语法的视点进行调查,把焦点集中在尾崎红叶的文言体小说上。[4] 与此相对的是,佐藤武义的《デアル体的文章——以尾崎红叶的作品为中心》(日文原标题:デアル体の文章—尾崎紅葉の作品を中心に—)[5],则把视角转向尾崎红叶的言文一致小说,列举了《邻家之女》《多情多恨》等作品的句末形式,指出整体小说虽然是言文一致体,但是部分句末也出现了雅俗折中体。另外,作家遣词方面的研究成果,可以列举出木坂基的《近代文章成立的诸相》[6]。作者聚焦于雅俗折中体的词汇,以幸田露伴的《风流佛》(1889)和樋口一叶的《青梅竹马》(1895)还有尾崎红叶的《金色夜叉》为分析对象,按照词性分析了雅俗折中体词汇的实际使用情况。关肇、须田千里、松村友视、宗像和重、笹濑王子等合著的《红叶语义抄》[7]则关注"尾崎红叶文章中注音假名和汉字的巧妙融合"并举大量实例展现作家的遣词技巧,如えごいずむ(自爱心)、きいたふう(一知半解)、こあたり(暗挑)、さだまり(结婚)等。 此外,近藤瑞子的著作《近代日本语用字法的变迁——以尾崎红叶为中心》[8]总结了作者多年的学术研究成果,从用字法的角度考察了尾崎红叶的日语使用,概括性把握了明治时代用字法的变迁。木谷喜美枝在论文《言文一致的过程》(日语原标题:言文一致への過程)[9]中探讨了尾崎红叶句末修辞的

1 真銅正広:「尾崎紅葉『金色夜叉』/流行と文学性について」,『言語文化研究』,1994(3):44頁。
2 小森陽一:『メディア・表象・イデオロギー——明治三十年代の文化研究』,東京:小沢書店,1997年、159頁。所引用论文的日文原标题为〈金色夜叉〉の受容とメディア・ミックス。
3 江種満子,井上理恵:『20世紀のベストセラーを読み解く』,東京:学芸書林,2001年、271-300頁。
4 岡本勲:『明治諸作家の文体:明治文語の研究』,東京:笠間書院,1980年。
5 飛田良文編:『国語論究 第11集 言文一致運動』,東京:明治書院,2004年。
6 木坂基:『近代文章成立の諸相』,大阪:和泉書院,1988年。
7 関肇:「紅葉語彙抄(一)」,『文学』,1993(10):113-115頁。
8 近藤瑞子:『近代日本語における用字法の変遷——尾崎紅葉を中心に』,東京:翰林書房,2001年。
9 木谷喜美枝:『尾崎紅葉の研究』,東京:双文社,1995年、45-61頁。

变迁。木川あづさ从文体意识的视角出发,在论文《尾崎紅葉の文体意識》(《尾崎红叶的文体意识》)[1]中指出尾崎红叶"在文体尝试过程中一直不断摸索",还提出新的论点认为《金色夜叉》雅俗折中文体的创作有对言文一致的批判成分,体现了尾崎红叶在文体上的雄心。

作为尾崎红叶文学的时代背景,作家与中日甲午战争的关系可以成为一个课题,但是中国学者在这方面的研究几乎没有。不过,从文学史、文化史的角度来看,当谈及包括尾崎红叶在内的明治时代作家时,一定会涉及中日甲午战争对日本社会的影响。而对于比常人更加关心时代风潮的作家尾崎红叶来说,可以预想到他的作品和中日甲午战争是有一定关系的。作家和战争的关系这方面的考察,可列举的有冈保生的《日清战争与文坛——正冈子规的场合》、关良一的《日清战争与文坛——研究序说》(《国文学》1967 年 9 月号)、菅聪子《日清战争的表象———叶、镜花的目光》(日文原标题:日清戦争という"表象"——一葉·鏡花のまなざしをめぐって,《叙説Ⅱ》2004 年 8 月号)等有关其他同时期作家的先行研究。正如冈保生在论文中总结的一样,"从军经历之后,正冈子规所持有的民族主义热情并未出现丝毫减弱,反而变得更加强烈"[2]。身为流行小说作家的尾崎红叶,对于这场与其生活息息相关的战争不可能熟视无睹。

在尾崎红叶的研究专著方面,近年来出版的书籍中,首先是冈保生的论著《明治文坛之雄 尾崎红叶》[3]。该书全面论述尾崎红叶的文学,从作家论和作品论的方面展开。木谷喜美枝的论著《尾崎红叶的研究》[4]、小平麻衣子的论著《尾崎红叶 重读女性物语》[5]、土佐亨的论文集《红叶文学的水脉》[6]、关肇的《新闻小说的时代——媒体、读者、影视剧》[7]。菅聪子通过著作《媒体的时代——明治文学的状况》[8]论证了明治时期媒介的形成、作家的自我意识、近代读者的成立三者相互交融的关系。马场美佳的《小说家登场——尾崎红叶的明治二十年代》(笠间书院、2011)着眼于政治小说、翻译小说、改良小说等启蒙性小说、砚友社同人发表的小说、报纸连载小说以及明治二十年代文学杂志的小说等与尾崎红叶同时代的小说群,考察了作家尾崎红叶与这些同时代小说之间的

1　木川あづさ:「尾崎紅葉の文体意識」,『実践国文学』,2011(10):79 - 93 頁。

2　岡保生:「日清戦争と文壇——正岡子規の場合」,『国文学』,1964(10):16 頁。

3　岡保生:『明治文壇の雄 尾崎紅葉』,東京:新典社,1984 年。

4　木谷喜美枝:『尾崎紅葉の研究』,東京:双文社,1995 年。

5　小平麻衣子:『尾崎紅葉 女物語を読み直す』,東京:NHK 出版,1998 年。

6　土佐亨:『紅葉文学の水脈』,大阪:和泉書院,2005 年。

7　関肇:『新聞小説の時代——メディア·読者·メロドラマ』,東京:新曜社,2007 年。

8　菅聡子:『メディアの時代——明治文学をめぐる状況』,東京:双文社,2001 年。

关系,并借此探讨了尾崎红叶作品的意义。

在尾崎红叶与外国文学的影响关系方面,有两部实证研究的专著。分别是堀启子的著作《和装的维多利亚文学:尾崎红叶的〈不言不语〉及其原作》[1]和酒井美纪的著作《红叶与小说改写——解读其方法中的"近代"体现与局限》[2]。前者以尾崎红叶的代表作之一《不言不语》(1895)为研究对象,探究考证了该小说的原作——美国通俗小说家 Bertha M. Clay 的作品 *Between Two Sins*。与此相对的,后者全面地论证了《十日谈》、莫里哀、左拉、《天方夜谭》等西洋文学和尾崎红叶的创作之间的关系。从以上先行研究也可以看出,尾崎红叶和当时的大众媒体有着密不可分的关系。

概览以上日本研究者所做的尾崎红叶文学研究,我们可以发现,其中值得注意的是在讨论尾崎红叶与外国文学的关联性时,大多数的讨论对象都是西方文学,几乎完全无视了中国文学的存在。这样一来,就容易忽视尾崎红叶本人的汉文素养,也无法探究清楚"其汉文素养是如何被运用到小说创作中去"的这一问题。

以下再综述中国及其他国家的尾崎红叶文学研究。中国的尾崎红叶作品翻译可以追溯到 1913 年——吴梼将尾崎红叶的改写作品《寒牡丹》[3]翻译成中文。王向远在《五四前后中国的日本文学翻译的现代转型》中谈到了尾崎红叶作品的吴梼译本《寒牡丹》《侠黑奴》《美人烟草》。王向远分析道:"这几个作品大都以异域故事为题材,之所以翻译它们,恐怕是为了迎合当时读者异域猎奇心理。而尾崎红叶当时影响最大、最受欢迎的代表作《金色夜叉》,却并没有被翻译,原因恐怕也是因为该小说所批判的是资本主义社会的金钱万能,与当时中国的时代主调不相协调。"[4]

随后,尾崎红叶的作品汉译主要集中在《金色夜叉》上,根据笔者的调查,共有九类译本,分别由七位译者翻译,具体如表 0 - 1 所示。其中,金福与吴元坎为同一译者,金福是吴元坎的笔名。

1　堀啓子:『和装のヴィクトリア文学:尾崎紅葉の『不言不語』とその原作』、秦野:東海大学出版会、2012 年。

2　酒井美紀:『尾崎紅葉と翻案—その方法から読み解く「近代」の具現と限界』、福岡:花書房、2010 年。

3　根据《红叶全集》别卷冈保生的解题,《寒牡丹》于 1900 年 1 月 1 日—5 月 10 日在《读卖新闻》连载。署名为秋涛居士、红叶山人。秋涛全名为长田秋涛(1871-1915),曾留学英法。《寒牡丹》的作品以俄罗斯为背景,但原作者和原作品皆不明。冈保生推测如为长田秋涛所译,可能是从法语的原作中翻译过来的。(尾崎紅葉:『紅葉全集』別卷、東京:岩波書店、1995 年、529 - 530 頁。)

4　王向远:《五四前后中国的日本文学翻译的现代转型》,《四川外语学院学报》,2001(1):12 页。

表 0-1 《金色夜叉》的汉译及出版情况

作品名称	翻译名称	译者	出版社	出版年份
寒牡丹	寒牡丹	吴梼	上海:商务印书馆	1913 年
金色夜叉	金色夜叉	徐云涛	台北:新兴书局	1956 年
金色夜叉	金色夜叉	安纪芳	台北:达观	1981 年
金色夜叉	金色夜叉	申晴	台北:好时年	1982 年
金色夜叉	金色夜叉	金福	上海:上海译文出版社	1983 年
金色夜叉	金色夜叉	邱梦蕾	台北:星光	1995 年
金色夜叉	金色夜叉	金福	台北:志文出版社	1997 年
金色夜叉	金色夜叉	吴元坎	重庆:重庆出版社	2009 年
金色夜叉	金色夜叉	魏丹宁	北京:北京联合出版公司	2003 年
金色夜叉	金色夜叉	连子心	北京:现代出版社	2019 年

(本表由笔者参考已出版的资料制成)

目前中国的尾崎红叶文学研究方面的相关论文总体不能算多。较早的研究中值得介绍的是李均洋的《尾崎红叶论》[1]和张雨恩的《被金钱污浊了的社会——〈金色夜叉〉评析》[2]。但近年尾崎红叶的相关国内研究中,又有了新的进展和拓宽。借尾崎红叶文学研究学者赵海涛的说法,甚至可以说"尾崎红叶在国内的研究又悄悄出现一个小热潮"[3]。首先是张秀强在《日本近代文学史上的两道分水岭》[4]中,分析了《金色夜叉》在日本文学史上的意义,并且在论文《甲午战争中近代日本文人的战争观》[5]中提出了尾崎红叶的战争认识这一课题。再有,张秀强在《从异文化交流角度看〈金色夜叉〉在东亚的传播》[6]这篇论文中,首次探讨了中国人对《金色夜叉》的接受度问题。由于张秀强关于尾崎红叶文学研究的系列论文在学界受到关注,2015 年"中日比较文学视域下的尾崎红叶文学研究"获批教育部人文社会科学研究青年基金项目。其次是赵海涛刊发了《论尾崎红叶戏剧翻案与小说创作的关系》(《日本研究》2013 年第 4 期)、《尾崎红叶〈心之阴翳〉主体内涵新论》(《日本问题研究》2014 年第 1 期)、《尾崎

1　李均洋:《尾崎红叶论》,《西北大学学报》,1985(2)。
2　张雨恩:《被金钱污浊了的社会——〈金色夜叉〉评析》,《安庆师范学院学报》,1985(3):101 页。
3　赵海涛:《尾崎红叶文学在中国的译介与研究》,《燕山大学学报》,2014(3):85 页。
4　张秀强:《日本近代文学史上的两道分水岭》,《广东外语外贸大学学报》,2007(6):60-62 页。
5　张秀强:《甲午战争中近代日本文人的战争观》,《东北师范大学学报》,2009(2):24-27 页。
6　张秀强:《从异文化交流角度看〈金色夜叉〉在东亚的传播》,《广东外语外贸大学学报》,2013(2):72-75 页。

红叶翻案文学与研究位相》(《日语教育与日本学研究》,2016 年)、《对他者的翻案与自我的生成——论尾崎红叶小说翻案与创作的关系》(《唐山学院学报》2017 年 1 月)等与尾崎红叶文学研究相关的系列论文,并以"尾崎红叶小说改写与创作研究"的课题获评为国家社科基金 2016 年度课题。应该说对于尾崎红叶文学研究这样一个相对小众的课题,连续两年教育部项目和国家社科课题都能给予支持,本身就是对尾崎红叶文学在国内研究深化的一种推动。

其他方面还有金贤淑的《凝重的悔恨与悲哀情结——论〈金色夜叉〉的诚信观念与复仇主题》[1]和李然的《从〈金色夜叉〉看日本时代变迁中的精神冲突》[2]等。另外,阮毅通过日文论文《尾崎红叶〈三人妻〉与〈金瓶梅〉》[3],指出了尾崎红叶文学中与中国古典文学的关联性。

在总结英语圈等西方国家对尾崎红叶的研究之前,需要提及的是尾崎红叶小说《金色夜叉》的英译本 *The Gold Demon*。该译本在 1905 年 12 月出版,发行所为日本的出版社有乐社。译者是西方传教士、福泽谕吉的家庭教师亚瑟·劳埃德(Arthur Lloyd,1852—1911)。这是日本将本国文学作品翻译成英语,积极向海外推介的一次尝试。虽然当时德富芦花的人气小说《不如归》也被选中推出英译版本,但日本的出版商认为以《金色夜叉》的影响力更能在海外得到传播。

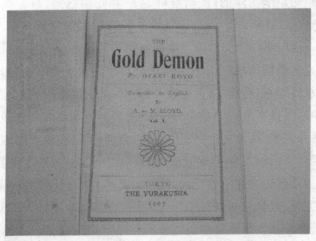

插图说明:英文版《金色夜叉》

英语圈的尾崎红叶文学研究者,首先要提到英国的研究者 Peter Francis

1 全贤淑:《凝重的悔恨与悲哀情结——论〈金色夜叉〉的诚信观念与复仇主题》,《名作欣赏》,2005(12):46 - 49 页。
2 李然:《从〈金色夜叉〉看日本时代变迁中的精神冲突》,《美与时代》,2008(1):118 - 121 页。
3 阮毅:「尾崎紅葉『三人妻』と『金瓶梅』」,『日本語日本文学』,2008(3):37 - 52 页。

Kornicki，他获得牛津大学（University of Oxford）博士学位。Peter Francis Kornicki 于 1978 年完成博士论文，论文题目为 *The novels of Ozaki Kōyō：a study of selected works with special reference to the relationship between the fiction of the Tokugawa and early Meiji periods*（尾崎红叶的小说——德川幕府与明治初期小说的关系）[1]。在论文中，Peter Francis Kornicki 探讨了江户文学对尾崎红叶作品产生的影响。

此外，Peter Francis Kornicki 在研究专著 *The Reform of Fiction in Meiji Japan*（日本明治文学的创作模式）的第六章"*Kōyō's Irozange*（红叶的色忏悔）"中收入了尾崎红叶《二人比丘尼色忏悔》的作品论，着眼于小说中的关键词"the words *ninjō* and *setai*"（即"人情世态"）和"*giri-ninjō*"（即"义理人情"）。分别考察了"Kōshoku gonin onna［Five amrous women］and kōshoku ichidai otoko［life of an amorous man］"（好色五人女、好色一代男）と"Nanoshoku ōkagami［Great mirror of manly love］"（男色大镜）、"Musume setsuyō"（娘节用）等与"ninjōbon"（人情本）的继承关系。For most of his life，then ，KōYō associated the new novel for which shōyō and his contemporaries had been searching in the 1880s with a reformed and modernized form of the ninjōbon（19 世纪 80 年代，坪内逍遥及其同时代作家一直在探索新小说的创作，而在其创作生涯的大多数时间里，尾崎红叶都致力于人情本的改革与新小说的近代文体创造）[2]有力证明了坪内逍遥的文学理念和人情本对尾崎红叶小说创作的影响。

说到近年来的研究成果，美国学者 Mark Anderson 的著作 *Japan and the specter of imperialism*（日本与帝国主义的幽灵）[3]中有一部分提到了尾崎红叶的《金色夜叉》。标题为 *Capitalist governmentality and melodramatic resistance in Ozaki Kôyô's Konjiki yasha*（尾崎红叶《金色夜叉》中的资本与戏剧性——《金色夜叉》的当代批评接受史）。*Contemporary critical reception of THE GOLD DEMON* 这一章节中谈到了东亚地区对于《金色夜叉》的接受情况。"The novel was also translated into Korean and Chinese soon after its publication and proved very successful throughout East Asia for a number of years."（小说在出版后不久被译成朝鲜语和中文，并且多年来在东亚地区广受

1　Peter Francis Kornicki. The novels of Ozaki Kōyō：a study of selected works with special reference to the relationship between the fiction of the Tokugawa and early Meiji periods［D］.［Thesis（doctoral）］.Oxford：University of Oxford，1978.

2　Peter Francis Kornicki. The Reform of Fiction in Meiji Japan［M］. Oxford：Oxford University，1982.106.

3　Mark Anderson.Japan and the specter of imperialism［M］.New York ：Palgrave Macmillan，2009.

好评)再有,Ken K. Ito 的著作 *An age of melodrama : family, gender, and social hierarchy in the turn-of-the-century Japanese novel*(通俗剧的时代:世纪之交日本小说中的家庭、性别和社会等级制度)[1] 中有一章收录了《金色夜叉》论:*A jewel shining in the mud : love and money in Konjiki yasha*(泥泞中闪耀的宝石——金色夜叉的爱与金钱)。

第三节　研究意义

本研究的意义,首先在于迄今为止日本研究者未讨论到的问题,如尾崎红叶文学中的中国文学元素、尾崎红叶文学与中日甲午战争的关系等。过去有关尾崎红叶的研究中,有很多实证研究的研究重点放在了尾崎红叶与日本古典文学、尾崎红叶与西方文学这两方面上,很少讨论到尾崎红叶与中国古典文学的影响关系。近年来也出现了从与读者、作家、媒体关系等角度研究尾崎红叶文学的倾向,然而日本研究者的论述领域往往仅限定在日本,这种做法较为片面。

另一方面,小说《金色夜叉》的影响超越国界。在中国大陆、台湾地区都有《金色夜叉》相关的电影或电视剧改编作品。但对这些《金色夜叉》衍生作品的相关考察,目前并未得到充分探讨。另外,至今为止几乎没有日本研究者将尾崎红叶对中日甲午战争的认识这一课题作为研究对象。笔者认为,探究尾崎红叶各角度的相关研究课题,对尾崎红叶文学研究有一定的帮助。因此,本研究以"中日比较文学视域下的尾崎红叶文学研究"为题,试图采用比较文学的方法,结合具体的文本分析,通过整理先行学说,探求新资料,力图开拓尾崎红叶文学研究。

本研究的章节安排如下:第一章、第二章和第五章为作家研究部分。第一章内容试图探讨尾崎红叶文学与日本古典文学的关系。第二章将从尾崎红叶文学和中国古典文学的角度,探明"尾崎红叶文学与古典文学"这一课题。第五章根据同时期作家作品和思想动向,对"尾崎红叶文学与近代文学"两大问题进行研究,并兼论与其同时代的代表作家正冈子规、泉镜花、幸田露伴等。第三章和第四章为尾崎红叶的集大成作品——小说《金色夜叉》的作品论。不是单纯地进行作品内容分析和人物形象分析,还以时代氛围、媒体、读者等作为考察对

1　Ken K. Ito.An age of melodrama : family, gender, and social hierarchy in the turn-of-the-century Japanese novel[M].Stanford, Calif. : Stanford University Press, c2008.

象,尝试从中国研究者的角度解读《金色夜叉》。另外在第四章中就《金色夜叉》所衍生的影视剧作品内容进行梳理,借此了解《金色夜叉》在中国的接受情况。笔者希望这样的尝试能对尾崎红叶文学的研究纵深有所拓展。

关于研究内容的选定,笔者考虑了以下两个要素。其一为站在中国研究者的立场进行尾崎红叶文学研究。笔者致力于研究尾崎红叶与中国古典文学这一课题,是因为笔者在研读平冈敏夫、十川信介、冈保生、土佐亨、木谷喜美枝、菅田聪子、关肇、马场美佳、酒井美纪等尾崎红叶研究者的研究著作后,发现他们基本没有讨论到尾崎红叶文学与中国古典文学的关系。为此笔者对尾崎红叶的日记、书信及作品进行全面梳理,找到了不少与中国古典文学有关系的内容。可以说并不是牵强附会、强行赋予尾崎红叶文学与中国古典文学关联性。而且笔者也认为,筛选整理出尾崎红叶文学中与中国古典文学的相关部分,对研究尾崎红叶文学中的中国古典文学有一定帮助,也有利于进一步弄清中国古典文学对于明治文学的意义。

种种缘由可以想到,"尾崎红叶对中日甲午战争的认识"这类课题较难被日本研究者作为研究对象,但笔者认为这对于全面研究尾崎红叶文学来说是不可欠缺的。此外,"中国对《金色夜叉》的接受"这一课题,是中国研究者理应承担的重要课题。总之,本研究是站在中国研究者的立场上,探求尾崎红叶文学各种解读可能性的一次尝试。尾崎红叶文学一般被称为过渡期或者社会转型期的文学。日本从江户幕府的封建社会转型到明治维新后的资本主义社会,因此转型期的文学也是尾崎红叶文学的特点。在转型过程中,因抵制过度的欧化主义而回归国粹主义,由此产生的新旧道德价值观的冲突,对于今天同样处在社会转型期的中国来说,也具有充分的参考意义。

第一章

尾崎红叶文学与日本古典文学

尾崎红叶的文学在日本文学史上被评价为拟古典主义文学。关于拟古典主义，三好行雄《近代日本文学小辞典》中做出的释义是：由欧化主义而引发国粹主义的时代风潮中，尾崎红叶、幸田露伴、樋口一叶等作家纷纷学习井原西鹤等日本古典文学，由此创作的文学为拟古典主义文学[1]。在解读尾崎红叶文学之前，我们有必要了解当时的国粹主义以及明治的时代风潮的转变。

众所周知，明治维新的 1868 年到明治 20 年（1887 年）的二十年间，日本新政府在"文明开化""富国强兵"的国策之下，开始学习植入西方文明，让其国民效仿。在此期间，对于日本传统文化有种漠视乃至舍弃的态度。欧化风潮的顶点，就是作为上流阶层社交场所的鹿鸣馆舞蹈会的开设。与此种西欧一边倒的时代潮流逆流而动的是国粹保存风潮。他们认为自己国家的历史、政治、文化优于其他国家，并且努力发扬。拟古典主义文学就是在这样的土壤中产生。此外，在教育层面，随着教育敕语的发布，日本政府开始致力于培养社会精英。国粹保存的风潮作为一种社会运动最初出现在政治领域。三宅雪岭等提倡国粹主义的思想家汇聚一起，成立政教社，他们扛起了保存国粹运动的大旗，并在运动中发挥了指导性的作用。

与此同时，在文学领域同样也涌现出保存国粹的潮流。以尾崎红叶为中心的文学结社砚友社于 1885 年成立。当时还是大学预科学生的尾崎红叶、山田美妙、石桥思案等人是这个文学结社的核心人物。该文学结社最初有文学同好会的性质，是同样喜欢文学的青年们聚集的平台。砚友社的文学起初以手抄的传阅文集《我乐多文库》为母胎发端，在发刊号的砚友社社则当中，就有"谋求本朝文学的发达"的字眼。由此可见其文学主张中的复古侧面以及古典回归的方向性。

在这样的风潮之中，文学上的古典回归主要倾向于元禄文学，小说家们倾

1　三好行雄、浅井清：『近代日本文学小辞典』、東京：有斐閣，1981 年、70 頁。

倒于井原西鹤以及近松门左卫门的文学。淡岛寒月在 1882 年的时候开始介绍井原西鹤的文学，很快引起文人间的热议话题。或许由于对于西鹤文学的再认识，在其后登场的作家们——尾崎红叶、幸田露伴、樋口一叶的小说创作中都明显可以看到西鹤的影响。这三位作家所创作的文学，当时都被称为拟古典主义文学，直接引领了这一时期的文学风潮。特别是在这一时期率先登场的尾崎红叶的处女作《二人比丘尼色忏悔》在读者中反响热烈，颇得好评，尾崎红叶一举博得文坛好评。与之相比，幸田露伴也以清爽的拟古文调的文风，继承井原西鹤的风格发表了《露团团》《风流佛》等作品，成为文坛上的流行作家。总而言之，在明治 20 年代，尾崎红叶与幸田露伴的活跃占据了很大比重，作家的拟古典文学与社会的古典回归风潮正好吻合了步调，相得益彰。

也由于这个原因，在近代文学史上，人们将尾崎红叶和幸田露伴活跃的这个时期称为"红露时代"。此外，由于两者的创作风格形成鲜明对照，有"红叶笔下的女子""露伴笔下的男子"这样的评价。对于尾崎红叶的小说，比较通行的评价是倾向于表现女性的风貌，并以写实见长，善于描写女性的细微动作、言行举止。而幸田露伴的文学则是倾向表现男性的理想，主要表达人们的理想信念或者生存价值，在描写男性的执着与奋斗精神方面见长。另一方面，女性作家樋口一叶也是拟古典主义文学的代表作家之一，她留下了《比肩》《浊江》《十三夜》《岔道》等传世名作。"以其古典风的文学风格，刻画出封建社会桎梏下含泪活着的女性形象，其文学中讲述的悲哀故事，可谓满红泪痕。"[1]

以尾崎红叶为代表的拟古典主义文学在文学史上的历史定位如何？关于这一点，加藤周一《日本文学史叙说》中，将尾崎红叶、幸田露伴的文学从整个文学史的跨度定位为第四个转换期的文学，而在这个时期的文学之中又特别设置了"1868 年的一代"。明治维新前后约 20 年，19 世纪 60 年代和 70 年代出生的文学家和思想家，是在这种新制度的大学里接受西方式教育，在这点上，他们与福泽谕吉和中江兆民这一代人是不同的。他们大部分人接受的初等教育的内容，主要是继承德川时代以来的汉学；他们的青少年期，也是明治天皇制官僚国家的青少年期。加藤周一将尾崎红叶和幸田露伴的文学特征概括为传统主义，认为他们都是同江户町人文化关系很深的小说家，对西方化的抵制很强烈。"在思想方面，几乎没有西方的影响；在伦理性和美的价值观方面，几乎原封不动地继承了江户町人的文学传统。[2]"

1　長谷川泉：「擬古典主義——思潮から見た日本文学(3)」、『国文学　解釈と鑑賞』，1958(12)：151 頁。

2　加藤周一著，叶渭渠、唐月梅译，《日本文学史序说》(下)，北京：外语教学与研究出版社，2011 年：292 - 295 頁。

　　诚如加藤周一所言,尾崎红叶的小说扎根于江户时代的文化传统,尽管小说采取了比较新颖的外在形式,但在作品登场人物的设定以及创作素材的汲取方面,尾崎红叶其实是从古典文学中摄取了很多养分。具体的作品例子,当推尾崎红叶的处女作《二人比丘尼色忏悔》。尾崎红叶正是靠这部作品的精炼文笔,被推上了拟古典主义文学代表性作家的位置。对于尾崎红叶来说,《二人比丘尼色忏悔》也是意味着他登上了明治文坛的作品。本章将以该作品为中心,探讨尾崎红叶的小说创作与日本古典文学之间的关联性。

　　小说《二人比丘尼色忏悔》公开出版于 1889 年 4 月,出版社为吉冈书籍店。当时,吉冈书籍店筹划推出"新著百种"系列作品,尾崎红叶的小说被列为第一部推介作品。小说出版以后,立刻引起巨大反响。依田学海、石桥忍月、内田鲁庵、石桥思案等同时代评论家都给予了这部作品好评。小说内容分四卷,各卷都有题目。作家运用曲折迂回的笔法,将男女之间的爱恨情仇、登场人物的偶然奇遇、女性的复杂心理、命运的不可思议等描写得荡气回肠。以下分各卷简述故事梗概。

　　故事开端"奇遇之卷"。寒风凛冽,深山草庵。出家为尼的芳野为了借宿来到这里,草庵里住着的尼姑若叶收留了她。芳野半夜醒来,见房间内贴着的书信上的字迹酷似自己的未婚夫小四郎的笔迹,内心颇为狐疑。芳野与若叶很快相熟,二人互称姐妹,聊起了各自出家的理由[1]。若叶说自己侍奉主君时,喜欢上了后来成为自己丈夫的武将。在主君的张罗之下,若叶如愿与武将完婚,但婚后仅二十天,武将就上了战场。出征之际,武将给若叶留下一封书信。信中交待如果自己战死沙场,若叶千万不要自杀或是出家,一定要再找个人过下去。而且武将为了让若叶可以再婚,连离婚用的"离缘状"都一起准备好了。若叶读了武将的书信,既受到感动又感到震惊。后来若叶听说丈夫战死,遂决意出家。芳野听后,也开始讲起自己的身世。

　　"战场之卷"。登场人物换成小四郎。白雪皑皑的冬日,身负重伤的浦松小四郎守真在战场上遇上了敌方的武将同时还是自己恩人的武重。武重其实是小四郎的伯父,也是小四郎的未婚妻芳野的父亲。小四郎一心只想重返战场,武重则劝小四郎先跟自己回府,等疗好伤后再重新出征。面对恩人的厚意深情,小四郎心中只有愧疚。因为他在主君的安排之下,与侍奉主君的姑娘若叶结了婚。小四郎拒绝了武重的建议,坚持要为主君尽忠,只求战死沙场。武重无奈强行将重伤的小四郎带了回去。

1　出家的女性在夜里聊天相互吐露身世是日本文学的传统之一,这个传统可以追溯到镰仓时代的《无名草子》。

"怨言之卷"。小四郎身受重伤，一时昏迷。在未婚妻芳野的悉心照料下，终于苏醒过来。芳野开始追问小四郎，为什么明明有了青梅竹马的未婚妻，还要听从主君的安排，与自己并不喜爱的女性完婚。面对责难，小四郎试图向芳野解释自己的苦衷。本身他在敌军中有亲人伯父这一点就足以让主君怀疑他有二心。所以即便拒绝主君的安排，他也很难按照与伯父的约定与芳野完婚。因为这只会让主君更加怀疑他的忠心。芳野并不理解小四郎的解释。小四郎无奈想要自杀以证明自己的心意，被芳野慌忙拦下。

"自害之卷"。一边是青梅竹马的未婚妻芳野，另一边是新婚的妻子若叶，小四郎身处两个女人的情感夹板之中，实难取舍。他最终还是意识到自己更爱若叶，内心对恩人、对芳野更感愧疚，还是选择了自杀。故事终结处，芳野和若叶终于意识到她们两个原来爱的是同一个男子，震惊不已。

小说《二人比丘尼色忏悔》的卷头有尾崎红叶写的"作者曰"。尾崎红叶在其中写该作品"不说时代，不定场所"。但根据作品中登场人物的身份、主从关系，至少我们可以明确的是，他描写的不是明治时代的话题，也非上代或王朝时期的贵族世界。作品中人物行动的伦理判断基准——"义理""忠诚"，都让人联想到武士的世界。在武士社会中产生的义理是渗透到一般社会民众的社会伦理。在近代以前的文学作品中，徘徊于"义理"与本心之间的主人公的苦恼经常成为作品的看点。

梳理小说《二人比丘尼色忏悔》的主要故事脉络，我们可以发现尽管从作品的标题看主人公是两个比丘尼（也就是尼姑），但主导故事情节发展的却是小四郎的命运。因战火失去丈夫的少妇若叶出家为尼。与她年龄相仿的女性芳野，在旅途中迷路，碰上了若叶所居住的草庵。两个女尼一见如故，各自谈起身世，畅叙至深夜。结果却发现若叶在战火中死去的丈夫，竟然是芳野的未婚夫。浦松小四郎在这个故事中，发挥了中心人物的作用。浦松小四郎对他的主君一直表现"忠诚"，但面对主君的敌人、对小四郎恩重如山的远山左近之助武重，他又有必须履行的"义理"。小四郎因此陷入内心感情的纠葛。心理上的摇摆不定也引发了浦松小四郎在行动上的矛盾。他一方面与恩人之女芳野定了婚约，却在另一方面与主君所安排的女性若叶完婚。尽管在本意上小四郎既不想背叛恩人，也不想背叛主君，在忠诚和义理的感情夹板中不堪折磨，最终只好佯装战死，以自杀收场。如前所述，由社会伦理与人物本心之间的矛盾引发的人物内心烦恼经常是赚取读者眼泪的道具，这在江户文学的言情小说中也是常见的。

第一节 作为拟古典主义文学的《二人比丘尼色忏悔》

一、《二人比丘尼色忏悔》的诞生

小说《二人比丘尼色忏悔》发表于1889年。在其发表前后的明治社会经历了西南战争(1877)、自由民权运动、欧化主义的政策变革。经历了鹿鸣馆时代官民狂奔的欧化风潮，面对文明开化所导致的欧化主义世相，社会中出现了复古风潮。当时在报纸杂志中最有影响力的是德富苏峰主编的《国民之友》(1887年创刊)。在其前后，政教社的《日本人》(1888年创刊)、《女学杂志》(1885年创刊)、《栅草纸》(1889年创刊)、《早稻田文学》(1891年创刊)、《文学界》(1893年创刊)等思想、社会、评论、文学方面的杂志相继问世，主导了社会思潮。在新文学方面，森鸥外发表了小说《舞姬》，二叶亭四迷的小说《浮云》也已问世，诗人兼文学评论家的北村透谷已经开始在他的文学阵地上主张他的文学论和恋爱论。此外，在社会方面，在《二人比丘尼色忏悔》出版的前后，《大日本帝国宪法》于1889年发布，以"忠""孝"为基本思想的教育敕语于1890年发布。

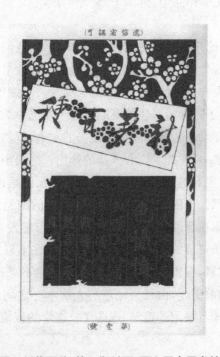

插图:《新著百种》第一期封面(国立国会图书馆)

　　1889 年发生的重大事件,对于尾崎红叶自身而言,还有一件意义重大。众所周知,"砚友社"是尾崎红叶一手创建的文学团体,《我乐多文库》是砚友社的机关杂志。1889 年 2 月,《我乐多文库》结束了它四年的独自办刊的同人杂志历史,改刊名为《文库》,发行也脱离了砚友社,改由吉冈书籍店发行。在今天看来,这是文学走上市场化的第一步。但在明治的社会中,这一步并非易事,应该归功于尾崎红叶的开拓精神。企划"新著百种"的吉冈书籍店的老板是吉冈哲太郎。此人是理学士,跟坪内逍遥在东京帝国大学是同窗,自然而然跟东大出身的尾崎红叶是学长与学弟的关系。此次与出版商的联手给尾崎红叶带来了文坛首秀的机会。在《文库》第十六期的广告专栏上,就登载了"新著百种"的广告,预告了尾崎红叶的小说《二人比丘尼色忏悔》将会作为"新著百种"的第一棒面世。故此,尾崎红叶是借《我乐多文库》的转型升级和吉冈书籍店的出版事业开拓实现了他的文坛首秀的。"新著百种"这一企划并不只是出版小说,而是像其在最开始企划时的那样,内容涉及"小说政治美术工艺全般",《二人比丘尼色忏悔》的畅销,使得后续刊物也得以顺利发行。[1] 也正是《二人比丘尼色忏悔》的一炮走红,使得"新著百种"变成了专门推出小说新作的平台。这个结果当然不是尾崎红叶的有意为之,但能给"新著百种"带来好的开端,尾崎红叶的确功不可没。

　　对于小说《二人比丘尼色忏悔》给当时文坛带来的冲击,内田鲁庵在《记忆中的故人们》(日语原标题:思い出す人々)中,曾写道:"新著百种的第一篇《色忏悔》是红叶的出世之作。在《色忏悔》发表之前,红叶的奇才已经为世人所知晓,而《色忏悔》一作的出版则将他的人气升至沸点。"内田鲁庵继续评论道:"对于欧化主义的反弹也体现在了文学上,世人已经厌倦了廉价的政治小说和人情小说,《色忏悔》这带有浓郁元禄味道的书名首先引起了人们的兴趣。尽管小说在内容上并无甚过人之处,但浓稠的元禄风格的文章还是让读书界为之沸腾。当时人气绝顶的山田美妙一下子跌落神坛,文坛地位被尾崎红叶取而代之。但究其原因,应该是在于欧化主义和国粹主义势力的此消彼长,而并不只是源于红叶和美妙在文学艺术上的优劣之争。"[2]

　　在这里,内田鲁庵一方面认可尾崎红叶的奇才,但也认为他的成功得益于欧化主义和国粹主义势力的此消彼长,而对《二人比丘尼色忏悔》的内容也并未给予高的评价。内田鲁庵所指出的欧化主义和国粹主义的势力消长,的确是重

1　此处参照冈保生所著『明治文壇の雄　尾崎紅葉』(東京:新典社、1984 年)。
2　内田鲁庵:『思い出す人々』、東京:岩波書店,1994 年、207 - 208 頁。

要的时代背景。在同时期的 1889 年,幸田露伴的《风流佛》也发表出来,樋口一叶的小说也陆续面世,以他们为代表的拟古典主义文学在明治文坛上形成了一股潮流。

有关日本的国粹主义,杂志《国文学解释与鉴赏》上的"国粹保存"一项有如下解释。

> 国粹主义在文学方面的影响,体现在幸田露伴和尾崎红叶对井原西鹤文体的模仿上,抑或是说对传统文体的继承上。在此之前,受欧化主义的影响,二叶亭四迷和山田美妙开展了对日语口语文体的创作。(中略)明治二十年代的"国粹保存"运动中的传统保持以及对于西洋的全面对立问题里,并未介入"个人"的问题,也因此并未培养出坪内逍遥、森鸥外、北村透谷等所期待和主张的近代自我观念。然而,无论在哪个层面上,明治二十年代的"国粹保存"主张都只是以在西洋文化面前保持日本民族文化的相对独立为主题,这和二战时期太平洋战争中偏狭的否定西方的国粹精神在本质上是不同的。[1]

从上述论述中我们可以再次确认到,《二人比丘尼色忏悔》的文坛首秀与当时明治社会的思潮变化的关系。不过,研究界也存在其他角度的论点。比如唐纳德·基恩更加关注的是尾崎红叶与他的老对手山田美妙之间的竞争关系。在他撰写的《日本文学史》中,他评论道:"红叶在这一时期为什么会选择古老的、装饰华丽的文体呢?关于这一点,研究界已多次有人指出,其背后也有对山田美妙的强烈的对抗心理。这种心理作用之下,他故意选择了与山田美妙的言文一致的文章相反的路径。但这并非唯一原因。这一时期,人们对明治维新以来盲目追随西欧的做法开始进行反思,社会各界都想要摆脱欧化的影响,回归到日本的传统中来。即使是无意识的,这对尾崎红叶的创作也应该是有影响的。"[2] 当然,也有国内研究者指出,尾崎红叶采用的"雅俗折中体"的表达方式,"作品体现了当时复古思潮的一种反时代性"。[3]

综上可以得出,尾崎红叶敏锐地感受到了明治二十年代"国粹保存"的时代氛围,在与他曾经的盟友后来的对手山田美妙的竞争意识作用之下,应该说是有意识地掀起了这场拟古典主义的文学旋风。

1　中村完:「国粹保存」、『国文学解釈と鑑賞』,1968(1)臨時増刊:40-41 頁。
2　ドナルド・キーン:『日本文学史　近代・現代篇一』、中央公論社,1984 年、196-197 頁。
3　陈多友:《日本近现代文学研究》,上海:上海交通大学出版社,2017 年:43 页。

二、《二人比丘尼色忏悔》的同时代评价

在论述尾崎红叶与古典文学的关系的时候,经常被论及的资料是《书目十种》,这是 1889 年 4 月 22 日尾崎红叶给《国民之友》杂志的供稿。在《书目十种》里,他列举了自己常读的文学书目,分别是:"《太平记》《枕草纸清少纳言》《风俗文选》《娘节用人情本》《鹤一代女》《京传作小纹雅话》《唐宋诗醇》《鹤五人娘》《平家物语》《俳风柳樽》"[1]。稍查可知,《太平记》成书于 1374 年左右,作者是小岛法师,背景为日本较为动荡的南北朝时期;《枕草纸》又称《枕草子》,是清少纳言的随笔;《风俗文选》为俳文集,森川许六主编,成书于 1704 年;人情本小说《假名文章娘节用》,作者是曲山人,成书于 1834 年左右;浮世草子《好色一代女》,作者为井原西鹤,成书于 1686 年;浮世草子《好色五人女》,作者为井原西鹤,成书于 1686 年;军记物语《平家物语》作者不详,成书约在 1240 年前后;《俳风柳樽》为柄井川柳编撰,成书于 1765 年;黄表纸《小纹雅话》为三东京传的作品;《唐宋诗醇》为清朝乾隆年间的诗歌集,成书于 1750 年。从构成上来看,其中九部为日本的文学作品,既然是常读书目,应该是全部通读过的。书目十种里面,江户文学占据六种。国木田独步评价尾崎红叶的文学用"洋装的元禄文学"[2]的原委也可窥见一斑。

《二人比丘尼色忏悔》出版之后,很快石桥忍月就以福洲学人的笔名在《国民之友》上发表了评论,点出了《二人比丘尼色忏悔》与《三人法师》之间的关联。石桥忍月写道:"我以前曾经读过《三人法师物语》这样一本书,这本书中就有两个僧人因同一妇人出家的故事。有一僧倾慕一美人,听从主命与之结为夫妇,却很快与妻子遭遇死别。该僧与两位僧人在山寺中偶逢,聊起往事,发现二僧出家原因竟然皆因同一女子。在故事结构上与本书实在相似。红叶山人想必是读过这个故事而学习模仿了这个故事的创作手法了吧。"[3]

《三人法师》是江户文学的御伽草子,作者不详。正如石桥所指出的,《二人比丘尼色忏悔》与《三人法师》的叙事方法存在类似之处。当然,《二人比丘尼色忏悔》在小说思想上,还是与《三人法师》明显不同。《三人法师》作为宣扬佛教的读物,本质是否定人们的欲望的。而在《二人比丘尼色忏悔》里表现的,反倒肯定了人们对于爱欲情感的执着。

尾崎红叶自身在《作家苦心谈》中,曾回顾了《二人比丘尼色忏悔》的创作经

1　尾崎紅葉:『紅葉全集第十二卷』、東京:岩波書店,1995年、376 頁。
2　国木田独步:『国木田独步全集第八卷』、東京:改造社,1930 年、591 頁。
3　藤原正人:『国民之友』第四卷、東京:明治文献资料出版会,1956 年、626－627 頁。

过——"那篇小说是我读《信长记》或是类似的文章,其中有一年轻武者在大雪纷飞中战死的场面,写得酣畅淋漓。于是就想着也尝试写一篇。整体说来大都是虚构。我这个人天生喜好罗曼蒂克的事物,所以写那篇小说的时候,最开始并不是要写一篇古代剧,或者特意安上个跟历史相关的标题,纯粹只是想写一篇罗曼蒂克的文章,就那样写好了。即便是现在,我看戏听故事也还是喜欢罗曼蒂克的内容。我写那篇文章的时候,并没有什么其他太多的想法,只是想描写身着铠甲的年轻武者战死的悲壮场面,就把那篇没什么价值的东西公开了出去。(下划线为笔者所加)"[1]

从尾崎红叶的叙述中可以看出,他对这篇成名作的自我评价还是比较谦虚的,但从中我们也可以得知,他在文学创作时从日本古典文学方面接受到的触动。除了《信长记》之外,根据给《二人比丘尼色忏悔》做作品注释的须田千里的考察,尾崎红叶在构思该作品的过程中,参考过的素材应该还有假名草子《二人比丘尼》、御伽草子《三人法师》、军记物语《太平记》、井原西鹤《好色一代女》,此外在文体以及遣词用句等方面还受到了人情本、净琉璃、歌舞伎的影响。[2] 尾崎红叶的研究家冈保生在《明治文坛之雄尾崎红叶》一书中也曾就尾崎红叶钻研创作的热心程度论述道:"热爱学习的尾崎红叶,在《太平记》和西鹤等诸多古典文学中汲取营养。丸冈九华也曾表示,在描写山中情景以及甲胄刀剑等武士装备时,尾崎红叶都去实地调查,仔细观察实物之后再去写。"[3]

先行研究中,论及《二人比丘尼色忏悔》与日本古典文学关系的论文中,有代表性的是伊狩章的《砚友社的小说作法——红叶与古典文学》。在这篇论文中,伊狩章探讨了尾崎红叶从滑稽本、人情本以及井原西鹤那里受到的影响。涉及《二人比丘尼色忏悔》,伊狩章也认为"在创作该作品时参考的古典文学应该以假名草子《二人比丘尼》《信长记》《三人法师》为主,这应该能够成为定说"。"只是如果再画蛇添足地多说一句的话,《色忏悔》作为忏悔物语的一种,它的艺术源泉是否也应该有《七人比丘尼》的启发呢?"[4]的确,这种考证性的论证也是非常重要的,但给人的感觉是太过于拘泥于个别的作品对作家的影响。

笔者认为,与其考察小说家受具体某一部作品,或者某一个时代的物语,又或者同时受若干文学作品的影响,倒不如把它作为一个"忏悔物语"的文学文本类型,去考察它与其他"忏悔物语"的关系更为有意义。"当我们把古典作品作

---

1 尾崎紅葉:『紅葉全集』第十巻、東京:岩波書店,1994 年、205-206 頁。
2 尾崎紅葉:『新日本古典文学大系明治編 尾崎紅葉集』、東京:岩波書店,2003 年、2 頁。
3 岡保生:『明治文壇の雄 尾崎紅葉』、東京:新典社,1981 年、131-132 頁。
4 伊狩章:「硯友社の小説作法——紅葉と古典文学」、『解釈と鑑賞』,1966(9):32-33 頁。

为一个典雅素朴的茶碗一样去观看的时候,那只是鉴赏而不能称之为对古典作品的接受。当我们谈古典作品的接受的时候,主要是意味着古典作品在现代依然能够继续闪光发扬的事物的再生与更新。而为了做到这一点,需要有一种冲破古典言语空间的内在体验。"[1]为此,在考察尾崎红叶与古典文学之间关系的同时,笔者并非单纯看从古典文学中的接受,也关注对于古典文学的超越。那么,《二人比丘尼色忏悔》与日本古典文学的继承关系具体是怎么表现出来的呢?为什么从古典文学中汲取了如此多的内容,尾崎红叶的文学仍然只是被称为拟古典主义?拟古典主义文学的特色又在哪里?

第二节 《二人比丘尼色忏悔》中的古典文学传承

一、关于小说标题的"比丘尼"

首先,从词源上来考察,《二人比丘尼色忏悔》中的"比丘尼"来源于梵语bhiksunī。具体是指出家受戒的女性、尼僧。《古事记》《日本书纪》中就有关于比丘尼的记录,在佛教文学《日本灵异记》《今昔物语》中,略称为"尼"。江户文学里集中出现的比丘尼相关作品,按照年代顺序来说,有相传作者为铃木正三(1579—1655)的《二人比丘尼》、假名草子《七人比丘尼》(1635年刊)、江户前期的浮世草子《御伽比丘尼》(1687)、江户中期的假名草子《花之情》(另题《四人比丘尼》、1708)。其中,假名草子《七人比丘尼》还有另外一个书名《忏悔物语》。从忏悔一词的使用来看,尾崎红叶的《二人比丘尼色忏悔》在作品命名上借鉴了《七人比丘尼》《忏悔物语》的可能性较高。

另外,书名《二人比丘尼色忏悔》中的"色"字,在这里是男女恋爱的"色恋"之意。"忏悔"一词本来是佛教相关词语,特指通过忏悔来解脱自己犯下的罪业,但同时给读者留以基督教意味上忏悔的联想空间。在这个意义上,《二人比丘尼色忏悔》从书名上看,与《七人比丘尼》等江户文学的关联性的确存在,但也能看出一些近代私小说的意味。

《七人比丘尼》(1635)中,作者以第一人称视角描写了以下故事。贞和年间,作者跟一个友人同去信浓善光寺进香,旅宿的主人给他们讲了一桩稀奇的事情。有一位心地善良的尼姑为了让来善光寺的人们缓解旅途疲劳,特意准备了温泉水让人们沐浴。有一次,庵中来了一位年龄在三十岁左右的尼姑,泡了

1　分銅惇作:「近代作家における古典の受容」、『解釈と鑑賞』別冊,1975(1):84-85頁。

温泉之后决定住下来,跟原来的尼姑一起准备温泉水招待香客。九月的一天,又来了四五个尼姑前来投宿,当晚尼姑们闲聊,各自讲起了自己出家的故事……

《七人比丘尼》的故事原文以下做部分引用,中文大意为笔者试译。

> 一日,一位年纪在三十上下的女尼在善光寺进香的途中前来沐浴,当晚留宿。夜静更深时分,这位女尼对身为主人的尼公说道:"您给旅人们招待温泉水的心意,着实令人感激。您是什么时候开始有这个想法的? 我也想随您一起做这份善事,一起到山谷里取温泉水,一起到峰下捡柴火,如能因此事结缘,对我来说实在是再高兴不过啦"。(中略)主人尼公亦高兴万分,开始与之一起烧温泉水。后来的尼姑叫今阿弥陀,主人尼公叫作古阿弥陀。(后略)[1]

上面引用的内容是《七人比丘尼》开头的一小部分。《二人比丘尼色忏悔》的开头部分,也有类似的会话场景。

> 一身着法衣之人,不知从何处来。斗笠深到遮住眼眉,立在门前歇息。"屋里有人吗?"听声音是女子。庵内钲声暂绝。障子外,现出的也是一法衣女子。鼠木棉的棉衣,黑染的法衣。戴着头巾,窥向门外。
>
> "有什么事情吗?"
>
> "我是出门修行的比丘尼。因为不熟悉这一带的山路而走迷路了。打扰您看经书实在抱歉,能不能在您这里借宿一晚?"室外气寒,声音抖颤。
>
> "你也见着了,这儿只是一间简陋的茅屋,也没有铺盖,要是你不嫌弃,就进来将就一下吧。"
>
> 客人比丘尼搓着冻僵的手,解开斗笠上的绑带,走进屋里。脱下草鞋,用主人端的热水洗了脚。主人引她到炉边坐下。二人方得对面寒暄。涩茶一碗。主人忙着添柴,火焰升腾,客人不由得背脸过去。

《二人比丘尼色忏悔》的这段主客比丘尼的见面场景,尽管与《七人比丘尼》

1　早川純三郎:『近世文藝叢書第三小説』、東京:国書出版会,1910 年、175 - 176 頁。

不全一样,但主客比丘尼的设定、温泉水(热水)的提供等相似点还是很多的。尾崎红叶《二人比丘尼色忏悔》中的语言节奏更加注重七五调的韵律,更加注重用词的简洁和省略。主客对话语气婉转,描绘出两个女性初次见面的氛围。此外,尾崎红叶还将会话文按句分段,包括会话文的标点符号,也创新性地使用了双括号而不是现在的双引号,但整体还是能够看出故事形式上、叙事方法上对《七人比丘尼》的借鉴。这样的叙事形式的借鉴,其实可以理解为对文学传统的致敬。在《七人比丘尼》《三人法师》等传统文学中相似文本类型的审美铺垫之下,这样的叙事会更加符合读者的阅读预期。

二、相似的文本类型

日本文学史上,描写男女恋爱感情纠葛的作品有很多。古典文学当中,比起男性在恋爱中展现的风雅,女性在面临情感纠葛时的苦恼似乎更能引起读者慨叹甚至落泪。两名男性追求同一名女性,导致女性在心理上苦恼,行动上两难,这样的文学作品似乎也形成了一种文本类型。《伊势物语》(作者不详,成书于900年前后)通常被称为"梓弓"的第23段故事中,女子的夫君去了王宫做事,三年不归。其间女子受到其他男子追求。就在女子放弃等待夫君,决定接受热烈追求她的男子感情之时,她的夫君却回来了,女子因此陷入内心纠结。《源氏物语》的宇治十帖中,浮舟在匂宫和薰的感情纠葛之间苦恼不已,想要挣脱二人。

在与尾崎红叶同时代作家的创作中,三宅花圃的作品《竹林黄莺》(1888)也是描写二女一男之间发生的感情纠纷以及女性的复杂心理。樋口一叶在1895年创作的《行云》亦是如此。故此,《二人比丘尼色忏悔》中的形式借用,不仅仅停留在书名借用这样的表层。如前所述,《二人比丘尼色忏悔》这个故事就是围绕着同时倾心于武士浦松小四郎的两名女性展开的。而在日本古典文学中,描写类似情感纠葛的名作有很多。比如在《万叶集》第九卷里,就有一首关于真间手儿奈的长歌(第1807首),描写的是一个悲恋故事。全诗内容如下:

> 东国古代的故事
> 一直流传到今天
> 胜鹿真间的手儿奈
> 纯麻织的衣服

镶着蓝色的领口

发间没有梳子

光着双脚走路

锦缎中长大的宠儿

也比不上手儿奈

容貌满月般光艳

笑脸鲜花般迷人

如夏虫向往灯火

如航船向往港湾

男人们纷纷求婚

为何不珍惜生命

为何要想不开

浪涛咆哮的港湾

手儿奈躺在墓中

远古时的事情

就像发生在昨天[1]

在《万叶集》的这首长歌中,美丽的少女手儿奈因为美貌动人,求婚者络绎不绝。然而最终困惑烦恼的手儿奈选择了自尽。尽管在诗歌中没有具体描写手儿奈的心理纠结,只是停留在推测她想不开和不珍惜生命的理由上,但悲恋故事的源头是情感的纠结,这是毫无疑问的。《万叶集》的第 3387 首和歌"想要没有蹄声的马儿,不断踏过真间的木桥"[2]也是从侧面描写了追求者络绎不绝,以至于人们想让马儿的蹄子不发出声响而悄悄地靠近手儿奈,可以想象这样跟踪狂式的行为给手儿奈带来的无形压力。

同样,在《万叶集》的第九卷 1809 首有关"菟原处女"的长歌,也是描写了苇屋的菟原少女同时受到来自茅渟壮士和菟原壮士的热烈追求,最终因无法抉择而死去的故事。茅渟壮士和菟原壮士更是在少女死去之后,相继追随而去。为了纪念少女的死,亲人们聚到一起,给菟原少女修建了坟墓。墓的两侧则修建了茅渟壮士和菟原壮士的坟墓。

---

1 此处《万叶集》的中译参考了金伟、吴彦的翻译。佚名著,金伟、吴彦译,《万叶集》(上),北京:人民文学出版社,2008 年:655 – 656 页。

2 此处《万叶集》的中译参考了金伟、吴彦的翻译。佚名著,金伟、吴彦译,《万叶集》(下),北京:人民文学出版社,2008 年:978 页。

　　菟原处女的故事后来成为《大和物语》的第 147 段生田川、谣曲《求冢》以及森鸥外的作品《生田川》故事的素材和原型。在谣曲《求冢》里，菟原少女同样同时受到两名壮士的热烈求爱，菟原少女难于下决定，就让两个男子比赛射箭。如果谁能射中生田川中的鸳鸯就嫁给谁，结果两名男子射出的箭分别射中鸳鸯的两个翅膀，无法选择的菟原少女投河自尽。两个壮士也是相继死去。因为《万叶集》中手儿奈故事和菟原少女故事的叙事性，他们在日本文学史中一直被后世传承。比如上田秋成《雨夜物语》的《浅茅之宿》中，也有手儿奈的故事传承。在至今为止的尾崎红叶文学研究中，往往将传统文学追溯到江户文学，但根据上述考察，可以认为在上代文学和王朝文学中，也可以找到尾崎红叶的文学源流。也就是说，在尾崎红叶创作《二人比丘尼色忏悔》之际，日本文学中经常出现的这种男女主人公身处感情夹板的同类型文学作品的影响也是值得考虑的。

　　以上列举的是古典文学的实例，而在阅读与尾崎红叶同时代的明治时代文学作品的过程中，笔者还注意到与《二人比丘尼色忏悔》一样描写女性出家的同类型故事也比较多，山田美妙的《蝴蝶》（1889）、高山樗牛的《泷口入道》（1894）也都是从古典文学中取材的作品，而且女主人公的命运也都是出家。山田美妙《蝴蝶》1889 年 1 月发表于《国民之友》的第三十七号，是取材于《平家物语》的小说。该作品因在插图中放入裸体画，在日本文坛引起"裸蝴蝶论争"的轩然大波。《蝴蝶》的故事背景是日本历史上有名的坛之浦战役，平家在此役后为源家所灭。平清盛的妻子二位尼将安德帝托付于侍从经房等八人之后投水自杀。目睹这一切的宫女蝴蝶遵从二位尼的旨意踏上逃亡之路，落海后被救上岸。在身子半裸衣衫不整的状态之下，蝴蝶与她暗自倾心爱慕已久的平家武士二郎春风重逢。二人一同打听安德帝的下落。三年之后，终于得知安德帝的下落。二郎春风却跟已成为自己妻子的蝴蝶袒露实情：他其实已是源氏一方的人。蝴蝶听后震惊不已，苦恼之余还是杀了丈夫。但很快蝴蝶就得到安德帝驾崩的消息，茫然而不知所措，最终选择了出家。[1]

　　高山樗牛的作品《泷口入道》发表于 1894 年，也是取材于《平家物语》的一章。作品最初是作为《读卖新闻》的悬赏小说匿名发表，故事围绕着时赖和横笛的悲恋而展开。小松殿重盛的武士时赖喜欢上了在建礼门院手下的侍女横笛，但恋情遭到父亲的强烈反对。时赖因无望跟自己的心上人结合而遁入佛门成为泷口入道。横笛得知时赖出家的消息后，到深山里去寻找。历经千辛万苦终

---

[1]　山田有策等校注：『新古典文学大系明治编 21 砚友社文学集』、東京：岩波书店，2005 年、132 頁。

于来到泷口入道修行的寺庙门口,泷口却拒绝见面。横笛没有办法只能折返,后来横笛也出家为尼,泷口历经修行成为高僧。[1]

日本文学研究家长谷川泉曾论述:"渴望历史小说的声音其实也是古典回归的精神位相。"比较《二人比丘尼色忏悔》《蝴蝶》《泷口入道》这三部作品,我们可以发现一些共同点,比如它们都是取材于古典文学的历史小说。此外,都描写了女主人公出家,而且女主人公的命运都为男性所左右。三部作品都描写了在多个选择中无法抉择的女性心理纠结等等。

当然,高山樗牛的作品《泷口入道》与《平家物语》横笛故事、《源平盛衰记》中"时赖横笛事"、御伽草子的《横笛草子》[2]的故事也有显著不同。高山樗牛在创作《泷口入道》时,特意给时赖设置了一个情场上的对手:跟他一样恋慕着横笛的平家武将重景。这说明高山樗牛在创作小说时,也是将这种感情夹板的要素引入自己的作品。尾崎红叶尽管在《二人比丘尼色忏悔》的开头"作者曰"中夸口说"不说时代,不定场所。日本小说少有此类",但事实远非如此。不管是作为创作素材的古典借用,还是推进剧情升华的感情夹板的设置,都可以看成绝非偶然为之。尾崎红叶还在"作者曰"中宣称"此小说以泪为主眼",那么从结果上来看,他赚取读者眼泪的手段就是他从古典文学中学取的感情夹板吧。

杉本圭认为,女性人物的存在会给物语增添浪漫要素。他在《平家物语中的女性人物》这篇论文中论述道:"通过添加有关女性命运故事的插话,《平家物语》在场面转换上更富曲折,叙事范围更广,物语自身固有的悲剧性则得到进一步深化。从《平家物语》的读者接受历史上来看,有女性人物登场的章节大都广受好评。"[3]同理可见,尾崎红叶《二人比丘尼色忏悔》的成功,也得益于芳野和若叶两名女性的悲恋故事在读者中的良好反响。

成书于室町时代的《御伽草子》是记录了浦岛太郎等众多民间传说的物语集。《御伽草子》有一个关于情感夹板的物语故事《佐伯》。有个地方官名叫佐伯,因为打官司而进京。官司拖了很久也没有进展,佐伯就留在了京城。其间跟京城的女子有了恋情,在京城女子的帮助之下终于成功了结了官司。佐伯回到地方,跟京城女子约定日后必会来接。然而三年过后,仍不见佐伯来接,京城的女子遂拜托远游的僧侣转音信。僧侣将京城女子的书信带至佐伯家,不巧佐

---

1 高山樗牛、川上眉山、樋口一葉、『明治大正文学全集第十一卷 高山樗牛・川上眉山・樋口一葉集』、東京:春陽堂,1928 年、2 - 54 頁。

2 相关三个横笛故事的日文原文分别参见《新日本古典大系 45 平家物语》(岩波书店,1993 年、224 - 228 页)、《源平盛衰记》第三十九卷(有朋堂,1929 年、490 - 497 页)、《日本古典文学全集 36 御伽草子集》(小学馆,1974 年,425 - 443 页)。

3 冨倉德次郎、『鑑賞日本古典文学第十九卷 平家物語』、東京:角川書店,1975 年、440 - 441 頁。

伯正好外出,佐伯的妻子读到书信后,立刻差人到京城将京城女子接来。见面看到京城女子绝世美貌,对自己丈夫的绝情感到无语于是决定出家。而京城的女子也追随佐伯的妻子出了家。同时遭到妻子和京城女子舍弃的佐伯也决意出家。从这个故事中我们可以看到"因同一男子,两个女子在同一庵室中修行"的《二人比丘尼色忏悔》故事的原型。

"因同一男子,两个女子在同一庵室中修行",《二人比丘尼色忏悔》的这个设定并不新颖。除了《御伽草子》的《佐伯》故事之外,《平家物语》中有名的妓王与阿佛的故事也符合这个设定。在《平家物语》中,好色的平清盛见到白拍子妓王,立刻喜欢得不得了,将妓王的妹妹和母亲都请到宅邸,对妓王万般宠爱。但其后很快移情到新人白拍阿佛,妓王姐妹因此被赶出平家宅府。非但如此,平清盛为了逗阿佛开心,还强命妓王为阿佛献舞,妓王母女无法忍受屈辱,出家为尼。而其后不久,阿佛也同样出家为尼,来到了妓王母女修行的庵室。《二人比丘尼色忏悔》中,芳野拜访若叶庵室的这个场面,一定会让部分真正懂的读者想起《平家物语》中的这个类似场景。

在本节当中,笔者尝试着梳理了日本古典文学中常见的男女恋爱描写的模式。当然,将受历史、社会、环境等诸多因素制约的恋爱,仅仅归纳为一种单一的模式并不科学。但面临多种选择时的女性行动,在日本古典文学中似乎可以找出一种模式或倾向。《二人比丘尼色忏悔》中所展现的恋爱描写与古典文学之间有着千丝万缕的关联。在这一点上,很难想象古典文学蓄积深厚的尾崎红叶只是从某一部古典文学的作品中得到小说的素材,而更应看为对从古典文学中学到的技法的一种自觉或不自觉的运用。尾崎红叶充分吸收了他从古典文学中汲取的营养,但同时也不忘记拿出自己的特色,最终创作出《二人比丘尼色忏悔》这样的杰作,从而一跃成为明治文坛的代表性作家。

第三节　《二人比丘尼色忏悔》的近代性与前近代性

1872 年,明治新政府颁布新学制,开始推行新的教育体制,采用新的教科书、新的教育内容,实施教育改革。在这种背景下,曾被江户幕府公认为学问的汉籍学习,即江户时代初等教育里面"所谓学问,即是素读汉籍"[1]的思想在明治政府的新教育体制中开始转换。然而,明治 22 年,也就是 1889 年,当《二人

比丘尼色忏悔》出版的时候,接受新教育的读者层还处于少年时期,《二人比丘尼色忏悔》最大的读者层,应该说是那些没有受过明治政府的新教育而是接受了素读汉籍教育的前一代人。如前所述,由于明治政府过激的欧化主义导致了国粹主义思潮的发生,在这种时代氛围中,二叶亭四迷和山田美妙所尝试的言文一致文体改革受到挫折。《二人比丘尼色忏悔》的登场,在某种意义上,唤起了受到旧教育的读者层的集体记忆。

上一节主要考察了《二人比丘尼色忏悔》从古典文学中的继承。然而,不可忽视的是,《二人比丘尼色忏悔》得以出版,在同时期出版的幸田露伴的作品《风流佛》也获得好评。但他们的文学既没有被推崇为古典文学,也没有被标榜为近代文学,而偏偏是被冠以"拟古典"的字眼。为什么尾崎红叶、幸田露伴没有选择复古,而只是采用拟古的手法呢? 这里的"拟古"到底意味着什么? 这个问题自然也涉及《二人比丘尼色忏悔》与古典文学相比或者与明治二十年代以前的文学相比,有什么创新性的问题。

一、拟古文体的意义

关于《二人比丘尼色忏悔》的创新性这一课题,至今为止的研究者大多聚焦尾崎红叶在作品开头写的"作者曰",关注尾崎红叶自己宣称的他所创造的"略有些异样"的新鲜文体,或者是关注书籍的装订、插图的宣传效果以及标点符号——破折号和省略号等的使用效果等等。比如,红野谦介在《书物的近代》中,以《二人比丘尼色忏悔》为例,认为尽管作品封面的装帧沿袭了江户后期人情本的模式,但在奇遇之卷印有经几(读经时放经书、经卷用的桌子)和经卷的彩图,在战场之卷印有铠甲,在怨言之卷印有小袖,在自害之卷印有大刀。这些精美的装帧以及特殊印刷,在整个新著百种丛书里面也只限于尾崎红叶的小说。同时,红野谦介还对尾崎红叶的标点符号使用做了以下分析。

美妙和二叶亭的句末尝试选择使用「です」「だ」「である」等来统括整句,借以摆脱文体上的平俗单调。而与之相照应的,尾崎红叶的文本中,就像特意在回避句末表达一样,大量运用了名词结句或者动词结句的手法。为数不多的句末表达则使用古典的文语来对应处理。而另一方面,在双重括号、破折号、省略号、星号等标点的灵活使用上,比山田美妙做得更加用力。除此之外,还使用了换行、多插入空白等方法。[1]

　　红野谦介所强调的精美装帧及彩色插图的印刷等要素自不必言,在标点符号的巧妙使用以及句末表达的处理方面,尾崎红叶在《二人比丘尼色忏悔》中的确有他的很多新尝试。从下面一段原文中就可以得到印证。

　　　“先程から私一人が味気ないやうな。お話ばかり致しまして……お見受申せば。あなたも花の盛を其御姿……尼法師には勿体ない御標致……”
　　　“アレお弄り遊ばします”
　　　紅らむ顔を枕にさしつけ。嬌羞を笑む初心の風情。振袖きた昔が見たし—嘸やしほらしい声で普門品。見れば麗しく。思へばいぢらし。無慈悲な親……これほどの娘を此姿。[2]

試译:
　　“看看刚才净是我一个人絮絮叨叨地说话了……我这么看上去,你年龄应该不大,怎么也打扮成这副模样了呢……你长得这么标致,出家当尼姑真是太可惜了……”
　　“啊呀,姐姐您别开玩笑。”
　　客人尼姑将绯红的脸埋进枕头。满面娇羞的样子风情万种。真想看看她当年穿盛装和服时的样子——想必她诵读普门品的声音一定是温婉可人。越看越发觉得美丽。越想越感觉怜人。想来那当爹妈的真是心狠呀……竟然让这么可爱的女儿落到这般模样。

　　在这段文字当中,除却红野谦介所指出的,尾崎红叶在标点符号的使用上颇费心思之外,像“越看越发觉得美丽。越想越感觉怜人”这样的类似于对仗的句子处理,以及“想必她诵读普门品的声音一定是温婉可人”“想来那当爹妈的真是心狠呀……竟然让这么可爱的女儿落到这般模样”等句子中都使用了名词结句的形式,使得日文原文读起来非常有韵律感。当然,诸如名词结句、破折号的使用等技巧手法仍然属于外围肉眼可见的范畴,尾崎红叶在其文章内部有没

1　紅野謙介:『書物の近代』、東京:筑摩書房,1999 年、55‐57 頁。
2　紅葉山人:『二人比丘尼色懺悔』、東京:吉岡書籍店,1889年、14‐15頁。

有更多的创意和创新呢？笔者尝试考察，尽管没有发现很多实例，但《二人比丘尼色忏悔》中的如下文字还是蛮能体现尾崎红叶在文体创造上的匠心的。先将日文原文引用如下。

（1）昔の恨みを—其時喞たむにも其人なければ。胸に苦しく包みし恨みを—つれなかりし夫の前に。喞つ如く口説たてられ。気の毒—主人は。当惑—己れは。（24頁）

（2）主人の胸を射透す意見。其中はに理を籠め。実を含む。これが廿歳に足らぬ乙女の口からか。　　寒地の花は盛待つ。苔の間きる毛衣。早く世の苦を知る者は。天も自から理発に生む。（27頁）

（3）守真の心の「箭」は芳野が言葉の「脱兎」を逐ふ。此処の薮に認る形。瞬く間に彼所の林に其影。　　出没謀られざるを。足場も定めず逐まはし。不測の喱を踏外さむかと。気は退けて進まぬながら。（65頁）

试译：

（1）主人尼姑将昔日的怨恨——当时想要跟丈夫抱怨，但因丈夫已不在身边而一直痛苦地憋闷在胸口的怨恨——就像当着薄情的丈夫一样，一股脑地倾诉给了客人尼姑。客人尼姑不禁想到："真是可怜啊——这个主人。真是为难啊——我。"

（2）足以穿透主人胸口的意见。其中包含世间道理。又有实情实意。这真的是出自不到二十岁的少女之口吗？　　待盛寒地花。蕾间着毛衣。早知世苦者。天自生理发。

（3）守真的心"箭"正在追逐着芳野话语间的"脱兎"。刚在这边的草丛里看到影子。转瞬间那影子又跑到了那边的树林里。　　脱兎出没，着实难测。四处追逐，脚未停歇。路遇悬崖，险些踏空。心生退意，犹豫不前。

例句（1）是庵室的主人尼姑若叶因为丈夫小四郎不辞而别，只给自己留下遗书且让她改嫁而感到气愤，她将昔日对丈夫的怨恨倾诉给来客尼姑芳野。而芳野也不知道该如何安慰若叶，深感为难。其中在形式上最有行文特色的当属"真是可怜啊——这个主人。真是为难啊——我。"一句的倒装句式的使用。尾崎红叶文学研究家冈保生也关注过该句式的使用，认为这是典型的欧化文体，并指出"像这样的倒装句式为美妙所滥用"[1]。冈保生的意思是指此处尾崎红叶有步山田美妙后尘之嫌。作为佐证资料，冈保生举出山田美妙《武藏野》中的一段文字"落下来了。刀剑之雨。草收下了。红色的画笔。"中出现的主谓倒装。当然，尾崎红叶在此处的尝试并未得到好评，如跟尾崎红叶同时代的评论家石桥忍月就认为"原本毫无必要，却要主客转用"[2]，对于尾崎红叶的文体尝试并不买账。

例句(2)是主人尼姑若叶在听了客人尼姑芳野的一番劝慰之后的感受。面对若叶对丈夫小四郎的抱怨，芳野劝慰若叶一心向佛，该好好为所爱之人祈福才是，一番话说得若叶心悦诚服，并有了后面"这真的是出自不到二十岁的少女之口吗？"的感慨。但紧跟后面的"待盛寒地花。蕾间着毛衣。早知世苦者。天自生理发。"这四句状似五言绝句诗歌的登场就略显唐突。内容晦涩且不必说，诗歌阐发情绪的主体是作者尾崎红叶本人还是主人尼姑芳野？关于这一点也似乎交代不明。不过，在若叶的感想和诗歌中间，原文有两处明显的空格。结合诗句的形式和内容，此处应该理解为作者尾崎红叶的总结判词。在须田千里的作品注释中，给这段诗歌内容做的解读是：就好比盛开在寒冷地域的花，花蕾间都会有绒毛的包裹；那些年轻时就懂得世间疾苦的人，自然也会聪慧过人。饶是如此，作者自身在作品中出面点评人物，也有些让人感觉突兀。砚友社的同人石桥思案也曾点评过该句，认为"言文一致式的形容过于凸显，不好"[3]。当然，时过境迁地重新读石桥思案的这个评价，也让我们对石桥思案所说的"言文一致式的形容"有些不明就里，但可以弄清楚的是尾崎红叶在此处的文体创新并未得到好的评价。或许可以理解为，尾崎红叶也正是通过这种行文方式达到"拟古"的效果吧。

例句(3)是面对芳野"你忘了我是左近之助的女儿了吗？"的发问，小四郎一时不知其发问的真意，在内心揣测琢磨时的心理活动。芳野是提醒小四郎，她和小四郎之间早有婚约，并质疑小四郎为何在有婚约的情形之下，与若叶成亲。小四郎一方则揣摩迟疑之间，尝试着应答："你怎么说这种奇怪的话……怎么会认为我忘了你是左近之助的女儿呢？"在引用的例句中，心"箭"追逐"脱兔"的比喻不可不谓之奇拔。作者将女孩芳野的心思比作"脱兔"，小四郎守真尝试理解芳野的努力比作心"箭"，并说脱兔"刚在这边的草丛里看到影子。转瞬间那影子又跑到了那边的树林里"，作者用这样的句子比喻少女心思多变。而追逐一

1　冈保生：『尾崎紅葉——その基礎的研究』、東京：東京堂，1953年、41頁。
2　冈保生：『尾崎紅葉——その基礎的研究』、東京：東京堂，1953年、41頁。
3　須田千里、松村友視校注：『新日本古典文学大系　明治編　尾崎紅葉集』、東京：岩波書店，2003年、21-22頁。

方的小四郎"脚步不停四处追逐。碰上悬崖,差点踩空。心生退意,不敢向前",是说小四郎在揣摩女孩心思的道路上一路遇险。这中间表达的确有些妙趣,但心"箭""脱兔"的比喻设计还是让人感到突兀。也或许这就是尾崎红叶在"作者曰"中所自命的"一风异样之文体"。须田千里在作品注释中对该句解释道:"守真猜不透芳野话语里的真意,心生困惑。作者使用弓箭追逐脱兔的比喻来表现守真的窘境,是从山田美妙那里学来的比喻。"[1]冈保生也从尾崎红叶善于学习的角度评价道:"尾崎红叶从很多的先行文体中自由摄取,创造出了跟内容相衬的自然和谐的文体""为了创造属于他自己的文体,不管是山田美妙的文体,还是其他谁的文体,尾崎红叶都不介意,非常谦虚地从各种各样的文体中学习吸收。"[2]

当然,《二人比丘尼色忏悔》中的文体,并不都是如上面例句一样标新立异。一方面也有古文体书信内容的搭配,就是小四郎临出征前给若叶留下的古文体书信。尾形国治认为《二人比丘尼色忏悔》中文体功效的发挥背后,需要考虑以下的时代要素。"即使不用拿出二叶亭四迷的例子也可以理解,明治二十年代是一个作家'苦于如何表达'(坪内逍遥)的时代。在这样的时代,当我们看待为了文章表达和文体创造而殚精竭虑的红叶的时候,我们可以认为跟二叶亭四迷、山田美妙的言文一致的尝试一样,尾崎红叶也在近代的文体摸索期,收获了他在文体上的创造。《浮云》的文体因其过于新颖而使得读者读来感到困惑,而《色忏悔》的文体包括装帧和插图,皆因其旧而在读者看来反倒觉得新鲜,从而吸引了当时的众多读者。这一点,也应当得到正确的评价。"[3]

根据尾形国治的评论可知,尾崎红叶在《二人比丘尼色忏悔》中采取了新旧折中的一种战术。古老的书信文体带给读者的是一种安心感,而崭新的比喻表达、倒装句式、对仗句式等文章技巧又给读者以新鲜感。在这样的新旧结合的平衡下,尾崎红叶创造了独特的既非古典又非现代的"拟古文"文体。这毋宁说是一种文体上的实验,但这个实验是尾崎红叶在感知到时代氛围后的一种尝试,这种尝试从结果上看也是成功的。当然这种"拟古文"的成功,或者说作家开创文体的成功背后,也有着另外一面的意义。那就是言文一致文体实践者们所希望的能够借助语言的平白化而打破语言内部存在的阶级性这一点,至少在明治的读者中间并不容易接受。

白木进在考察现代日本语中的"爸爸""妈妈"即"おとうさん""おかあさ

1　须田千里、松村友视校注:『新日本古典文学大系　明治編　尾崎紅葉集』、東京:岩波書店,2003 年、43 頁。

2　冈保生:『尾崎紅葉——その基礎の研究』、東京:東京堂,1953 年、47–48 頁。

3　尾形国治:「尾崎紅葉『二人比丘尼色懺悔』」、『解釈と鑑賞』,1992(5):122–123 頁。

ん"这两个词的形成过程时,就曾表示,这两个词在日语中真正稳定下来,费了相当长的时间。他写道:"明治新政府标榜着四民平等,解放士农工商,然而在生活和语言层面,人们的意识可不是一朝一夕可以改革变更的。特别是在语言层面,由于长期封建制度的桎梏,公卿、武家的各种格式、名目依然统治着人们的思想。要想做到解放,首先要从不平等的语言改造入手,更要先从旧制度旧条文的废弃上先行入手不可。"[1]

在这个意义上,拟古典主义的"拟"不仅仅是在文体意义上的"拟",更是在传统和现代的新旧价值观冲突之下,作为一种折中结果的"拟"。

二、《二人比丘尼色忏悔》的近代性

前面章节主要从文体的角度考察了尾崎红叶《二人比丘尼色忏悔》的拟古典主义性格。而在小说的思想表达层面,也有不少研究者从各个角度阐述《二人比丘尼色忏悔》这部作品在明治这样一个时代里的新意所在。其中比较有代表意义的论点,当属佐伯顺子的专著《"色"与"爱"的比较文化史》。该著作中有专门论述尾崎红叶作品《二人比丘尼色忏悔》的一节内容,标题为:从"好色"到夫妻之爱——尾崎红叶。论述内容稍长,以下稍做长段引用。

　　尽管书名中有"色",但从内容上来看,其实是十分符合"爱"的理想形式的。作品中的新意,首先体现在女主人公之一的芳野跟婚约者守实的对话上。芳野对守实正面发问:
　　"人们都说,一女不侍二夫。那么说来,相公你同时有好几个恋人……这合适吗?"
　　对男性与多个女性同时交往,芳野堂堂正正地发出了责难。而受到责难的守回答道。
　　"即便是男子,如果做出那样的事,也会被人贬称为男倾城,作为武士是绝对不应该有的举动。即便是女子也不可忘忠义,同样男子也需有贞操。"
　　守实干脆地否定了同时与多个异性交往的行为,认为男女关系应该是一对一的。考虑到当时男女关系的实际情况,作品中的上述表述是具有划时代意义的。

1　白木進:「標準口語としての『おとうさん』・『おかあさん』の成立過程」、『国文学研究』,1973 年(9):131-132 頁。

　　佐伯顺子发表上述论述的背景是考虑到明治社会仍然存在"蓄妾的风习"。在明治时期的相当长一段时间里,蓄妾并不是不道德的行为,而是被视为"男人品味"的象征,存在于日本国内各个地区。即使在法律上,1870 年即明治三年所颁布的《新律纲领》中,仍然规定妻妾有同等的亲权。

　　此外,须田千里在《二人比丘尼色忏悔》的解说中也强调了明治社会的蓄妾风习。"德川幕府的武家社会里,在直系男子的继承制度之下,为了生出男性后代,武士立侧室纳妾在制度上是被认可的,而且也被广泛执行。即使进入明治时期,家父长制度依然得到存续,妾更是被纳入家父长制度之中得到认可。除此之外,即便没有家督继承的关系,也有单纯作为性欲对象的妾普遍存在。不管是明治的元勋大佬,还是一般平民,纳妾养妾甚至会被看作男子值得骄傲的事情。"[1]

　　到了明治十五年即 1882 年,尽管日本新的法律纲领颁布后,法律上不再承认妾,在现实当中仍然有蓄妾的现象存在。佐伯顺子正是在这个意义上,肯定了尾崎红叶在《二人比丘尼色忏悔》中借助主人公的对话展开的关于"男女贞操"的积极表述。而这也的确能够看成尾崎红叶文学近代性的表现之一。

　　小平麻衣子着眼于《二人比丘尼色忏悔》对话文中双括号、省略号、破折号等符号的使用,认为这是"尾崎红叶重视对话,在活字文化的前提下试图开创'用眼睛阅读'的对话文体的极为有近代意识的创举。"此外,小平麻衣子还认为从小说中的第三人称叙事使用的角度也可以看出《二人比丘尼色忏悔》的近代性。小平麻衣子评论道:"近代文学对于对话的关注度较低,是因为近代小说最看重的是揭示人物内心或精神层面,故此能够自由出入登场人物内心世界的第三人称叙事成为最优先考虑的课题。从人物口中说出的话语往往被认为只是表面的而不被看重。在《二人比丘尼色忏悔》中,原本作者也有很强的意愿着力打造对话,但考虑到内心世界的揭示,还是运用了第三人称叙事来抑制对话的故事结构。这一点可谓是近代小说的典型。"[2]

　　然而,客观上来看,尾崎红叶的这个成名作品是作为欧化主义过热的反省借着文坛复古主义风潮登场的,如果勉强从其作品内容中寻找近代性的表达未免牵强。如果要谈进步,恐怕也要看在什么意义上的进步。从本质上讲,《二人比丘尼色忏悔》是坪内逍遥《小说神髓》所主张的写实主义的实践作品。尾崎红叶更是模仿坪内逍遥提出的"以情为主眼",在作品的"作者曰"中明确提出该作

1　須田千里、松村友視校注:『新日本古典文学大系　明治編　尾崎紅葉集』、東京:岩波書店,2003 年、459‐460 頁。

2　小平麻衣子:『尾崎紅葉——〈女物語〉を読み直す』、東京:日本放送出版協会,1998 年、38‐39 頁。

品"以泪为主眼"。这并非向坪内逍遥叫板,而应该理解为一种致敬。其作品的内容脱离了江户文学式的劝善惩恶,在这个意义上来说,作为明治文学是有一定的新意。但若要从作品中找出近代自我意识的觉醒等更深层次的近代性,恐怕我们也不能苛求尾崎红叶。尾崎红叶的作品,即便是到了晚年的《金色夜叉》,也很难找出非常有近代思想的内容,更何况其处女作? 之所以这么明确说,是因为在《二人比丘尼色忏悔》这部作品里,与其说是体现了近代思想,倒不如说更多地体现了前近代的思想,比如体现男尊女卑、歧视女性、身份歧视的表达有很多。

即便是前文佐伯顺子所列举的体现作品近代性的代表性段落中,也有借小四郎之口说出的"即便是女子也不可忘忠义,同样男子也需有贞操"这样的表达。"即便是女子"的语言很明显是站在男性优越感心理上的表达。而女主人公之一的尼姑若叶身上,同样也有类似自贬女性身价的表达。

> "说什么等我凯旋……这句话现在听起来都没有情味……只是在口头上说些让我放心的话……实际上又在柜子里放什么遗书……既然早就已经有了战死沙场的决心,为什么不能明着告诉我……实在是恨他。要是夫君跟我说了,我的生命有什么可以留恋的? 我就会直接在夫君面前自杀。在冥土之中等待他的到来。<u>他可能会说你这町人风情的女子也会说这漂亮话</u>……说什么让我活下去——还说什么让我改嫁……不光是让我改嫁,还给我准备了休书……看着我都恶心,当场我就给撕得……撕得稀巴烂。"[1](下划线为引用者所加)

引用的段落内容是主人尼姑若叶说给芳野听的话,表达的是对丈夫小四郎不对自己说实话的抱怨。若叶跟芳野表达的是自己命不足惜的决心。但说话之后,立刻又借小四郎的口吻说出了"你这町人风情的女子也会说这漂亮话",明确体现了江户时代身份制度下对町人的蔑视。当然,这种蔑视在这里只是若叶想象中的小四郎的话语,这一方面可以看出她对自己身份的不自信,但也更可以反映作者本人根深蒂固的阶层意识。尽管这种身份意识来源于时代的印迹,但从中我们也可以看出尾崎红叶前近代的女性意识。比如小说文本中还有"虽说是女子,想得也很周全""身为女人,我自己都觉得女人真是爱唠叨""尽管着装是遁入佛门的样子,但内心依然还是肤浅愚痴的女子"等借着女主人公之

1　紅葉山人,『二人比丘尼色懺悔』、東京:吉岡書籍店,1889 年、23 頁。

口说出的让女性自贬身价的话。这些表达都很难称得上是对女性的尊重。除此以外还有多例子,不再——详细引用。

接下来,让我们看看《二人比丘尼色忏悔》中的另外一个关键场面——男主人公松浦小四郎守真在战场上受伤,将要被敌军阵营中的伯父救回宅邸时的描写。

> "我小四郎真是不走运啊。自从我八岁离开父母,一直到二十五岁的今天,全都是多亏了伯父伯母你们对我的照顾。给我的慈爱恐怕连亲生父母也不一定能给。这恩情,比山还高比海还深。您虽是薄禄也接济我,在我能够继承父亲的家名之前,全都仰仗二老为我尽心尽力。我在心里一直记得您的大恩,想着他日图报,日夜不曾忘怀。却不料战争让我跟伯父您成了敌对的双方。面对给我大恩的伯父,我竟要拉起弓箭。对我来说,这全是为了无可取代的主君。生于武门,便须奉公,这也是一桩为难的事,我今天才深切地感受到。您让我到您的府上。您的话语跟往常一样还是那样慈爱,对待我还是像以前那样照顾。如果是在平常,哪怕您跟我说出再难的事,就算是粉身碎骨,我也不会违背您的心意。更何况您跟我说的还是这样暖心的话。对我来说,简直是求之不得。但好歹我也是有自己主君的身份。武士也要有自己的骨气。小四郎的这般心意,还请伯父您能体察。伯父您的好意,我是怎么感谢都……伯父啊……我求您……求您啦……"[1]

在这一段小四郎直抒胸臆的情感吐露里,我们可以看出小四郎既想要忠于主君,又不想伤害恩人感情的复杂内心。可以看出,在内心世界里以"好歹我也是有自己主君的身份""武士也要有自己的骨气"为精神依托的小四郎满满的封建忠君思想,并无半点近代的自我觉醒。如同三好行雄所评价的那样,"时代本身也尚未成熟",对于作家自身来讲,"将理念上把握到的'近代'贯彻到实际的作品中"实际上是困难的事情。[2] 深挖尾崎红叶的《二人比丘尼色忏悔》中的近代思想,从文学史上来说,同样也是困难的。

关于尾崎红叶的思想意识,伊藤整曾评价道:"在他的意识里面有着森严的阶级秩序。他眼中的弟子,即便在他生病的时候给他剪脚趾甲也是天经地义

1　紅葉山人『二人比丘尼色懺悔』、東京:吉岡書籍店,1889 年、41 - 42 頁。
2　三好行雄『三好行雄著作集第四巻　近現代の作家たち』、東京:筑摩書房,1993 年、10 頁。

的。红叶尊重的文士,是在阶级上比他高一个等级的绅士文士,而不是人格上的文士。"[1]而与伊藤整所说的内容相呼应的是,吉田精一在论及尾崎红叶对西洋思想的吸收时的这段话。"红叶通过英语的翻译阅读了大量外国的近代文学,比如左拉、莫泊桑等等,并且根据外国文学创作了很多作品。他在临终之际,还在阅读奥斯托洛夫斯基的最大杰作《大雷雨》。然而,他的日常生活是怎样的呢?他完全是以戏作者的态度在创作,也就是说他完全是在模仿江户时代戏作者们的卑下态度,并且还引以为豪。不管是在精神层面上,还是在创作态度的层面上都是如此。"[2]

当然,也有视角不同的其他看法。比如小西甚一在《日本文艺史》的"小说渐进的近代化——红露时代"专题中涉及尾崎红叶作品的思想性时,评价道:"对于红叶来说,将这个世间的事实如实地描写出来就是小说,小说并非阐述人生观和世界观的工具。而这也正是坪内逍遥没理想主义的基础。尽管在素材和文体上是复古的,但在创作态度上还是基于了新的欧风理论。"

如上所见,研究者之间对于尾崎红叶的思想评价也并非完全一致。小西甚一的评价相对正面,而伊藤整与吉田精一的评价似乎整体是负面的。尽管双方的论调从结论上看上去是相反的,但实际上不管是哪一方都说中了尾崎红叶文学的本质。相反的两个方向的东西同时存在于尾崎红叶的创作里面,这本身也就是拟古典主义的"拟"的真意所在。

另一方面,《色忏悔》中的人物,尽管表面上看起来突破了家族的"规范",但从最终的人物塑造来看,其实都是体现了坚固的家族"规范"。人们最终还是要回到时代的"规范"中间,才能得到制度的保护从而获得安全感。这是一个在时代性的"规范"以及反时代性的"脱逸"的微妙平衡中得以成立的故事。[3] 在这个意义上,拟古典主义文学的抬头是新旧思想折中的产物,表现在小说语言的文体上也是雅俗折中,表现在思想上也有新旧折中的成分,尤其是口语的会话文同古语的叙述文的结合,在形式上也与古典文学迥异。因此才说拟古典主义只是模仿了古典,并非复古。更进一步说,拟古典主义是借助了古典的形式,以写实的实践讲述今日的故事,这是拟古典主义的创新之处。当然这里的创新与二叶亭四迷的《浮云》中文三的内心烦恼的新,并不是在同一个层面上的。

即便如此,也并不意味着拟古典主义文学在日本文学史上的意义就减弱了很多。它预示着日本近代文学的另一个发展方向的可能性,其本身也是有划时

---

1 尾崎紅葉等:『日本文学全集 2 尾崎紅葉・幸田露伴集』、東京:新潮社,1964 年、53 頁。
2 吉田精一:『吉田精一著作集第二十一巻 現代日本文学史』、東京:桜楓社,1980 年、58 頁。
3 宇佐美毅:「家族の『規範』『二人比丘尼色ざんげ』」、『国文学』,1997(10):15 頁。

代意义的。此外，关于尾崎红叶在《二人比丘尼色忏悔》中所尝试的女性人物的心理描写和小说创作手法，换个角度的话，我们也可以提升到文学方法上的近代性来看待。在《二人比丘尼色忏悔》中，女性自己决定自己命运的自我主张，也可以作为近代女性的自我意识来解读。还有跟《三人法师》《七人比丘尼》等江户时期的作品明显不同的是，《二人比丘尼色忏悔》并没有宣扬佛法无边，回头是岸，也没有将人类的爱欲看作执迷不悟的执念，而只是客观地描写。诸如此类的作为小说方法上的近代性也是不能轻易否定的。

尾崎红叶自身在晚年的 1900 年有一篇《文士保护问题》的文章，在其中他写道："文学不仅仅要给人们以娱乐，还有很大的教育责任——提高国民的品性，使得国民懂得趣味，持有理想，胸怀抱负。文士自身亦应该好好培养自己的品性，树立崇高的理想。"[1]可见，尾崎红叶作为近代文学家的一分子，他有很高的作为作家的自觉和责任意识。

1　尾崎紅葉:『紅葉全集』第十巻、東京:岩波書店,1994 年、292 頁。

第二章

尾崎红叶小说创作与中国要素的借鉴

　　关于尾崎红叶小说创作与中国要素的借鉴这一课题,先行研究中并无太多涉及。尾崎红叶研究学者平冈敏夫、十川信介、冈保生、土佐亨、木谷喜美枝、菅聪子、关肇、马场美佳、酒井美纪等人的研究成果中,论述尾崎红叶文学与中国古典文学相关联的内容也是少之又少。先行研究里,土佐亨在《红叶细见 杂考四篇》中,曾考察了尾崎红叶的改编小说《伪金》和它的原作《嫁祸自害》[1]。尾行国治在《红叶与陆游》一文中,将着眼点放在《金色夜叉》里出现的陆游诗作《楼上醉歌》上,借此推断尾崎红叶涉猎陆游自选诗集《渭南文集》以及《剑南诗稿》的可能性,并进一步暗示《金色夜叉》的主题和构思可能是从尾崎红叶喜爱的《唐宋诗醇》中的诗人陆游身上得到的[2]。中国学者阮毅曾论述过《三人妻》与《金瓶梅》的关联,另在《日本人与〈西游记〉》一文中,亦论及尾崎红叶与《西游记》的关联[3]。诸田龙美也曾论及尾崎红叶的代表作《多情多恨》与《长恨歌》之间的关联[4]。但总体来说,论述尾崎红叶文学与中国文学之间关联的先行研究比较少。

　　然而,细读尾崎红叶的日记及书简则会发现,其中经常会出现关于中国典籍的读书记录,且在尾崎红叶的作品里也经常出现中国人名或汉诗、汉籍。梳理这些中国要素对研究尾崎红叶文学中的中国古典这一课题是有意义的,对研究中国古典文学之于明治文学的意义也会起到一定的借鉴作用。笔者为此将尾崎红叶日记作为基础性文献调查对象,尝试梳理其中所记录的中国人名及中国典籍名称。

　　尾崎红叶的日记有《十千万堂日记》,其中有 1901 年元旦起至 10 月 10 日

1　土佐亨:「紅葉細見　雑考四篇」、『文芸と思想』,1973(2):36－55 頁。

2　尾形国治:「紅葉と陸游」、『国文学』,1976(10):180 頁。

3　相关论文参见阮毅「尾崎紅葉『三人妻』と『金瓶梅』」(『日本語日本文学』2008(18):37－52 頁)以及阮毅「日本人と『西遊記』」(『日本語日本文学』2013(23):29－46 頁)

4　相关论文参见諸田龍美「尾崎紅葉『多情多恨』と「李夫人」「長恨歌」」(『愛媛人文学論叢』2006(8):1－10 頁)

止约 10 个月的日记内容。此外还有 1901 年至 1903 年的日记,在时间上《十千万堂日记》有部分重叠,但内容有所不同。此外,笔者还把 1899 年 6 月尾崎红叶所写的《盐原纪行》以及 7~8 月的赤仓、新潟、佐渡日记列入调查对象,总结出调查结果一览表,如表 2-1 所示。为方便阅读,相关人名与书名用下划线做了标记。

表 2-1 尾崎红叶日记中出现的中国人名及相关书籍等

日期	日记内容
1901 年 2 月 1 日	有报,李鸿章病死。
1901 年 2 月 4 日	在蓐中,读文心雕龙。
1901 年 4 月 28 日	枕上,读夜谭随录,四卷。到天明。
1901 年 4 月 29 日	入夜,读夜谭随录,彻宵。
1901 年 4 月 30 日	快晴。正午起,读夜谭随录。
1901 年 5 月 1 日	枕上,夜谭随录阅了。
1901 年 5 月 10 日	十时过,始阅咫闻录。
1901 年 5 月 11 日	雨繁,气甚寒,终日读咫闻录。
1901 年 5 月 24 日	九时半起。食后,十一时乘车去本乡冈野。(中略)途经文求堂,购霞客游记十卷(价八日元也)。
1901 年 7 月 9 日	雨。午后,于别宅起草咫闻录中一节之讲演体,金港堂编纂员仓林某来访。
1901 年 7 月 10 日	多云。九点许,池田爱子遣使,送藤村蒸果子一折。携之,访学海翁,求释咫闻录中字句,十一时辞归。
1901 年 7 月 11 日	雨。于文求堂购红楼梦四本第二十四卷(三日元半)。
1901 年 7 月 20 日	午后,访浅草中村兰台,订做篆刻印章。归路访乌黑翁,看明人赵浙所摹清明上河图一卷。精描详悉可惊也。价二百日元。
1901 年 9 月 3 日	是月始披读红楼梦。
1901 年 9 月 16 日	夜,起草嫁祸自害之讲演文稿。
1901 年 9 月 19 日	赤城祭礼,鼓笛声喧嚣入夜。起草伪金之讲演文稿。
1901 年 9 月 20 日	骤雨数数到。午前苔花生来访。起草伪金。
1901 年 9 月 30 日	此夜与镜花谈至深夜,月明可赏。立待月也。月明楼上,读淮南子·人间训。

（续表）

日期	日记内容
1901 年 11 月 8 日	李鸿章服鸠卒去，见诸报端。七十九岁。可惜。午前，送竹冷氏俳句文稿。购木兰奇女传（二十五钱）。至大学医院，访病中乙羽子。
1903 年 3 月 25 日	归途，过琳琅阁。购寄所寄、纪晓岚五种、书启合璧三种（四日元八十钱）。

（此表为笔者参考《红叶全集》第十一卷（东京：岩波书店，1995）中收录的尾崎红叶日记整理而成）

　　表 2-1 是以《红叶全集》中所收录的尾崎红叶日记为调查对象，整理得出的尾崎红叶的中国典籍阅读、购买记录以及相关时论。比如分析 1901 年 2 月 4 日"在蓐中，读文心雕龙"的阅读记录，我们可以发现尾崎红叶在读《文心雕龙》时的状态是"在蓐中"，即可知他生病卧床。进一步可知，尾崎红叶并非初读《文心雕龙》，应该是把《文心雕龙》当成枕边书经常翻阅。至于尾崎红叶买《红楼梦》的书店文求堂，则是一家专卖中国书籍的书店，店主田中庆太郎（1880—1951）与郭沫若等人交往甚密。尾崎红叶在看了《清明上河图》的临摹画之后，或是跟自己的弟子泉镜花畅谈之余，在日记中自然留下"精描详悉可惊也""月明可赏""月明楼上"这样的汉文表达。以上种种事例都可以说明，尾崎红叶对中国的事物抱有极大兴趣。

　　整理尾崎红叶的阅读记录，可以发现在 1901 年这一年里，尾崎红叶涉猎过的中国相关典籍有《文心雕龙》《夜谭随录》《咫闻录》《霞客游记》《红楼梦》《淮南子·人间训》《木兰奇女传》等八种之多。尽管尾崎红叶早年师从汉学家石川鸿斋，汉文学素养极高，但考虑到这是一年时间里的中国典籍阅读量，不可谓之少。而且，这仅仅是他 1901 年这一年里，单单中国典籍的阅读记录。尾崎红叶日记中，还涉及屠格涅夫、歌德、加布里埃尔·邓南遮、梅特林克等诸多欧美作家的作品。现存的尾崎红叶日记是从 1901 年开始的。1901 年以前的阅读记录，根据尾崎红叶提供的"书目十种"，有《唐宋诗醇》一书。且从 1901 年的阅读记录推测，尾崎红叶的中国相关典籍阅读的范围应该更为广泛。关于这一点，尾崎红叶文学作品中频繁出现的汉诗文以及中国相关典籍的名称可以成为力证。值得一提的是 1903 年 3 月 25 日《寄所寄》《纪晓岚五种》《书启合璧》的购书记录。尾崎红叶于 1903 年 10 月 30 日逝世，故而这是他离世前半年时所购买的中国相关书籍。尾崎红叶即使身在病中，依然博览群书，想从中国典籍中汲取文学素养。

这些中国典籍的阅读记录具体如何反映在尾崎红叶的文学创作之中，又有哪些中国相关的素材被尾崎红叶活用到小说中去，这一点尚需进一步实证性的研究。就笔者目前已掌握的资料而言，《金色夜叉》中荒尾让介大醉之后在街头吟咏的诗歌就是陆游的诗作，这与尾崎红叶关于《唐宋诗醇》的阅读经历相吻合。

以上通过整理尾崎红叶日记中有关中国典籍的记述，可以得知尾崎红叶涉猎诸多中国文学作品。如此一来，这些中国文学作品是以何种形态反映在尾崎红叶的文学创作当中就成为接下来的问题。下面以尾崎红叶小说《巴波川》的创作为具体事例，尝试探讨《巴波川》的小说创作与中国要素的借鉴这一课题。

第一节　《巴波川》创作与中国要素的借鉴[1]

《巴波川》是尾崎红叶的初期作品。1890 年 12 月 25 日作为"新著百种"的号外作品在吉冈书籍店发行。该作品以尾崎红叶的友人青木的亲历秘事为形式展开。青木暑假登筑波山，归途投宿于栃木町一旅馆。旅馆姑娘阿茑的美貌令青木倾倒。青木由于突发腹痛，不得已在旅馆逗留数日。其间青木、阿茑两人之间情愫暗生。青木回京前夜，邀阿茑来自己房间，吹熄烛火"不由女子分说，得遂鱼水之欢"。翌日清晨，不见阿茑踪影，青木怀中只剩下一纸遗书。上面写道："妾有疾在身，实为残废之人。若与男子有肌肤之亲，则旧疾一时骤发，容颜尽失，目不忍睹。"《巴波川》是一篇富有传奇色彩的作品。作品标题的巴波川实际上是流经日本栃木市中心的一条河流。直至明治初期，一直是连接栃木与江户的水上交通要道。在铁路通行之前，该航道承担了两地之间大米、麻等物资的运输，航程往往需要数日。

《巴波川》在发表当时的社会评价也不高。例如，抚象子把这部作品作为伤风败俗的典型，在《女学杂志》中批判道："如若小说都如此这般，则奉劝良家父兄还是杜绝小说流入自家儿女手中为好。"[2] 松琴居士在《日本评论》中撰写长篇评论，谴责了尾崎红叶的作品立意。他表示"当今文坛公认第一勇士的红叶山人，为何写出这等无聊的小品文，吾等实在无法理解山人之意图。"[3] 石桥忍

1　本章节部分内容前期已以日文论文的形式发表。内容详见张秀强：尾崎紅葉文学における中国の要素試論——小説巴波川」の解読を中心に，东京：『成蹊大学文学部紀要』第 50 号，2015 年 3 月。

2　中島国彦，『文藝時評大系「明治篇」第一巻』、東京：ゆまに書房，2005 年、263 頁。

3　中島国彦，『文藝時評大系「明治篇」第一巻』、東京：ゆまに書房，2005 年、265 頁。

月也在《国会》的文苑专栏中批判尾崎红叶 1891 年新年前后的几部作品。他举出新著百种号外的《巴波川》与《新桃花扇》，一方面尽管肯定了"红叶山人笔触愈发成熟"，另一方面也批评尾崎红叶的作品"构思方面愈发曲折，实为可惜"。并评论道"红叶的作品中，总是玩弄女子的感情，使女子成为男子寸快寸欢的牺牲品"[1]，石桥忍月借此来敦促尾崎红叶进行自我反省。

平冈敏夫与时评对尾崎红叶创作意图的一致批判略有不同，在《红叶的初期小说——〈胧舟〉及其他》（《国语与国文学》、1968 年 4 月）、《巴波川之畔——红叶·女性物语断章》（《国语通信》、1975 年 10 月）等论文中，系统分析了尾崎红叶初期作品《剥鸡蛋》和《胧舟》等，并论及与《巴波川》的关联。平冈敏夫认为，尾崎红叶初期的小说创作有一种类型化的倾向，即喜欢创作"将年轻女性置于悲惨的命运末路"[2]的小说。

这样看来，尾崎红叶的《巴波川》在发表之时，虽未见得收获许多赞誉，但因话题新奇，尽管作品仅为短篇，但在尾崎红叶众多作品中亦受到较多关注。

一、《巴波川》的传奇小说特征

当然，围绕《巴波川》的评论并不都是批判。近年随着研究视野的拓宽，亦有了更多视角的解读。比如，秦重雄在《有挑战性的文学史——被误读的部落/麻风病文艺》（鸭川出版、2011 年 10 月）一书中，也论及了《巴波川》的部分内容。秦重雄最初写道："初读后，只觉得应是红叶为赚取零用钱而随手一写的小故事。但对于熟知红叶的人来说，它应该占据着更重要一点的位置。"[3]

秦重雄之所以判断它可能占据更重要一点的位置，根据是尾崎红叶弟子德田秋声的以下言论："先生一直以来都注重写实，在作家里面最喜爱西鹤与莫泊桑，创作有意气的小品文是先生的生命。"[4]

秦重雄认为《巴波川》应属于德田秋声所说"有意气的小品文"，并进行如下概括："'我死后，请替我对家母多加照拂。'阿茑在坚守爱情的同时，将'无依无靠的母亲'托付于青木。深度解读的话，可以认为红叶描写了一位以自己之死求得爱孝两全的女性。"[5]

在这里，"以自己之死求得爱孝两全的女性"的论点意义在于将《巴波川》定位为麻风病相关的文艺作品。诚然这位女主人公的身份设定对于作品具有重

1　中岛国彦：『文藝時評大系「明治篇」第一巻』、東京：ゆまに書房，2005 年、266 頁。
2　平岡敏夫：「紅葉の初期小説——『おぼろ舟』その他」、『国語と国文学』，1968(4)：31 - 32 頁。
3　秦重雄：『挑発ある文学史——誤読され続ける部落／ハンセン病文芸』、京都：かもがわ出版，2011 年、229 頁。
4　徳田秋声：「紅葉先生との接触面」、東京：八木書店版全集第 20 巻、1925 年、333 頁。
5　秦重雄：『挑発ある文学史——誤読され続ける部落／ハンセン病文芸』、京都：かもがわ出版，2011 年、30 頁。

要意义,但从整体上来看这篇充满传奇色彩的作品,总会让人联想到中国唐代传奇小说《游仙窟》或是蒲松龄的《聊斋志异》。小说文本中也有如下情景描写。

> "这家里实在是太旧啦。"女子边说着,将灯火挪到适当的地方。她跪着拨弄灯芯的样子真可谓仪态万方。借着灯火,青木这才头一次看清她的秀美脸庞! <u>啊呀,这里难道是魔窟吗? 莫非这女子为妖怪所变? 真是令人称绝的美色啊。</u>女子感到灯光耀眼,不觉中眯缝起眼睛。那眼波中似乎藏着万种情思。青木向来对于女色比较迟钝,但见此情状,也有灵魂脱壳之感,一时怔怔地瞅着女子的脸庞发呆。女子回首之时,跟青木的眼神撞了个正着,不免微红了脸庞,低头小声说道:"我去给您拿点烟的火去。"说罢便匆匆从房间里退出,那样子像被赶出去一般。
>
> 　　青木抱起胳膊,皱起眉头,眼睛死盯着墙壁,心里一个劲地纳闷:这女子到底是做什么的呢? 如此便宜的旅馆里,竟然有着如此美艳的女子。实在是美得过分的感觉。想必栃木町的地段里⋯⋯不,整个县里也没有的美色吧? 不不,不必说这乡下的县里 [1],连都城里也不会有如此的花艳美色。她是下人? 还是良家? 又或是风尘女子? 不管是哪一种身份,都长得太美啦。以前青木曾发誓自己绝对不会讲究迷信,而现在他也开始迷信了起来。<u>联想到自己曾经付诸一笑的《聊斋志异》《剪灯新话》里</u>的怪谈,此女子说不定就是那妖怪也未可知。或许缓过神来,青木也会对自己当下的愚痴之状有所反思,然而意外当前,他的心里腾起的全是困惑的疑云。[2] (下划线为笔者所加)

文中青木关于"魔窟"的反应让人联想到《游仙窟》里深山中张生误入的神仙窟。若在此线索上继续联想,就可进一步联想到青木=张生、阿茑=崔十娘这样的人物关系构图。其实,在尾崎红叶的代表作《金色夜叉》里,就有"佐分利和甘糟一直就主张要到横滨去的,原因是他们在那里发现什么游仙窟啦" [3] 这样一句,结合故事的上下文,此处的游仙窟一词是用来比喻做了高利贷生意后的贯一隐姓埋名的生活状态。正是因为尾崎红叶熟知《游仙窟》,所以才会在小说创作中有这样的援引。

1　日本的县相当于中国的省。

2　日文原文参见尾崎紅葉『紅葉全集』第二卷、東京:岩波文庫,1994 年、354 - 355 頁,中文译文为笔者译出。

3　尾崎紅葉:『紅葉全集』第七卷、東京:岩波文庫,1993 年、76 頁。

　　而且,在引用段落中还出现了《聊斋志异》和《剪灯新话》两部中国典籍。在桥口晋作的《巴波川》注释本中,介绍了藤田祐贤的如下见解:"红叶不正是以《聊斋志异》中的《花姑子》为底本,借助民间关于麻风病的种种不一定可靠的传言,而写成了这部《巴波川》的吗?"[1]这也可谓是《巴波川》小说创作中借鉴中国要素的集中体现。在藤田的这篇论文中,藤田提及了《巴波川》中出现《聊斋志异》的事实,以及《巴波川》的开头部分与《聊斋志异》中的《花姑子》有类似点,但并无详细论证。此外,尽管藤田祐贤强调《巴波川》是受到《聊斋志异》中《花姑子》故事的影响,但同时也强调了尾崎红叶有极大可能是通过汉学老师石川鸿斋了解到《聊斋志异》的。笔者尝试调查了《聊斋志异》中的《花姑子》故事,并与《巴波川》进行了比较,发现两作品之间的确存在以下几处相似。见表2-2。

表 2-2　《花姑子》与《巴波川》两作品之间的类似处

《聊斋志异》的《花姑子》	巴波川	《巴波川》中译
暮归、路经华岳、迷山谷中、心大恐。一矢之外、忽见灯火、趋投之。	大構の店を余所にして某町の小路に、煤け行燈の見る影もなき安泊に飛び入れば、	(青木)于是没有选择门面很大的酒店,而是沿着某町的小路,径直闯入了一家连个灯笼都没挂的旅馆,看上去就非常便宜。
俄女郎以馔具入、立曳侧、秋波斜盼。安视之、芳容韶齿、殆类天仙。	青木は手を組みて顰むる眉の下よりきつと壁を睨み、此女の正体何と判断に苦しむは、安宿に過ぎたる女人、過ぎも過ぎたる美色、栃木町にも……県にも過ぎたる美色、いやいや下野、下野はおろかな事、都にとてもあるまじき花艶、下女か女子か、淫売か、其にしても此にしても過ぎたる容色。	青木抱起胳膊,皱起眉头,眼睛死盯着墙壁,心里一个劲地纳闷:这女子到底是做什么的呢?如此便宜的旅馆里,竟然有着如此美艳的女子。实在是美得过分的感觉。想必栃木町的地段里……不,整个县里也没有的美色吧?不不,不必说这乡下的县里,连都城里也不会有如此的花艳美色。她是下人?还是良家?又或是风尘女子?不管是哪一种身份,都长得太美啦!

1　现代文学研究会,『近代の短編小説(明治篇)』,福岡:九州大学出版会,1986年、32-33頁。此外,论文的中文翻译借鉴王枝忠翻译的藤田论文《〈聊斋志异〉的一个侧面——关于它和日本文学的关系》,《聊斋志异研究》,1993(Z1):183-184页。

（续表）

《聊斋志异》的《花姑子》	巴波川	《巴波川》中译
房西隅有煤炉、女郎入房拨火。	家が古うございますゆゑと行燈を適所に直し、しとやかに跪きて燈心を搔立つる時、始めて其顔を見れば！	"这家里实在是太旧啦。"女子边说着，将灯火挪到适当的地方。她跪着拨弄灯芯的样子真可谓仪态万方。借着灯火，青木这才头一次看清她的秀美脸庞！
忽闻女郎惊号。叟奔入、则酒沸火腾。	颯と涼しく吹来る風に、ふすふすと音して柴の焚上るに驚き、蔦よ蔦よと喚起てながら小股走りに行きけり。	忽一阵凉风吹来，柴火呼啦啦地烧了起来。妇人边跑边呼喊着："阿茑呀，阿茑呀！"
睹仙容、使我魂失。	火影を眩がりて繊むる眼波に、えも言はれぬ情思の籠れるに、女色には鈍き青木もしみじみ感じて、心魂脱けたるごとく惘とその顔に瞳を凝せば、	女子感到灯光耀眼，不觉中眯缝起眼睛。那眼波中似乎藏着万种情思。青木向来对于女色比较迟钝，但见此情状，也有灵魂脱壳之感，一时怔怔地瞅着女子的脸庞发呆。
生渐入室、女起、厉色曰：狂郎入闼将何为。生长跪哀之。女夺门欲去、安暴起要遮、狎接朦月亟。	青木満心の勇を鼓して矢庭に燈火を吹滅し、有無をいはせず契りぬ。	青木鼓起满心的勇气一下子将灯火吹灭，不由女子分说，得遂鱼水之欢。

（此表由笔者制作，《巴波川》中译为笔者试译）

  通过表2-2可以发现，在《花姑子》中书生安幼舆在深山迷路，投宿于附近村落，与房主女儿花姑子热恋发展至云雨之情。但因花姑子实则为一只香獐精，所以二人不能结为夫妇。花姑子托人把与安幼舆所生之子交给安幼舆。虽后半部情节展开有所不同，但前半部确有诸多类似情景。下面就类似点稍做整理。

  首先看男女主人公相遇时的场景设定。在《巴波川》中，青木"为登筑波山，清晨从山麓出发，归途行至栃木时已近黄昏，乃去寻找旅店落脚。然而青木囊中羞涩，于是没有选择门面很大的酒店，而是沿着某町的小路，径直闯入了一家连个灯笼都没挂的旅馆,看上去就非常便宜。"并在旅馆里与美人阿茑相遇。在《花姑子》中,同样是安幼舆"暮归、迷山谷中""一矢之外、忽见灯火、趋投之"[1]。其后,在客栈中与"芳容韶齿、殆类天仙"的花姑子相遇。而且,青木初次看清阿茑容貌的情景是阿茑"将灯火挪到适当的地方,跪着拨弄灯芯"时,安幼舆初识花姑子美貌也是"房西隅有煤炉、女郎入房拨火"的情景。两者都有进房间拨火之细节。尽管细微处的小道具有所不同,但场景设定可谓相似。

再者,《巴波川》中有烧洗脚水的"年约四十岁的妇人"出现的场景:"忽一阵凉风吹来,柴火呼啦啦地烧了起来。妇人边跑边呼喊着:'阿茑呀,阿茑呀!'"《花姑子》中也有"忽闻女郎惊号。叟奔入、则酒沸火腾"的描写。一边是因害怕烧水时燃起炉火的母亲,另一边是花姑子因温酒燃起大火而惊慌,这样类似的情景出现想必不是偶然。

此外,《巴波川》中,阿茑照看腹痛的青木,其形象与探望病中安幼舆的花姑子有所重合。青木在回京前夜,鼓起勇气邀阿茑来到自己房间,吹熄烛火,"不由女子分说,得遂鱼水之欢",被性欲支配的青木的人物形象与安幼舆"生渐入室",尽管花姑子厉声道"狂郎入闼将何为",但安幼舆仍然固执地试图"狎接",强迫花姑子与之交欢。男主人公在色迷心窍之下强人所难这一点上也有重合之处。此外,青木看到阿茑美貌之后,发出这样的感想:"啊呀,这里难道是魔窟吗? 莫非这女子为妖怪所变? 真是令人称绝的美色啊!"他开始怀疑阿茑是"魔窟"中的妖怪。其后的心理描写中,"以前青木曾发誓自己绝对不会讲究迷信,而现在他也开始迷信了起来。联想到自己曾经付诸一笑的《聊斋志异》《剪灯新话》里的怪谈,正所谓也不无理外之理,此女子说不定就是那妖怪也未可知。"也就是说,青木开始对《聊斋志异》《剪灯新话》等故事付之一笑并不相信,直到遇见阿茑才开始相信世上存在妖怪。在这个场景中,"妖怪"一词以及《聊斋志异》的书名在《巴波川》作品中的同时出现,可谓是佐证《巴波川》借鉴《聊斋志异》的决定性要素。

除上述类似点之外,两个作品在整体风格上也有相似之处,在此不做详细考证。《花姑子》与《巴波川》最大的不同在于,《花姑子》是以报恩为主题的。安幼舆曾帮助过花姑子的家人,这是主人公花姑子许身于安幼舆的一大原因。而在《巴波川》中,青木与阿茑之间并无这种"恩情"与"义理",其作品展开的契机纯粹是由于青木倾心于阿茑的美貌。青木对阿茑一见钟情,在住店期间,因为喝了生水而突发腹痛。不过青木却因祸得福,他的疾病成为拉近与阿茑距离的

---

1 花姑子原文出自以下版本。[清]蒲松龄:《聊斋志异》、北京:中华书局,2009.203 - 205 页。

契机。连日照看青木的阿茑也逐渐倾心于青木,在得知青木要离开时表现出不舍之情,终至二人发生关系。青木在阿茑母亲的"悲唤"声中春宵梦醒,得知阿茑已经离家出走并投河自尽。而在《花姑子》中,行动派的安幼舆对花姑子一见钟情后,立刻谋划托好友向花姑子提亲,但因未找到花姑子的住处而患相思病。花姑子来见,"安喜极、抱与绸缪、恩爱甚至"。但发生男女之情后,花姑子对安幼舆坦白"妾冒险蒙垢、所以故、来报重恩耳。实不能永谐琴瑟、幸早别图"。

这里如果从"阻挡爱情的原因"这一点看,《聊斋志异》的所有故事都是讲人妖殊途,《花姑子》也不例外。《巴波川》与《聊斋志异》的《花姑子》也有类似之处。生来就身患麻风病(癞病)的阿茑有着"若与男子有肌肤之亲,则旧疾一时骤发,容颜尽失,目不忍睹"的悲惨命运。阿茑为了爱情打破禁忌,冒的是攸关性命、容颜尽毁的风险。

这样比较《巴波川》与《聊斋志异》之《花姑子》的相似点和相异点,可以认为尾崎红叶《巴波川》的小说创作,在取材上借鉴了《聊斋志异》的《花姑子》。

二、癞病患者这一情节设定的意义

如前文所述,《巴波川》被批判的重要原因之一,是平冈敏夫所说"将年轻女性置于悲惨的命运末路"的这一类故事过于残酷。诚然,《胧舟》中女主角因相思而亡,《邻家之女》中的女主角因吹箭而失明,《金色夜叉》中阿宫几近精神失常,尾崎红叶小说中女性深陷悲惨命运末路的情形很多。在《巴波川》中,尾崎红叶更是把阿茑的人物设定成"若与男子有肌肤之亲,则旧疾一时骤发,容颜尽失,目不忍睹"的癞病(麻风病)患者。

尾崎红叶小说中提到过癞病的不止有《巴波川》。1893 年在《读卖新闻》上连载的《心之阴翳》中有这样一段场景描写。盲人按摩师佐之市跟客人夸奖旅馆老板千金久米的美貌,客人接话道:"如你所言,这家小姐的确是貌美温柔,高贵善良,也受过良媛教育。但我悄悄跟你说,听说此地癞病风行。古来就有说法,尤其是美女易得此病。如果真如此,那越是美貌,越令人害怕呢。"暗恋久米的佐之市非常生气,"不仅仅在按摩治疗上敷衍了事,而且原本规定六钱的费用收了十钱",客人惊讶地嘀咕道:"此地的名产除了癞病和葫芦干之外,还有态度强横的按摩师啊。"[1]

《心之阴翳》中,旅店老板千金久米患癞病只是客人的臆测,而在《巴波川》中,身为癞病患者的阿茑与青木过夜之后,很快变成"容颜尽失,眉发脱落,目不

---

1 尾崎紅葉:『紅葉全集』第四卷、東京:岩波書店,1994 年、252－253 頁。

忍睹的形象"。所以在逼真的容貌变化描写这一点上,《巴波川》远远超越了《心之阴翳》。而且,从阿茑遗书"若为世间所弃,则更感内心煎熬,遂下决心,自行了断"的语气之中,可以感受到明治社会对麻风病患者的偏见与歧视。

故事中的阿茑是麻风病患者,"若与男子有肌肤之亲,则旧疾一时骤发,容颜尽失,目不忍睹"。这个人物设定的背景,或许与明治时代的日本确实存在麻风病患者有关,明治政府为此建造了救助麻风病患者的疗养院。但充满迷信色彩的设定,是否基于日本民间故事和传说以及日本民众对麻风病的认识?笔者调查了日本是否存在女性麻风病患者与男性发生性行为后发病的故事。调查结果,有光明皇后为麻风病人吸除脓血的故事;也有被毒酒毒死的小栗判官化身为麻风病人后返回人世,并在沐浴过熊野温泉后恢复潇洒身姿的故事;还有俊德丸的故事中,遭继母诅咒而身染癞病的俊德丸前往熊野温泉,借清水寺观音之力治愈疾病;患癞病的圣武天皇第三皇女松虫姬,在千叶县印幡郡印幡村被丢弃,但后被药师如来治愈等有关麻风病的日本民间传说。却没有找到女性麻风病患者与男性发生性行为后发病的故事。反倒是在偶然中发现在中国广东省、福建省以及台湾地区有罹患麻风病的女性通过与男性发生性行为来治好自己麻风病的迷信现象。这件事情对于作品《巴波川》而言,又有何种意味呢?

三、《巴波川》与广东民间传说的关联性

中文里也有"癞病""麻风病"的说法。调查中国古典文学中出现的"癞病""麻风病",可以发现在《秋灯丛话》第十一卷的《粤东癞女》《夜雨秋灯录》第三卷的《麻风女邱丽玉》以及吴炽昌所作《客窗闲话》中均有关于此病的民间传说。其中,《秋灯丛话》第十一卷的《粤东癞女》是短篇,并且记录了罹患麻风病的女性与男性发生性行为传病的陋习。以下引用其全文。

　　粤东某府,女多癞病,必与男子交,移毒于男,女乃无患,俗谓之过癞。然女每羞为人所识,或亦有畏其毒而避者,多夜要诸野,不从则啖以金。有某姓女染此症,母令夜分怀金候道左。天将曙,见一人来,询所往,曰:"双亲早没,孤苦无依,往贷亲友,为糊口计。"女念身染恶疾,已罹天罚,复嫁祸于人,则造孽滋甚。告以故,出金赠之。其人不肯受,女曰:"我行将就木,无需此,君持去,尚可少佐衣食,毋过拒,拂我意。"其人感女诚,受之而去。女归,不以实告。未几,疾大发,肢体溃烂,臭气侵人。母怒其诳,且惧其染也,逐之出,乃行乞他郡。至某镇,有鬻胡麻油者,女过其门,觉馨香扑鼻,沁入肌髓,乞焉。众憎其秽,不

顾而唾，一少年独怜而与之。女饮讫，五内顿觉清凉，痛楚少止。后女每来乞，辄挹与不少吝。先是，有乌梢蛇浸毙油器中，难于售，遂尽以饮女。女饮久，疮结为痂，数日痂落，肌肤完好如旧。盖油能败蛇毒，性去风，女适相值，有天幸焉。方其踵门而乞也，睹少年，即昔日赠金人，屡欲陈诉，自惭形秽，辄中止。少年亦以女音容全非，莫能辨识。疾愈，讬邻妪通意，少年趋视不谬，潸然曰："昔承厚赠，得有今日，尔乃流离至此，我心何忍，若非天去尔疾，竟觌而失之，永作负心人矣！"郗歔不自胜，旁观者啧啧，咸重女之义，而多少年之不负其德也。为之执柯，成夫妇焉。[1]

比较《粤东癞女》与尾崎红叶《巴波川》中的人物设定，发现尾崎红叶《巴波川》阿茑"若与男子有肌肤之亲，则旧疾一时骤发，容颜尽失，目不忍睹"的麻风病患者设定与中国广东地区民间传说的立意十分相似。但明显不同的是，广东地区民间传说中，罹患麻风病的女性通过与男性发生性行为传病来治好自己的疾病，而在尾崎红叶《巴波川》中，则是罹患麻风病的女性与男性发生性行为后，自己病发而容颜尽毁。与前者嫁祸于他人的陋习相比，后者是面对自己招来的祸患，自己承受其后果，有点自作自受的成分。

《秋灯丛话》是乾隆四十二年（1777 年）的笔记小说，《夜雨秋灯录》初版则于光绪三年（1877 年）刊登于上海申报的刊物之上。在这里姑且大胆推测，博览群书的尾崎红叶在广泛涉猎中国古典作品时，从《粤东癞女》中得到素材，却没有照搬挪用，而是为创作"反其意而用之"，打造成其所擅长的"将年轻女性置于悲惨命运末路"的这一类故事。现阶段虽然不能完全考证到尾崎红叶日记与全集中《夜雨秋灯录》的读书记录，而且也有可能是尾崎红叶从砚友社其他文人处得到素材并加以利用，但考虑到《巴波川》在 1890 年才作为新著百种面世，尾崎红叶接触到《秋灯丛话》之类故事的可能性极高。

那么，如若存在影响关系，这种麻风病患者的设定有何意义？中国学者王立在《明清小说蛇毒无意中疗病母题与佛经故事》一文中，总结同类型故事，并进行了以下分析。

在中国古代持久稳定的社会心理中，对于那些行善者的酬赏意识，是无所不在的，而到了明清时期，母题却带有了前所未有的核心意

---

[1] ［清］王椷：《秋灯丛话》卷十一，济南：黄河出版社，1996 年、185－186 页。

蕴。一者,更加关注民众日常生活与命运中的喜怒悲欢。对于年轻男子,强调一见钟情式的不顾一切的爱情;对于少女,则突出其贞淑必然获得应有的幸福。上述故事绝不是孤立的,而是若干大同小异相关故事的一个类型,颇能代表明清时代的社会心理和价值取向。

二者,明清时代的类似故事总是较为集中地关注粤东一带的"过癞"陋俗,这一陋俗的受害者——因为偶然服用蛇毒而成了幸运儿的男青年,基本上是中原人或江南人。这类异文众多的文本中,母题几乎都是以中原中心的视角,看待南方粤地这一反人性的陋习,且不是去努力改变它,而是借助于个别性、偶然性的服用极具药效的蛇毒,来试图成为幸运行列中的一员。故事一定程度上体现了小农经济社会个体普遍存在的自私与侥幸的国民劣根性。[1]

从上述文章中可以发现,中国明清时代出现的围绕麻风病的大同小异的同类型故事,大都是通过"病"与"死"两个人生中极大的消极因素来表现人世间存在的"情"。而与之相对,在尾崎红叶的《巴波川》中,美人阿茑献身于青木的目的本就不是通过性行为"过癞"给男性,相反阿茑姑娘由于青木轻率的行为发病而选择投河自尽。这样一来,《巴波川》尽管与中国故事一样,同样借助了"病"与"死"的题材,但最终表现仅止于"性"。这样带有逸闻性的设定,应该是为了满足读者好奇心。

但是,阿茑的麻风病患者标签,对于青木而言,意味着强化了她对于青木的"他者"性。这其中也包含了社会文化的暗喻。永远被拒绝在男性社会之外的阿茑,在这个意味上也是使人恐惧遭人排斥的存在。尾崎红叶描写的就是这一无法被男性社会接受的女性。

本节尝试梳理了尾崎红叶与中国古典文学的联系。一提起古典文学,日本学者容易强调《万叶集》《源氏物语》《平家物语》,而关于尾崎红叶,先行研究中频繁被提及的是其与井原西鹤的关联,相比较而言,与中国古典的联系往往被忽视。本书基于这一研究现状,从尾崎红叶日记中的中国相关记述出发,梳理出《游仙窟》《红楼梦》《阅微草堂笔记》等尾崎红叶具体接触过的中国古典作品,更通过考察《巴波川》这类尾崎红叶早期作品与《聊斋志异》《秋灯丛话》之间的种种联系,提出了尾崎红叶文学创作中对中国古典要素借鉴这一课题。汉文学素养极高是明治时代文学者的整体特点,把这一课题作为研究明治文坛之雄尾

1　王立:《明清小说蛇毒无意中疗病母题与佛经故事》,《上海大学学报》,2008(4):123-124页。

崎红叶的突破口,是本书的意义之一。尾崎红叶汲取文学营养的古典文学当中,不仅有日本的古典,也有中国古典文学。特别是凭借现阶段的研究结果可以大胆推测,明清小说的存在绝不可忽视。

在拟古典文学作品中,比起古典文学的"情"与"色"更注重描写"恋心",这种描写有时通过人物自身的自述而展开,以此揭示近代女性的恋爱心理。小说描写的是不管恋爱结果如何,女性怀抱"恋心"时的欣喜以及对纯洁爱情的歌颂。把"恋心"置于无上境地,就可以理解《巴波川》中年轻女性决心"赴死"的行为。这也可以形容为不折不扣的奋不顾身的"爱"。在这层意义下,《巴波川》描写了不输于北村透谷恋爱论的恋爱至上主义。除《巴波川》外,尾崎红叶与中国文学的联系散见于其很多作品。此外,尾崎红叶在小说创作中,貌似也将中国明清小说的创作方法运用于自己作品的创作之中,这一现象在尾崎红叶的集大成之作《金色夜叉》中有所体现。比如复杂的人物关系、迂回起伏的情节展开等。对于这一课题的考察,下节再探。

第二节 《伪金》创作与明清小说《嫁祸自害》借鉴[1]

一、《伪金》的创作经纬

尾崎红叶的作品《伪金》发表于 1902 年 1 月 1 日《新小说》杂志,该书上显示作者为红叶山人口述、尾崎德太郎笔记。尾崎红叶本人在该作品的开头,也直接解释这篇作品是从《咫闻录》第九卷的故事《嫁祸自害》取材而得。相关部分的叙述如下。

> 如同诸君所了解的,去年我(1900 年,笔者注)在《新小说》四月份的临时增刊"春莺啼鸣"栏目中发表了题为《碎茶碗》的讲演,其实是借取了北条团水《昼夜用心记》中的一章。(中略)
> 《碎茶碗》的故事非常有趣,但我总觉得不是当时发生的实际故事,同时也不觉得是团水自己的创意,于是一直思考是不是有什么底本。觉得有这种可能性,总之我对团水的原创持怀疑态度。(中略)

---

1 该部分内容已以论文的形式发表。内容详见张秀强,「尾崎紅葉の中国種翻案小説『偽金』について」,东京:『成蹊大学文学部紀要』第 51 号,2016 年 3 月,第 127 - 138 页。原文为日语发表,此番改成中文,略做增删。

　　然而,我终于发现我的怀疑竟然是对的,是在<u>去年六月到豆州修善寺温泉养病的时候。为了防止白天晚上的无聊,我带去了一本《咫闻录》</u>。这本书收集了很多中国的奇谭。在这本书的第九卷里,就载着"嫁祸自害"的故事。故事情节跟《碎茶碗》几无二致,<u>但里面又各有几分作者意图的不同展现,各有妙趣。</u>

　　《咫闻录》一书为慵讷居士著,自序中写道光己丑,相当于日本的文政12年。当时的团水已故去一百余年,不可能看到此书,也不可能听到该书的话题。然而,莫非是《咫闻录》的一方接受了团水的故事?好像也不能这么想。我思考,大概是这个故事自古在中国就有,或许是在先人的书中有记载,而《咫闻录》作者又选了进来了吧?[1]我这个人不肖寡闻,不能在这里指出《嫁祸自害》原本的出处,甚感遗憾。但这种书里有这样的例子并非少见,所以尽管有点对不住先占话题的团水,我还是在这里自己断定这个故事是从中国传过来的。我觉得同样是推测,这个推测比起《咫闻录》借鉴了团水故事的说法要妥当一些。毕竟团水的故事里,我们可以感受到通常的舶来品的味道。当然,若这真是团水笔华新发之作,那我也觉得再也没有比这更让人欢喜的事情了。(下划线为引用者所划)[2]

　　从这段文字中可以看出,尾崎红叶似乎更执着于团水的创作到底是原创还是翻案之作这件事。这一方面可能也与当时评论界经常质疑作家不是原创,而是喜欢从别人的故事里面找灵感,通过改写翻案来创作小说有关系。北条团水(1663—1711)是井原西鹤的大弟子。尾崎红叶写《伪金》这篇文章,有点为团水所讲的故事追根溯源的学术味道。而当他在温泉疗养的时候,偶然发现了《嫁祸自害》这篇短文,就兴奋地将其改写成了《伪金》的故事,作为刚才开头所说话题的证据,类似于学术发现。尾崎红叶年少时曾师从汉学家石川鸿斋(1833—1918),其汉学素养在前面已经提及。尾崎红叶在1901年的《修善寺行》的日记文中,也记录了"五月十日,十时过,始阅《咫闻录》"[3],"五月十一日。雨繁,气甚寒,终日读《咫闻录》。"[4]在同年5月12日他写给新闻记者、随笔作家中井锦城的书信里也写道:"从前天晚上终于幡然觉醒,开始阅读携来的《咫闻录》怪谈

---

[1]　此处日文原文作"洗濯",疑为同音的"選択"之误,故译为"选了进来"。
[2]　尾崎紅葉:『紅葉全集』第八卷、東京:岩波書店,1994 年、216 - 217 頁。
[3]　尾崎紅葉:紅葉全集第十一卷、東京:岩波書店,1995 年、79 頁。
[4]　尾崎紅葉:紅葉全集第十一卷、東京:岩波書店,1995 年、80 頁。

集,聊作消遣。"[1]

另一方面,尾崎红叶所认为《碎茶碗》的原话《嫁祸自害》,是这样一个短篇故事。以下全文引用。

嫁祸自害

嘉兴某典肆中,一日,有青衣辈数人,袍服整洁,侍从皆小艾。入肆,问有朱提几何,答曰:"若有物质,不拘多寡,具质之,奚必问资数也?"其人去。

移时,舁一箧至。延之入,启视之,皆黄金所制重器,灿烂耀目,约值不啻万金。对肆人而言曰:"此乃某府之物,缘主人有要需,欲质银三千。"肆人知若府之有是物也,允其质,而如数书券,平金交讫。既去,细视之,乃银胎而金衣也,然已无及矣。

肆中定议,凡质伪物而亏其本,摊偿于肆中执事人。此物亏金过多,而执事修工无几,即终岁停支,非十余年不能清此赔项。而依肆度活者,家口赖何养赡?咸皆瞠目呆痴。肆主出,见众执事之形,问之,具以情告。肆主亦以赔金数多,不能令其枵腹从事。因念彼以伪物诳金,必不来赎,乃生一计,令各执事不许声张,命另书伪券,密弃诸途,俾行路者拾之,必将利其中之所赢,而具资以赎焉,则嫁祸于人矣。

早起,有某生赴市,拾焉。视券中之质本甚大,意必贵介所遗,若赎而鬻之,获利必厚。无如家仅餬口,并无余资,遂欣欣然谋诸亲友。咸皆念某生平日之清正谦和,乐与凑银以赎,使之得利,以丰其家,均皆允诺。生邀亲友同至肆中,持券向问,请开箧以视。肆中人曰:"当仅两日,即来看物,足下宁能买此券乎?"曰:"然。"肆中人即发箧陈示,且炫称物之贵重,以歆动之。归即凑三千金与生,生加子金,依券赎回。载而鬻诸五都之市,历视数家,俱曰伪金,竟无售主。砍而验之,乃白金为胎,外裹黄金许厚,计所值不过数百金。某生计鬻以肥家,今倾家不足以偿贷,号哭而回。

次早,徘徊河干,赴水觅死。忽有过而问者曰:"子非赎伪金者乎?"曰:"子何以知之?"曰:"吾见子之形而知之也。子即回家,携所赎伪金,随我而往,必获偿子之资,毋戚也。我在此候汝,然勿令人从而来。"生思鬻伪金,死也;不鬻,亦死也,不如即并其伪而弃之,因从其

1　尾崎紅葉:紅葉全集第十一卷、東京:岩波書店,1995年、117頁。

言,回家携伪金而从,听其所为。

携生同登小舟,行一昼夜,其人先登岸。入门有顷,数人出,向舟揖生登舟,引进其门。见堂高数仞,廊庑华丽,盖即向当质金之家也。异进质物,验视无讹,谓生曰:"子之累不少矣。"设宴款待,留数日,计偿质及子金外,又赠资斧,遣之归。生于是得无苦。

不数日,前青衣者,忽挟资持券,至某肆中,取所质物。肆中大惊,肆主无策可解,愿受罚赔,丧资数万,乃完其事。肆中资本一空。肆主曰:"吾怜众执事之不能受此重赔,而设此计也,谁知自拆其肆,此亦数也。"付之一叹而已。

后逾年,金陵某典肆,亦有质伪金器,一如禾中故事。肆主曰:"禾中肆欲脱己害而陷人,其心尚可问乎?不如隐忍焉,其失也犹小。"既而密鳊金匠,仿其物而为之,轻重大小,一如所质,无少差异。越月始成。因号于众曰:"某质伪金,丧本已多,是物恰可以伪乱真,然难逃识者之目。与其见是物而歉歉,不如毁此物而免害。"约某日携赴报恩寺,邀郡中各肆商,同往观之。众商阅毕,即炽火于鼎而冶熔之。众商不知其计也,郡中喧传其事。质金者闻物已毁,心起讹诈,具资持券来购。肆中人装若慌张,执券故为迟迟,质金者逼其平银而纳诸柜。须臾,举箧舁之,质者再四熟认,丧气而去。

吁!同此一辙之事也,同设计以沽其害,一以丧肆,一得安全,盖视其心之正不正耳。天下欲嫁祸于人者,不至害人性命,或可幸而免尔;若欺人以贪,而设陷阱,彼堕术者,几至身家不保,冥冥中岂无照鉴在兹乎?况禾商之计,只顾目前,未曾虑及事后,此下愚之智,祸之旋踵,已早见之,何足为诈也?若金陵之商,可谓谲而不失其正,是真诈也已矣。[1]

那么,尾崎红叶是如何将这篇《嫁祸自害》改写成《伪金》的呢?在其翻译改写过程中,对于原作的改动有多大程度?改写的作品与原来的故事有哪些不同的地方?这些问题都是值得关注的。先行研究中,土佐亨曾经表示《伪金》是唯一能够确定原典为中国古典的一部作品。关于这一点,目前还没有发现有确凿证据的其他作品。尽管本书在前节论证了尾崎红叶的《巴波川》与广东民间传说以及蒲松龄《聊斋志异》的类似,但只能算得上取材,不能算得上改写。关于

---

1 慵讷居士:《咫闻录》,重庆:重庆出版社,2005年,177-179页。

《伪金》与《嫁祸自害》的最大不同,土佐亨认为:"《伪金》是将《嫁祸自害》改写成讲演体文学的产物。就事件的内容而言,与原作并无出入,基本上忠实了原文的情节安排,然而在处理这个话题的态度上两者截然不同。"此外,土佐亨也强调了《咫闻录》中的故事尽管在整体上有传奇性的色彩,但主要的立意与着眼点还是在故事给人的启示与教化上。在这一点上,《嫁祸自害》的故事也不例外。而尾崎红叶在改写过程中,非常明显地删去了具有说教意味的一段。"天下欲嫁祸于人者,不至害人性命,或可幸而免尔;若欺人以贪,而设陷阱,彼堕术者,几至身家不保,冥冥中岂无照鉴在兹乎?"而对于肆主最终归结自己的失败为自己的命运这一点,尾崎红叶也没有依照原作的意思。"红叶没有将这个故事归结为命运的故事,而是着眼'只顾目前,未曾虑及事后,此下愚之智'一处,将本来讲善恶命运的故事改写成了因为贤愚之差而造成的结果,可以说红叶的结局更具有合理性。""而将原来故事中的关于命运的说教意味,合理地替换为能力以及技巧的问题,这里也可以看出明治时期的时代特征以及尾崎红叶作为都市人的性格。"[1]土佐亨的论文对于红叶的改写态度有涵盖性地概括,但对于细节的对比并没有做详细的验证。接下来,本节将详细对比《伪金》里的日语表达与原作《嫁祸自害》的中文原文的异同,并着重考察尾崎红叶在《伪金》创作过程中的创意。

二、《伪金》改写过程中的尾崎红叶的创意

文本对照是做文本对比研究的基本方法。为了考察尾崎红叶在改写慵讷居士的《嫁祸自害》中体现出的创意,在此先以《嫁祸自害》开头一段的尾崎红叶改写为例进行对比。从下面的对照表一览表(见表 2‐3)可以看出,在慵讷居士的《嫁祸自害》中,开头一段仅有 68 字,而到了尾崎红叶的《伪金》,则扩容到344 字。段落数也从一段增长为三段。此外,原文的第二段为 112 字,改写后的《伪金》则为三个段落 509 字。当然,众所周知,中文表达习惯简约,信息量密集,译成日语之后都会出现字数增多的现象。因此,具体如何增量,还要看原文的具体内容。

1　土佐亨:「紅葉細見　雑考四篇」、『文芸と思想』,1973(2):50 頁。

表 2 - 3　《伪金》与《嫁祸自害》对照一览表(1)

《嫁祸自害》	『偽金』	《伪金》中文译文
嘉兴某典肆中，一日，有青衣辈数人，袍服整洁，侍从皆小艾。入肆，问有朱提几何，答曰:"若有物质，不拘多寡，具质之，奚必问资数也?"其人去。	嘉興県の或典肆に、何処から来たものか、然るべき屋敷勤の腰元衆と見ゆる女達数人、供には多くの女童を従へ、咸も美々しき服装で、繹々と邏り込んだから、肆の者は驚きました。 　　御用の儀は、と謹んで伺ふと、此方には元手の銀は約そ何程用意致し居ります乎、聞かせてくれますやうに、と大束なこと夥しい。何に為ろ、行列で質入に来る勢であるから、是くらゐの見識は有るのが当然かも知れぬが、肆の者は呆れた。 　　手前共も渡世の儀で御座りまする故、御用仰せ付けられ次第、如何程なりともお引受を致しますで、お客様方は決して然様な御念に及ばず、お品物さへご持参に相成りましたら、宜きやうに御取計を致しますで御座ります、と実は手代も這些か中腹です。すると、ああ、然やうなれば、後刻頼みますぞ、云ふので行列は一先引払ひました。[1]	嘉兴县的一个典肆中，有一天不知从哪里来了好几个看上去像是在大户人家里做活的女人，还带着好几个女童走了进来。这些人穿得十分华丽，而且是一下子涌进店里，让店里的伙计着实吓了一跳。 　　店里的伙计恭敬地问道:"请问有什么吩咐?"来者态度傲慢，说道:"这个店里现有银子多少? 去问一下你家主人。"毕竟是人多势众的这么一大群人过来典当，口气大一点也能理解，但店里的伙计有些无语。 　　伙计不卑不亢，回答道:"我们家的生意如此，只要您有吩咐，不管多少，我们都会准备，不必担心。您先把物品拿来，我们再帮您看看能否让您满意。"其实这伙计也有些生气。于是来者说:"那好，一会儿我们再来。你们可要备好啊。"一行人随即离开。

　　(本表参考『紅葉全集』第八卷(東京:岩波書店,1994)中收录的《伪金》和《咫闻录》(重庆:重庆出版社,2005)由笔者制作,中文翻译为笔者试译,以下同)

　　文字数量上的增量是一目了然的。但如果一句话一句话地对照下来会发现,在日语作品《伪金》中首先就有原文里面没有的店里伙计的反应,"让店里的伙计着实吓了一跳"。另外,"青衣辈数人,袍服整洁,侍从皆小艾"的对应句段,改写成了"不知从哪里来了好几个看上去像是在大户人家里做活的女人,还带着好几个女童走了进来。这些人穿得十分华丽,而且是一下子涌进店里",可以很明显看出,对于来者身份的猜测、服装华丽的描写以及来者不知从何而来的说明都要比原文细致。《嫁祸自害》中"入肆,问有朱提几何"的简洁提问,到了

1　尾崎紅葉:『紅葉全集』第八卷、東京:岩波書店,1994 年、217 - 218 頁。

《伪金》里面，首先是店里的伙计先发话问客人"请问有什么吩咐？"，而客人一方的说法是："这个店里现有银子多少？去问一下你家主人。"也就是说，原文只是一个简单的问句，改写的《伪金》变成了一问一答的对话表达。而且在对话描写之后，还有对于客人傲慢态度的描写以及客人态度为何如此傲慢的分析："毕竟是人多势众的这么一大群人过来典当，口气大一点也能理解"。

跟小说《伪金》相比，原文《嫁祸自害》里，来者进来便发问"有朱提几何"，对此店里的人答曰"若有物质，不拘多寡，具质之，奚必问资数也？"这里店员的回答是有些不耐烦的，语气里也有反问的味道。而到了《伪金》里面也交代了店里的伙计"有些生气"，但从语言的敬语表达来看，"我们家的生意如此，只要您有吩咐，不管多少，我们都会准备，不必担心。您先把物品拿来，我们再帮您看看能否让您满意"，这样的表达里既不失礼数，又回敬了客人的无理提问，可谓绵里藏针。可是在其后，客人又追了一句"那好，一会儿我们再来。你们可要备好啊"。近似于威胁的要求，这里的表达原文是完全没有的，纯粹为尾崎红叶创作所添加。从主客的语言交锋里，立刻可以体现出作品里的冲突，这里可以理解为尾崎红叶作为一代文豪的文章妙味。接下来继续分析第二段落的对照比较情况。见表 2-4。

表 2-4 《伪金》与《嫁祸自害》对照一览表(2)

《嫁祸自害》	『伪金』	《伪金》中文译文
移时，昇一篋至。延之人，启视之，皆黄金所制重器，灿烂耀目，约值不啻万金。对肆人而言曰："此乃某府之物，缘主人有要需，欲质银三千。"肆人知若府之有是物也，允其质，而如数书券，平金交讫。既去，细视之，乃银胎而金衣也，然已无及矣。	時を移して、一篋を昇して至るとあるから、今度は好い御客と、肆中に懸つて敬ひ奉り、作速御品を拝見と、啓いて之を視れば、皆黄金所製の重器、燦爛として目に耀き、約そ値啻に万金ならず、是は是は、福德の三年目と、手代共は喉を鳴して喜んだの喜ばぬのではない。 時に重立つた腰元の言ふには、是こそ某家に無くて叶はぬ相伝の重宝、固より門外不出の御品なれど、此度折入つて殿様御入用の金子、表向には如何にも御都合遊しかね、無拠銀三千両に御質入被成度御内意承はりて持参したれば、是にて何分右の金子用達くれまじ	客人"移时，昇一篋至"，伙计明白来客真正有心谈生意，于是整个典肆里的人都和和气气，对客人不敢怠慢。打开客人带来的物品一看，原来都是黄金所制重器，灿烂耀眼，约值不啻万金。店里的伙计们一个个非常兴奋，觉得店里要大赚一笔啦。 这时，来客里面有个貌似管事的说："这本来是家传宝物，从不拿出门的，但此番家里主人急需用到金子，而家里一时无法凑齐，主人吩咐我拿过来，希望能兑换三千两银子，麻烦能否行个方便给凑齐这个金额？"

（续表）

《嫁祸自害》	『僞金』	《伪金》中文译文
	きやとの言。 些と睨んだばかりで、値万金も啻ならざる代物を、単の銀三千と云ふのであるから、手代共は愈よ歓天喜地。 其れも出処の知れぬ代物であつたら、這麽法外の安直を言れて見ると、胡散臭いと考へも為やうが、兼而其の某家の重宝に此物有りと知つては居るし、且置主が行列に邀り込む始末であるから、的然大名質の太裕なのと、毫末の懸念にも及ばず、一応は品物吟味の上、金子を渡し、掟の通貨物預の一札を遞して返しました。 其後で段々品物を調べて見ると、さあ、事だ！ 乃ち銀胎にして金衣也とあるから、是が銀台の天麩羅。 呀と言つた限で、手代共は蒼く成つて了つた。[1]	店里伙计稍微瞄了一眼，就觉"约值不啻万金"，对方竟然只要三千两银子，心里更是欢天喜地。如果货品来路不明，出如此低价的话，伙计或许还要怀疑一番。然而对方说是其家传宝物，而且敦促交办的人也是大群人马，足可见持有金子的主人家境殷实，丝毫不需要担心。于是只是在形式上查看了一下货品，就将银子以及一封典当的书券交给了对方，打发来客回去。客人走后，伙计们仔细地检查货品，突然叫道："坏了！ 麻烦来啦！"原来所谓金子只是银胎加金衣而已，就好比涂了银子的天妇罗。店里的伙计大呼上当，一个个面色苍白，惊慌失措。

在原文的第二段落，除了第一句的"移时，昇一篋至"因为在日语改写中采取了引用原文的形式，尾崎红叶采取了忠实的翻译。然而，自表达邀请客人进来之意的"延之人"开始，"伙计明白来客真正有心谈生意，于是整个典肆里的人都和和气气，对客人不敢怠慢"添加了原文里没有的对客人毕恭毕敬的信息。而其后的"皆黄金所制重器，灿烂耀目，约值不啻万金"之处的行文，则大致忠实地转述到了日语《伪金》里。但是，"店里的伙计们一个个非常兴奋，觉得店里要大赚一笔啦"的狂喜之下的心理活动，也是原文里面所没有的。当然，在其后的兑换过程之中，也有尾崎红叶的笔墨添加，在此不一一列举，但整体是将中文里的故事照样讲出来。原文第二段落结尾处的"既去，细视之，乃银胎而金衣也，然已无及矣"一处的对应，中文为叙述口气，而日语里面则体现为伙计们的"坏了！ 麻烦来啦！"的叫喊以及"店里的伙计大呼上当，一个个面色苍白，惊慌失措"的如临其境的现场描写，相比较原文更富有故事的生动性。

1　尾崎紅葉：『紅葉全集』第八巻、東京：岩波書店，1994 年、218－219 頁。

　　如上从细节上进行比较可以发现,尾崎红叶在改写中国故事《嫁祸自害》成《伪金》的时候,具体在哪些地方进行了素材的添加,以及具体在哪些地方进行了内容的改变。从中我们可以看出尾崎红叶在以下四个方面下了一些功夫:①安排更多的人物对话;②仔细分析故事中人物的心理活动;③场面描写更加细致;④注重故事的场面性。当然,这四个方面的注意首先是因为《伪金》本身为讲演体的故事,这种讲演类似于今天的讲演,但更像是讲故事或是说评书。尾崎红叶考虑到听众的反应,使听众参与话题,故此并没有将叙述体的原文采取直译的手法,而是时而让讲故事的人走进故事之中进行补充说明,时而跟听众一起预测故事接下来的发展,时而又插入诙谐的人物对话。这样的创意与努力,创造出一定的舞台效果,但插入过多的滑稽对话直接冲淡了原典的说教色彩,在某种程度上完全改变了作品的风格。

　　比如,主人得知手下的人由于一时疏忽,买下了黄金赝品。面对战战兢兢的手下,他首先安抚,然后跟他们分享了一条妙计。主人与手下的对话见表2-5。

表2-5　《伪金》与《嫁祸自害》对照一览表(3)

《嫁祸自害》	『偽金』	《伪金》中文译文
因念彼以伪物诓金,必不来赎,乃生一计,令各执事不许声张,命另书伪券,密弃诸途,俾行路者拾之,必将利其中之所赢,而具资以赎焉,则嫁祸于人矣。	「這麼大騙を為て行き了つた事だから、どうで奴等の質受に来やう気遣は無い。だに因つて、私の工夫と云ふのは其処に在るので、那の質物預の偽手形を一つ拵へて、窃と途に棄てて置くのだな。」 「すると如何致します。」 「誰か拾ふだらうが。」 「それは拾ひませうで。」 「拾つたら何為ると想ふ。」 「屹度啓けて見ますで御座います。」 「見たら何為ると想ふ。」 「へい。」と言つたが、誰も其後を答へる者が無い。	"对方既然行此大骗,肯定不会来赎啦。我这边的主意也就在其处,我们做一个假的票据书券,然后偷偷丢到大路上。" "然后怎么样呢?" "肯定会有人捡到。" "应该会有人捡的吧?" "捡了之后,他会干什么呢?" "肯定会打开看的吧?" "看了之后,他会干什么呢?" "这个嘛。"答完以后,没有人能够接上去。

（续表）

《嫁祸自害》	『偽金』	《伪金》中文译文
	「それ見ろ！ 其通智慧の無い手合ばかり揃つて居るから、這麼甘手を吃ふのだ。 好く聴きなさいよ、誰か拾つて啓けて見たら、先づ品書を読むわ、而して品物の宏大なのに驚くわ。 それから何を読むと想ふ。」 「質入の金高で御座いますかな。」 「知れた事だ。 然して奈何考へると想ふ。」 「定めて是は安い物だと考へませうな。」 「知れた事だ。 それから先は何と考へる。」 「質商などと云ふ者は、贏利の暴いものだとでも考へませうかな。」 「馬鹿を言へ！」 「へい。」 「ええ、私の考へまするには、」 「ああ、お前か、何と考へます。」 「恁云ふ大質を入れる人は、能く能く謂ふに謂れぬ切ない身の上なのであらうに、又此の手形を遺しては、然ぞ大騒をして居る事だらう。 嗚呼気毒な、奈何かして届けて遣りたいものだ………………。」 「誰が然う想ふのだ？」 「ヘツ、拾ひました人が。」 「馬鹿を言へ！！ 那様了簡でお前方はな、此の質屋渡世で一日でも飯が食へると思ふのか。 孔孟の道や行はれざる久矣だ、当今の世間様はなかなか那様無欲ではないわ。」	"看看。你们这帮没有智慧的家伙，所以才会这么容易让人家骗嘛。各位仔细听好了，如果有人捡到，他肯定会先看货单，然后就会被货单上的物品吓一大跳。然后你们觉得他会看什么？" "估计会看抵押的金额吧。" "那肯定。然后他会想什么呢？" "会觉得好便宜吧？" "那当然。然后他会想什么？" "他估计会想，这些做典当买卖的，真是暴利啊。" "净瞎说。" "那会想什么呢？" "这件事啊，我是这么琢磨的。" "哦，是你啊。你是怎么想的？" "凡是这种做大额抵押的人，一定会有许多不能跟人家说的苦楚，现在又丢了票据，肯定不知着急成什么样子。哎呀，真是太可怜啦。得想个办法送给丢失的人呀……" "谁想？" "当然是捡到的人啦。" "净瞎说。你这种想法，还想做当铺的生意，连一天都做不下去。孔孟之道不行久矣，现如今的世道，哪有像你说的那么无欲之人？"

（续表）

《嫁祸自害》	『偽金』	《伪金》中文译文
	「ヘツ、実の所私は然うは考へませんので御座いまして。 先づ銀三千で入れて在ります品が、些と贖さへ致しましたら、右から左へ一万やそこらは濡手で粟と云ふ仕事なので御座いますから、其儘券を着服して、是から七処に那裡等中を駆廻ります。」 主は聞くと喜の眉を披いて、 「其処だて！ 借金を質に置いても、是は贖け徳だ。 俺でも贖ける！」 「いいえ、私が贖けます！」 「先づ之を一つ贖けた日には、生涯懐手の一夜大尽。」 「其処です！ 有難い！！」 「お前が拾ふのではない！」 「誰が拾ひませう！」 「誰が拾ふか、解るものか。」 「拾つた奴は…………大した災難で御座います。」 「其処が禍を転じて福と成すのだ。」 「なあ…………る程！」	“嗨，我的想法不一样。他可能会想，这三千两银子的物件，只要赎回，就可以轻松地赚个一万两银子，就跟右手递给左手一样简单。所以估计他会私吞了票据书券，然后到处去找下家。” 主人听后，眉开眼笑。 “对嘛。即便是借钱来赎，也是有赚头的。换我也会赎。” “不，我赎。” “所以他会想，只要赎下宝贝，就会一夜暴富，从此可以游手好闲啦。” “所言极是。太好啦！！” “你可不要去捡啊。” “那谁会去捡呢?” “鬼知道谁会去捡。” “那捡着的人……岂不是一场大灾大难?” “所以说祸福相依嘛。” “原来……如此！”
	執事人一同舌を捲いて感服したのであります。 倅計は密なるを尚ぶ、咸も此事口外無用と、一面には、箇の偽物質を取つた事は堅く秘し、又一面には、作速彼の預手形の偽券を書いて、其夜の中に往来劇い町通へ持つて行つて罠を掛け置きました。[1]（下線引用者）	各位执事纷纷啧啧称赞主人的好主意。主人吩咐，谋事保密为要，谁也不准将此事透露出去。一方面，封锁店里收到伪金的消息，另一方面，又火速写了一封虚假的票据书券，趁着夜色丢到人来人往的街道上，就此布下了陷阱。

　　如同上面表格所列出的，在《嫁祸自害》中主人的计略只是以“因念彼以伪物诓金，必不来赎，乃生一计，令各执事不许声张，命另书伪券，密弃诸途”这样

1　尾崎紅葉：『紅葉全集』第八巻、東京：岩波書店，1994 年、219—222 頁。

的三言两语非常简洁地交代出来，而到了《伪金》里面，主人和各位执事仿佛展开了考验脑子聪明程度的大比拼一样，开始了与之前因被骗而凝重的气氛严重不符的"贫嘴"描写。即使考虑到讲演时与听众互动的意图，尾崎红叶的此处安排也显得不够稳重。"然后怎么样呢？""肯定会有人捡到。""应该会有人捡的吧？""捡了之后，他会干什么呢？""肯定会打开看的吧？""看了之后，他会干什么呢？"上述像是绕口令一般的提问回答，在原文里根本不见踪影。不过，主人以聪明者自居，高高在上地以"那肯定""净瞎说"等语言否定执事们的一个个猜想，客观上倒也起到了吊足听众胃口的效果。

至于尾崎红叶为什么会在这个时期，写出这样的讲演体文章。或许我们可以从 1899 年 12 月 18 日他在《读卖新闻》上登载的一篇预告文上，得到一些答案吧。

讲演百谭

日本人不擅长讲话，也没有把那些好的故事有趣地讲出来的习惯。此番我们发起学者讲演会，本报社将首先在本报上安排连载坪内逍遥《苏格拉底》、岩谷小波《架空旅行》、长田秋涛《大那翁的临终》、尾崎红叶《短虑之刃》等二十世纪的讲演稿。第二回之后邀请其他大家参与，初步规划一百次讲演。

尽管在这篇预告文中登场的尾崎红叶的演讲不是《伪金》而是《短虑之刃》，但由于体裁相同，其目的也应不会有大的差别。也就是说，尾崎红叶改写《嫁祸自害》为《伪金》的目的，是让不擅长讲话以及讲故事的日本人，掌握讲演的技巧。这也是《伪金》不注重说理性和说教，而更注重话题娱乐性的原因。

尾崎红叶在改写过程中，在很多地方增添笔墨，却为数不多地在几处对应中，采取了明显的不译或者说是对于原文信息的省略与删除。相关场面见表 2-6、表 2-7。

表 2-6 《伪金》与《嫁祸自害》对照一览表（4）

《嫁祸自害》	『偽金』	《伪金》中文译文
不数日，前青衣者，忽挟资持券，至某肆	話次分頭、それから数日の後彼の質主は前の同勢で、又忽然として件の典舗に入つて来たから、手代	话分两头。其后数日，之前来抵押的客人忽然又来了，而且跟上次相同人马。店里的伙计们见

（续表）

《嫁祸自害》	『偽金』	《伪金》中文译文
中，取所质物。肆中大惊，肆主无策可解，愿受罚赔，丧资数万，乃完其事。肆中资本一空。肆主曰："吾怜众执事之不能受此重赔，而设此计也，谁知自拆其肆，此亦数也。"付之一叹而已。	共は見ると肝を潰した。化物が顕れたのよりは、此方が余程可懼いに違無い、奈何なる事かと皆手に汗を握つて居ると、正物の一札に元利を添へて、其へ並べ、さあ那品をと言ふので、舗中は顛覆るやうな騒擾。這奴巧取の上盛を吃つたわいと、見す見す鼻の前に盗人を置きながら、手出しも成らぬばかりか、未だ此上に踏んだり蹴つたりの目に遭せられるのか。無念や、業腹やと、心の内では歯咬をしても、情無い事には、肝心の玉が無いのだから、何とも其場の言訳が立たぬ。今は是非には及ばぬ所と覚悟した重手代、其へ進出て、盗人の前に低頭平身して、実は甚だ申兼ねました次第ながら、偽券を掴まされて恁々箇樣と、急拵の苦い口上を述べて、重々詫入つたが、固より其分に済まう筈が無い。典舗の落度であるから、掟に従つて罰賠を受ける事に成つたが、天下に二有るべからざる御家の重宝と云ふ勿躰で、なかなか純金製と見積つた価などで勘辨を為るのではない、摺つた揉んだの談判の末、貲を喪ふこと数万、乃ち其事を完うすれば、肆中の資本一空、憐むべし、彼の典肆は此の一件の為に敢無く分散して了ひました。	状吓破了胆。想必是这些客人的到来，要比妖怪出来还要可怕。大家手心里都捏着一把汗，不知道该怎么演下去。这时来客将正品的票据拿出来，又附上利息，摆到台面上，说道："掌柜的，给我们宝贝！"这当铺里一下子就翻了天。这简直是最高级别的诈骗啦。眼睁睁地强盗就在自己鼻子前面，非但不能出手打人家，还要被人家又踢又踹的。这心里的不甘就不用提了。伙计们尽管在内心里咬牙切齿，但至关重要的货品已经没有了，无论如何也没法圆场。事到临头，只能认栽。管事的伙计走上前来，跟强盗低头赔罪。说来十分难以开口，之前有人拿了假的票据如何如何，编了个临时的理由，百般赔不是，对方当然不会善罢甘休。毕竟是错在当铺，按照规定只好赔钱。客人说那可是我家天下无二的宝物啊，装作煞有介事。又说这是纯金制的物品，必须照价赔偿。双方你来我往地谈判多时，散资财数万，方了结此事。资本就此一空。可怜这个当铺就因为这一件事情就破产了。

《嫁祸自害》	『偽金』	《伪金》中文译文
	瞞される事を、一杯吃ふと謂ひますが、是は立続に二杯吃つたので、賊の方では、初手から此の二杯目を盛り付ける巧ではなかったのを、被害者の為す所に応じて計を出す、其の電撃風発の機智、変幻自在の新手、既に是だけの立案でも「昼夜用心記」の好材料たるのでありますが、此先が例の「茶碗割」の本文になるのであるから、一層面白い。[1]（下線引用者）	被骗这件事情人们经常说是吃了一杯，但这件事情是连续吃了两杯。作为强盗的一方，最初或许并没有计划来这第二次的敲诈。然而看到当铺的反应，又见招拆招地又生一计。这里快如闪电的机智、变换自如的敲诈手法，即使只是这样的素材也够做《昼夜用心记》的好材料了。而这又是之前所提《碎茶碗》的典据，这一点更觉得有趣。

上面这一部分，原作中"肆主曰：'吾怜众执事之不能受此重赔，而设此计也，谁知自拆其肆，此亦数也。'"的部分到了《伪金》完全没有被提及。至于为什么会被省略，土佐亨在前述论文中认为"红叶并不想将故事归结为命数"，而"《伪金》的兴趣焦点在于被别人欺骗之后，再去骗别人，由此而带来的错综复杂的机智反复"。这个分析毋宁说是中肯的。被骗的人因为心有不甘再去骗别人，却不想栽得更惨。尾崎红叶所着眼的是这个故事里体现出的人们的智慧交锋以及话题的滑稽性。

另一方面，表2-6《伪金》中下划线部分的文字，也是《嫁祸自害》里面所没有的。《伪金》中的下划线部分内容，是尾崎红叶作为讲故事的人自己来到故事中，阐述自己的作品《碎茶碗》与团水的《昼夜用心记》以及《咫闻录》中的《嫁祸自害》这三个故事的传承影响关系。当然，在中国的故事里，不可能出现类似的考证话题。

表2-7　《伪金》与《嫁祸自害》对照一览表（5）

《嫁祸自害》	『偽金』	《伪金》中文原文
吁同此一辙之事也。同	慵訥居士曰く、禾商之計（禾は地名）は祇だ目前を顧て、未だ曾	慵讷居士曰：禾商之计（禾为地名），祇顾目前，未曾虑及事

---

[1]　尾崎紅葉：『紅葉全集』第八卷、東京：岩波書店，1994年、227-228頁。

（续表）

《嫁祸自害》	『偽金』	《伪金》中文原文
设计以沽其害，一以丧肆，一得安全。盖视其心之正不正耳。天下欲嫁祸于人者，不至害人性命，或可幸而免尔。若欺人以贪，而设陷阱，彼堕术者，几至身家不保。冥冥中岂无照鉴在兹乎。况禾商之计，祇顾目前，未曾虑及事后，此下愚之智，祸之旋踵已早，何足为诈也。若金陵之商，可为谲而不失其正，是真诈也已矣。	て事後に慮り及ばす、此下愚の智、禍の踵を旋す已に早し、之を見るに、何ぞ詐と為すに足らんや、金陵の商の如きは、譎を為して、其正を失はず、是真の詐なるべきなる已矣、1（下線引用者）	后，此下愚之智，祸之旋踵已早，何足为诈也。若金陵之商，可为谲而不失其正，是真诈也已矣。

对比下来可以发现，整体来看在原作最后一段的处理上，尾崎红叶的省略最为明显。中文原文中的"况禾商之计，祇顾目前，未曾虑及事后，此下愚之智，祸之旋踵已早，何足为诈也。若金陵之商，可为谲而不失其正，是真诈也已矣。"一段，尾崎红叶几乎做到了字字对译，而之前的"吁同此一辙之事也。同设计以沽其害，一以丧肆，一得安全。盖视其心之正不正耳。天下欲嫁祸于人者，不至害人性命，或可幸而免尔。若欺人以贪，而设陷阱，彼堕术者，几至身家不保。冥冥中岂无照鉴在兹乎。"近乎百字的总括内容，则完全省略。慵讷居士的此段总括陈词，对于原文来说应该是话题的灵魂所在。然而尾崎红叶摒弃了这种近乎"人在做，天在看"的宿命论式的说教，更多的是表现原来话题的滑稽性。

1　尾崎紅葉.『紅葉全集』第八巻、東京:岩波書店,1994 年、229 頁。

本节将尾崎红叶改写的《伪金》一文作为具体事例,比较了它与原作《嫁祸自害》的异同关系。如同前文所述,在尾崎红叶的改写过程里,可以看出对对话描写的着力、对人物心理刻画的细致、对场面描写的用心、对话题的场面性的重视等。通过上述的努力,尾崎红叶其实一方面介绍了《嫁祸自害》中所含的话题有趣的成分,但同时也与原文中存在的"劝善惩恶"的善恶观保持了一定距离。或者可以说是对于前近代的善恶观的一种挣脱的尝试。尾崎红叶像这样将中国古典文学的素材巧妙地融入他的文学创作,其实也是一种创作上的实践。至今为止,在日本学界关于尾崎红叶的翻案文学的研究对象,基本局限在尾崎红叶所涉猎的西洋读物上。而本节所阐发的内容有别于集中关注西方文学改写的先行研究,可谓新的尝试。当然,尾崎红叶严格意义上完整改写的中国古典,目前来讲仅此一篇,而有没有其他的作品也是改写自中国古典,也是今后需要进一步考证的。

第三节　《金色夜叉》创作与《红楼梦》借鉴

如前文所述,现存尾崎红叶(1867—1903)日记中,四大名著之一的《红楼梦》共出现两次。一次是 1901 年 7 月 11 日的购书记录。日记内容为:"雨。于文求堂购红楼梦四本第二十四卷(三日元半)。"另一次是 1901 年 9 月 3 日的阅读记录。日记内容为:"是月始披读红楼梦。"尾崎红叶购买《红楼梦》的书店文求堂是一家专卖中国书籍的书店。店主田中庆太郎(1880—1951),与郭沫若曾有交往。此外,尾崎红叶阅读《红楼梦》这一点,极有可能是因其忘年之交汉学家依田学海(1833—1909)的推荐。本节笔者关注尾崎红叶小说《金色夜叉》的创作过程,尝试探讨《红楼梦》对于尾崎红叶小说创作是否有过影响这一课题。

一、《金色夜叉》的连载困境

众所周知,《金色夜叉》是明治时期红极一时的报纸连载小说。在《读卖新闻》连载初始,即在读者中间引起强烈反响。但由于尾崎红叶本人对于文字的过度推敲及其身体方面频繁出状况,《金色夜叉》的创作可谓曲折,饱经岁月的风霜。最终尾崎红叶因胃癌英年早逝,时年 36 岁。《金色夜叉》虽经五年周折,也最终因此而没能迎来完整的结局。依据《尾崎红叶全集》中的年表以及小说《金色夜叉》之后所附的解题,《金色夜叉》断断续续的连载状态可具体整理列表如下(见表 2 - 8)。

表 2-8 《金色夜叉》连载及单行本出版情况一览表

《读卖新闻》连载时间	连载次数	连载标题	对应单行本	单行本出版时间	备注
1897 年 1 月 1 日—2 月 23 日	32	《金色夜叉》（壱）—（八）	《金色夜叉前编》	1898 年 7 月 6 日	
1897 年 9 月 5 日—11 月 6 日	52	《后编 金色夜叉》（一）—（八）	《金色夜叉中编》	1899 年 1 月 1 日	
1898 年 1 月 14 日—4 月 1 日	49	《续 金色夜叉》（一）—（七）	《金色夜叉后编》	1900 年 1 月 1 日	
1899 年 1 月 1 日—5 月 28 日	38	《续续 金色夜叉》（一）—（六）	<u>《金色夜叉续编》</u>	<u>1902 年 4 月 28 日</u>	该单行本扉页后有依田学海序文
1900 年 12 月 4 日—1901 年 4 月 8 日	51	《续续 金色夜叉》（七）—（十三）	《续续 金色夜叉》	1902 年 6 月 12 日	
<u>1902 年 4 月 1 日—5 月 11 日</u>	14	<u>《续续 金色夜叉 续篇》（一）—（三）</u>			读《红楼梦》后的创作

※本表依据《尾崎红叶全集》，由笔者制作（下划线笔者加）。

从表 2-8 中可以看出，在前后五年的时间里，《金色夜叉》经历过数次"中场休息"，短则三月，长则半载，最长的一次连载间隔几近一年半之久。面对这样的推进困难，尾崎红叶在给友人的书信中也经常透露烦恼。比如在《续续 金色夜叉 续编》连载开始之前的 1902 年 3 月 11 日，尾崎红叶给友人大阪豪商加贺丰三郎写的书信中，就写"深受金色夜叉苛责，处境艰涩"[1]；同样在一周后写给好友岩谷小波的书信中写及："小生此番若能写完金色夜叉，报社承诺增加些许薪俸。然此一两年多病之故，执笔不畅。本欲休养少时，往往被连载之日追赶，徒叹人间万事不如意。（中略）近来好文章拿不出来，好的俳句也没有，惭愧不堪。"[2]此外，在 1897 年 10 月 28 日尾崎红叶写给冈田朝太郎的书信中，也有关于受连载间断困惑的苦恼。"小生自上月之初，开始在报纸上连载金色夜叉的中篇，每日不堪其苦，为此形容消瘦。所幸作品得到世间好评，吾辈得为报社尽责。尽管想要勉强发奋，但此前养成的老是休息的毛病实为白璧微瑕。后来

1 尾崎紅葉：『紅葉全集』第十二卷、東京：岩波書店，1995 年、158 頁。
2 尾崎紅葉：『紅葉全集』第十二卷、東京：岩波書店，1995 年、160 頁。

觉得只管自信好了。"[1]

由上文可见，《金色夜叉》的连载中断，的确多数原因在尾崎红叶的多病干扰之上，但也不排除其本人与报社方面的交涉等多方面的原因。岩谷小波之子、曾任《文艺》杂志总编辑的岩谷大四在《物语明治文坛外史》一书中，记述了当时的《读卖新闻》社长本野盛亨对尾崎红叶一再拖稿的无奈[2]。以下引文。

> 1901 年 5 月尾崎红叶到伊豆修善寺温泉疗养，写给《读卖新闻》总编辑中井锦城的书信中，写到了面对自己病中瘦骨嶙峋的躯体时的触目惊心以及梦中出现文魁星的闲谈。"午后入浴。脱衣立镜前，始见全身肉落骨枯，颇致寒心。其憔悴形容，如银座街头马车之马，无所可择。悲哉，文章之人何以瘦不得似麟也。此夜梦枕现魁星，告曰：汝若采笔，可作三都赋。不然则命必殆。觉时未晓，不可思议。愚也。"[3]

当然撇开客观方面外部环境的影响不谈，更多的应该是作品内部无法消解的矛盾，使得尾崎红叶陷入了两难。杉本秀太郎在《金色夜叉》作品解说中评价道："其实，阿宫在四年前，也就是在《续金色夜叉》的最后一页合上的时候，就已经死在了贯一的肩头。但是，当时作者处理成是阿宫死在了贯一的梦中，这才导致了麻烦的产生。本来应该结束了的故事没能就此结束。尾崎红叶试图找到另外一种结束方式，而在实际的创作之中，他开始变得走投无路。"[4]那么当时，尾崎红叶是怎么解决他的创作困境的呢？

二、结缘《红楼梦》——尾崎红叶与依田学海的忘年之交

可以明确的一点是，在这进退维谷的创作困境中，尾崎红叶一直没有放弃努力。读者对于连载的热望应该是他创作的动力之一。查阅《红叶全集》，可以查得尾崎红叶写给依田学海写的一封书信，书信写于 1901 年的 10 月 23 日，全文大意简译如下：

学海老先生案下：

1　尾崎紅葉：『紅葉全集』第十二卷、東京：岩波書店，1995 年、70 頁。

2　巖谷大四：『物語明治文壇外史』、東京：新人物往来社，1990 年、113 - 117 頁。

3　尾崎紅葉：『紅葉全集』第十二卷、東京：岩波書店，1995 年、117 - 118 頁。

4　尾崎紅葉：『紅葉全集』第七卷、東京：岩波書店，1993 年、504 頁。

前日蒙赐尊作，万分拜谢。两三日内，春阳堂方面想必亦会登门致谢。此番去信，实为春阳堂催促，希能再求先生赐稿。当然之前所赐，并无不足。待在下小说五卷合本出版，拜求先生撰写五六页之跋文。提前拜托，请先生略做准备。详情待近日拜访，当面详谈。谨此拜答。

尾崎德太郎
10 月 23 日[1]

《红叶全集》中只收录了尾崎红叶写给依田学海的这一封书信，而依田学海写给尾崎红叶的书信内容，《红叶全集》中未做收录。从尾崎红叶回信的时间上来看，所谓蒙赐尊作，应为依田学海给他的《金色夜叉》写的序文。当然，信中所说的跋文，并没有再提。具体原委可能与尾崎红叶 1903 年的英年早逝有关。而尾崎红叶信中所说的《合本 金色夜叉》在春阳堂的出版，最终拖到了 1907 年。不管怎样，尾崎红叶拜托忘年之交的前辈依田学海为其作品写序的事实是存在的，而 1902 年 4 月 28 日春阳堂出版的单行本《金色夜叉 续编》之中，正好就有依田学海的序文《与红叶山人书》。这篇共占四页内容、用汉文书写的书信体序文中，依田学海对尾崎红叶明确地给出了阅读《红楼梦》的建议，全文如下。

紅葉山人足下。僕幼嗜読稗史小説。当時行於世者。京伝三馬一九。及曲亭柳亭春水数輩。雖有文辞之巧麗。搆思之妙絶。多是舐古人之糟粕。拾兎園之残簡。聊以加己意焉耳。独曲亭柳亭二子較之余子。学問該博。熟慣典故。所謂換骨奪胎。頗有可観者。如八犬弓張侠客伝。及田舎源氏諸国物語類是也。然在当時。読此等書者。不過閭巷少年。畧識文字。間有渉猟史伝者。識見浅薄。不足以判其巧拙良否焉。而文学之士斥為鄙猥。為害風紊俗。禁子弟不得縦読。其風習可以見矣。」年二十一二。稍読水滸西遊金瓶三国紅楼諸書。兼及我源語竹取宇津保俊蔭等書。乃知稗史小説。亦文学之一途。不必止游戯也。而所最喜。在水滸金瓶紅楼。及源語。能尽人情之隠微。世態之曲折。用筆周到。渾思巧緻。而源氏之能描性情。文雅而思深。金瓶之能写人品。筆密而心細。蓋千古無比也。近時小説大行。少好文辞者。莫不争先攘臂其間。然率不過陋巷之談。

1　尾崎紅葉：『紅葉全集』第十二巻、東京：岩波書店，1995 年、138 頁。

鄙夫之事。至大手筆如金瓶源氏等者。寥乎無聞何也。僕及読足下
所著諸書。所謂細心邃思者。知不使古人專美於上矣。多情多恨金
色夜叉類。殆与金瓶源語相似。僕反覆熟読不能置也。惜範囲狭。
而事跡微。地位卑而思想偏。未足以展布足下之大才矣。盍借一大
幻境。以運思馳筆。必有大可観者。僕老矣。若得足下之一大著述。
快読之。是一生之願也。足下以何如。[1]

與紅葉山人書　學海居士

紅葉山人足下，僕劬嗜讀稗史小説，當時行於世者京傳三馬一九及曲亭柳亭春水數輩雖有文辭之巧麗攝思之妙絕多是舐古人之糟粕拾兎園之殘簡聊以加己意焉耳獨曲亭柳亭二子較之餘子學問該博熟慣典故所謂換骨奪胎頗有可観者如八犬弓張俠客

插图出处说明：依田学海《与红叶山人书》

依田学海序文中的"盍借一大幻境。以運思馳筆。必有大可観者"一句，即可让人联想到《红楼梦》中的"太虚幻境"。在此书信中，依田学海热心向《金色夜叉》创作停滞不前的尾崎红叶做出了建议："借一大幻境。以運思馳筆。"即从《红楼梦》中寻求构思上的灵感，加快小说创作的进度。从尾崎红叶日记记录的时间判断，这篇序文的写作时间应该是在 1901 年 7 月之前。而从日记的内容来看，尾崎红叶显然是坦率接受了依田学海的建议。

前田爱在论文《明治初期文人的中国小说趣味》中曾将依田学海定位为中国小说通，"学海藏书中有《宣和遗事》《说岳全传》《古今奇观》等白话小说，亦有《情史类略》《虞初新志》《西青散记》《阅微草堂笔记》《聊斋志异》等传奇小说，还

1　尾崎徳太郎：『金色夜叉続編』、東京：春陽堂，1902年、1-6頁。

包括《品花宝鉴》《春江花史》《春江灯市录》等艳史类小说。学海最爱读的是《水浒传》《金瓶梅》《红楼梦》三书。"[1] 在这些藏书中,《阅微草堂笔记》《聊斋志异》《水浒传》《金瓶梅》《红楼梦》等也在尾崎红叶的阅读范围之内。考虑到尾崎红叶与依田学海是忘年之交,可以推断尾崎红叶喜爱中国小说也有受前辈依田学海影响的原因。

三、借鉴红楼?——尾崎红叶在创作中的尝试

在前人的研究之中,《金色夜叉》中与中国相关的内容,经常被提到的就是"荒尾让介大醉之后在街头吟咏的诗歌就是陆游的诗作",这与尾崎红叶关于《唐宋诗醇》的阅读经历相吻合。其他也有《水浒传》《游仙窟》等中国书名在作品中的登场。作品中贯一作为书生抖落"多谢"的"汉文"词语以彰显自己有学问,倒不能直接说是中国的影响,但汉文肯定是中国的要素。

然而说到尾崎红叶阅读《红楼梦》之后的《金色夜叉》创作,根据前面的时间整理来推断,其实已经接近作品后半段的尾声。从创作时间上看,可以明确断定是在读过《红楼梦》之后的创作内容,就是《金色夜叉》中最后一篇阿宫给贯一的书信。在这封信中,处于忏悔自责情绪中的阿宫在信中不断地道歉,而这部分内容占全书篇幅不过十来页的内容,故此即使有来自《红楼梦》的情节借鉴,也不会太多。然而这封阿宫的书信细读下来,还是有几处细节让人联想到《红楼梦》里的某些人物形象。以下是对小说中阿宫书信的引用。下划线为笔者所加。

> 昨天,本家的老太太来了,一则是顺便来探望我,但更重要的则是为了唯继的事情。据说最近以来,他成日在外游荡,两三天前,报纸上也传出了他的丑闻,老太太心里感到不安,所以特地到我这里来看看。她恳切地和我谈了很久,并说,唯继这种放浪的行为,毕竟是要影响家庭声誉的,因此再三叮嘱我,千万不要把这些事情随便告诉人,以免传开去。这时候,我但愿她当场责怪我治家无方,对我表示厌恶,提出离婚,那对我来说,该是多么幸福的事情啊! 但偏偏这位婆婆却是一个好心肠,尤其对待我,就像是她的亲生女儿一样,平日里就爱护备至的。因此,我还有什么话好对她说呢? 只得抑制着心底的悲痛,流着眼泪,说了一些无才无德的话。

1　前田愛:『前田愛著作集第二卷　近代読者の成立』、東京:筑摩書房,1989 年、290 頁。

　　如果我不是为了您舍弃生命,我也将为这个人而舍弃生命。如果
能有这位老太太做我的母亲,有您做我的丈夫,那我即使睡的是泥地,
身上披的是草席,也将是多么快活啊。我现在就是这样一天到晚地向
往着这些不可能的事情,等到我一死,这个世界上真正能为我死而悲
伤的,恐怕就只有这位老太太了。可是,欺骗这样一个人而将自己的
爱情用到别处,我将受到怎样的责罚啊!我为此而感到悲痛,自知迟
早将悲惨地结束自己的生命,担心着这种心情会不会阻碍我自知必将
来到的悲惨的结局。

　　听到很多人说过,死是没有什么可怕的,我如果能在现在这种情
况下死去,也可以说是最大的幸运了。我所放不下的只是身后这些为
我悲伤的亲人们,感到可惜的是我这白白地浪费了的一生。想到这个
身体即将从这个世界上消失,而眼前这支笔,这只砚台,这只指环,这
盏灯,这幢房子,这个夜,这个夏天,这种蚊子的嗡嗡声,这一切的一
切,都将永久地存在下去,只有我这个人却从此将不再存在了。想到
人生若梦,犹如草花一般瞬息即枯,不由得又产生了不胜遗憾的心情,
因而对这世界又觉得恋恋不舍了。[1]

　　尾崎红叶在作品的此处描写中,少有地交代了阿宫与富山的母亲也就是她
的婆婆之间的关系。尽管她与富山的感情已经走到了尽头,但由于婆婆待她视
同己出,让阿宫丝毫挑不出毛病来,这让阿宫想要离开富山家的心情产生了犹
豫。而且她还在信中对贯一倾诉,说自己本来对于生命已经没有留恋,但想到
婆婆对待她的百般好处,"对这世界又觉得恋恋不舍了"。这里阿宫的矛盾心理
的描写,读过《红楼梦》的人大概会联想到花袭人的类似处境。《红楼梦》中,花
袭人不得已离开贾府,嫁给蒋家。但她心里念着贾宝玉,其实本来是有意要以
死来谢宝玉的。但想到王夫人也是为她好以及怕给主人家添麻烦,就把死的事
情暂且放在了一边,而想着过了门再死。作品里的具体描写如下:

　　正说着,丫头回道:"花自芳的女人进来请安。"王夫人问几句话,
花自芳的女人将亲戚作媒,说的是城南蒋家的,现在有房有地,又有铺
面。姑爷年纪略大几岁,并没有娶过的,况且人物儿长的是百里挑一
的。王夫人听了愿意,说道:"你去应了,隔几日进来再接你妹子罢。"

1　【日】尾崎红叶著、吴元坎译:《金色夜叉》,重庆:重庆出版社,2009 年、389 - 390 页。

王夫人又命人打听，都说是好。王夫人便告诉了宝钗，仍请了薛姨妈细细的告诉了袭人。袭人悲伤不已，又不敢违命的，心里想起宝玉那年到他家去，回来说的死也不回去的话，"如今太太硬作主张，若说我守着，又叫人说我不害臊；若是去了，实不是我的心愿"，便哭得咽哽难鸣，又被薛姨妈宝钗等苦劝，回过念头想道："我若是死在这里，倒把太太的好心弄坏了。我该死在家里才是。"

于是，袭人含悲叩辞了众人，那姐妹分手时自然更有一番不忍说。袭人怀着必死的心肠上车回去，见了哥哥嫂子，也是哭泣，但只说不出来。那花自芳悉把蒋家的聘礼送给他看，又把自己所办妆奁一一指给他瞧，说那是太太赏的，那是置办的。袭人此时更难开口，住了两天，细想起来："哥哥办事不错，若是死在哥哥家里，岂不又害了哥哥呢。"千思万想，左右为难，真是一缕柔肠，几乎牵断，只得忍住。

那日已是迎娶吉期，袭人本不是那一种泼辣人，委委屈屈的上轿而去，心里另想到那里再作打算。岂知过了门，见那蒋家办事，极其认真，全都按着正配的规矩。一进了门，丫头仆妇都称奶奶。袭人此时欲要死在这里，又恐害了人家，辜负了一番好意。那夜原是哭着不肯俯就的，那姑爷却极柔情曲意的承顺。到了第二天开箱，这姑爷看见一条猩红汗巾，方知是宝玉的丫头。原来当初只知是贾母的侍儿，意想不到是袭人。此时蒋玉菡念着宝玉待他的旧情，倒觉满心惶愧，更加周旋，又故意将宝玉所换那条松花绿的汗巾拿出来。袭人看了，方知这姓蒋的原来就是蒋玉菡，始信姻缘前定。袭人才将心事说出，蒋玉菡也深为叹息敬服，不敢勉强，并越发温柔体贴，弄得个袭人真无死所了。看官听说：虽然事有前定，无可奈何，但孽子孤臣，义夫节妇，这"不得已"三字也不是一概推委得的。此袭人所以在又副册也。正是前人过那桃花庙的诗上说道："千古艰难惟一死，伤心岂独息夫人！"[1]

从上文引用可以见得，宝玉中举出家之后，袭人原准备自杀，后因种种考虑未能如愿，在极不情愿的情况下离开贾府，由兄长做主嫁给蒋玉菡，但也是怀有死志。然而蒋玉菡对袭人极好，袭人也就不忍再存死意。作者将袭人的这种人生境遇以息夫人作比，写下了"千古艰难惟一死，伤心岂独息夫人"的两句诗。这两句诗出现在袭人的结局段落之下，牵出了袭人与息夫人之间的某些共同之

---

1 曹雪芹、高鹗著：《红楼梦》，长沙：岳麓书社，1987年，961—962页。

处。袭人本名花袭人，与被称为"桃花夫人"的息夫人在名字上即有相同之处；最关键的是，她们的命运都没有掌握在自己的手中。由此进一步联想《金色夜叉》中阿宫的情况，同样也是将自己的命运交于富山。在优柔寡断之中，不能做出抉择。这里的类似之处或许不是偶然。

而且，在小说走势有些山穷水尽的时候，尾崎红叶尝试在复杂的人物关系与情节的迂回起伏中再次打造阿宫的形象。当然，仅仅凭借这样情节上的雷同，无法断定尾崎红叶是否在小说创作中真正借鉴了《红楼梦》。然而，可能性还是有的。毕竟尾崎红叶在日记里很明确地记录了他阅读《红楼梦》的事情，他的前辈依田学海也建议他从《红楼梦》中学习一些能够打开其作品局面的技巧，让作品不再"惜範圍狭。而事跡微。地位卑而思想偏。"尽管其后不久，尾崎红叶因为疾病加重而英年早逝。但他在中国古典小说中寻求突破的努力还是在作品中留下了一些痕迹。

尾崎红叶的另一部长篇代表作《多情多恨》，根据诸田龙美的考据，应该借鉴了白居易《长恨歌》和《李夫人》。可见，多渠道兼容并蓄地借鉴其他国家文学中的某些意象来为其作品增添色彩，这是尾崎红叶作品的一个特色或者是成功之处。

四、其他的一些借鉴实例

前文以《红楼梦》中花袭人的具体事例与《金色夜叉》中阿宫人物形象的切合点，探讨了尾崎红叶在小说创作中借用中国古典文学中的人物形象的可能性这一课题。作为补充，本部分想以尾崎红叶的另一部描写高利贷的作品《男人心》中的一处情节雷同，再对尾崎红叶的中国要素借鉴做一实例说明。

尾崎红叶的小说作品《男人心》是一部没有写完的作品，从小说篇幅上来看，最初似乎应该是按照中篇或者更长的小说来计划的，其中讲了这样一个故事：安达濑兵卫在横滨尾上町以高利贷为生，冷血无情，人送外号黄鼠狼。此人自幼父母双亡，由刻薄的养父母带大，看尽人间冷暖，而心生高利贷立身之念。靠不足二十日元的资本，到四十来岁的时候已经有三万家产。濑兵卫虽四邻不招，但有能持家的贤淑妻子，生有二子。长男信助，次女阿类。信助愚钝不成器。阿类年十七时，母亲一病归西。临终前劝丈夫攒够五万日元后便金盆洗手。阿类长至十九，因为父亲高利贷的缘故，仍无人提亲。阿类二十一岁时，濑兵卫攒到了五万日元，但仍不罢休。濑兵卫也为女儿的婚事着急。他的下手野川带来吉信，说是东京有一落魄华族东山公恒，年三十八，新近丧妻。濑兵卫遂让其撮合。濑兵卫看中其华族身份，而公恒也看中了阿类家的财产。濑兵卫终

将阿类嫁到了东京。公恒与阿类婚后相亲相爱，翌年生一女阿京。濑兵卫抱到
外孙女欣喜不久，他的儿子却一命呜呼。濑兵卫丧妻失子不堪打击，一病不起。
临终嘱托女儿女婿务必勤俭持家，葬礼必须从俭。公恒回到东京，奢华数日后，
突然领悟到金钱的来之不易，遂吝啬如其岳父。时年公恒四十有三。

从上述情节简述中，我们可以看到这是两代吝啬鬼的故事。作品中描写安
达濑兵卫在弥留之际，尚不忘嘱咐子女节俭的一段日文原文如下。

男ごころ

公恒も倶々口を酸くして、誰彼と聞こゆる名医を薦むれど、瀬
兵衛は首を掉りて、無き命は薬の及ぶことにあらず。今更高金出
して医者呼ぶは、盗人に追銭も同じ事。（中略）此老夫が命に関は
る病人でありながら、切角溜めたる金の減るが否さに、診察料の
高い医者に掛かるを控へて死ぬことを忘れまいぞ。然れば葬礼と
ても其心にて、俺末の段は棺桶の代りに茶箱に詰めて海の中へ投
げこむとも、不孝の子とは思はぬぞよ。合点が行たか、公恒殿、
返事の無いは不得心か。其了簡にては瀬兵衛はいつまでも死なれ
ぬと苛立てば、何事も御言葉次第、成るべく質素に取計らひ申す
べしと謂へば、その「成るべく」が気に入らぬ。思切つて俺末にと
呼吸苦しくなりて、それより二日目の夜の未明に帰らぬ旅に赴き
けり。[1]

试译:《男人心》

公恒为了给老丈人介绍名医治病，嘴皮子都说麻了，可是濑兵卫就是掉头
不理，说自己的命数已到，不必吃药。还说事到如今再去找医生，无异于追着小
偷送钱给人家。（中略）好不容易攒下来的金子，可不能为了挽救老夫的性命而
给了那些看病费用高的医生。话说回来，要是死了，葬礼也是一样地不能铺张
浪费。不要给我用什么棺材，找个装茶的箱子把老夫塞进去扔到海里就行了。
老夫不会因为你们这样对我就觉得你们不孝顺。听明白了没有，我说公恒啊，
明白了就答应一声。不答应的话，是不是没有想明白啊? 这样的话，那我就不
死啦。濑兵卫越说越着急。公恒赶紧说老爸，那就什么都按您吩咐的办，一切
尽量从简。这么一说，濑兵卫又道:"什么尽量，给我使劲地省。"说完呼吸急促

1　尾崎紅葉:『紅葉全集』第四卷、東京:岩波書店,1994 年、125－126 頁

起来。第二天凌晨天还没亮，老人家就一命归西啦。

在日本的故事中，关于吝啬鬼的故事有不少。比如下面这个故事，就让人联想到刚刚的安达濑兵卫。

始末

　吝い親父が、臨終の遺言に、「必ず物入りすな。　夜の内に寺へやつてくれ」といふ。　親類集り、「そふはなるまい」「かふはなるまい」といへば、親父起き直り、「そんなら、モウ死なぬ死なぬ」。[1]

试译：节俭

有一个人一辈子吝啬，临终的时候，留下遗言说，一定不要为他的葬礼花费，趁着黑天直接送到寺院里就行了。这样就可以为子孙省下葬礼的费用。亲人们聚集在一起，都说这样可不行，不举行葬礼可不太好等等。结果，老人家一生气，坐起身来。"这样不行，那样也不行。我不死了。"《茶のこもち》

　　　出自《安永期 小咄本集　近世笑话集》（武藤祯夫、岩波书店、1987 年）

此外在该书的补注 30 里，还介绍了一个落语故事。有一个一辈子任性的老头，要走的时候将一家老小叫过来说："孩儿们，跟你们说个事情。前些日我看了别人家的葬礼，就是花再多的钱，天堂那边也不可能来个口信。所以我要是死了，你们不要花钱来葬我。"孩子们于是说："那我们就按您说的办。用轿子抬好吧？""不行，那不也是要花钱的吗？""那乘车？""也花钱。""那用根木棍抬？""那也得花雇人的钱啊。我死了，一切免费。"

无独有偶，吴敬梓《儒林外史》第五回"王秀才议立偏房　严监生疾终正寝"中的严监生形象，同样也是在死前展示了对金钱的执着。引文如下：

　　　自此，严监生的病一日重似一日，再不回头。诸亲六眷都来问候。五个侄子穿梭的过来陪郎中弄药。到中秋已后，医家都不下药了。把管庄的家人都从乡里叫了上来。病重得一连三天不能说话。晚间挤了一屋子的人，桌上点着一盏灯。严监生喉咙里痰响得一进一出，一声不倒一声的，总不得断气，还把手从被单里拿出来，伸着两个指头。

<hr>

1　校注者 武藤祯夫：『安永期小咄集』、東京：岩波書店，1987 年、238 页。

大侄子走上前来问道："二叔,你莫不是还有两个亲人不曾见面?"他就把头摇了两三摇。二侄子走上前来问道："二叔,莫不是还有两笔银子在那里,不曾吩咐明白?"他把两眼睁得溜圆,把头又狠狠摇了几摇,越发指得紧了。奶妈抱着哥子插口道："老爷想是因两位舅爷不在跟前,故此记念。"他听了这话,把眼闭着摇头。那手只是指着不动。赵氏慌忙揩揩眼泪走近上前道:"爷,别人都说的不相干,只有我晓得你的意思!"只因这一句话,有分教:争田夺产,又从骨肉起戈矛;继嗣延宗,齐向官司进词讼。不知赵氏说出甚么话来,且听下回分解。

第六回　乡绅发病闹船家　寡妇含冤控大伯

话说严监生临死之时,伸着两个指头,总不肯断气,几个侄儿和些家人都来讧乱着问,有说为两个人的,有说为两件事的,有说为两处田地的,纷纷不一。只管摇头不是。赵氏分开众人走上前道:"爷,只有我能知道你的心事。你是为那盏灯里点的是两茎灯草,不放心,恐费了油。我如今挑掉一茎就是了。"说罢,忙走去挑掉一茎。众人看严监生时,点一点头,把手垂下,登时就没了气。[1]

这里可以看出,严监生对于节约的近乎执着的追求,和尾崎红叶笔下的安达濑兵卫的人物形象多有重叠之处。当然,与前面花袭人的例子一样,这里单凭这样一处情节上的雷同,也很难马上做出判断说《儒林外史》里严监生的故事对尾崎红叶的小说创作有具体影响。但从尾崎红叶在小说创作中对中国古典要素信手拈来的援引使用来看,这里的大胆猜测应该也是有一定的命中概率的。

此外,尾崎红叶还创作过小说《新桃花扇》。这篇小说从标题中就可以出是借用了我国的戏曲《桃花扇》的名字。故事简介如下:

祖父在世时的事情。有次祖父外出,购一桃花扇,上印桃花形状的东西,看起来像是胭脂,且花瓣旁都标有数字,不解其中奥妙。拿回来问博学的朋友,皆曰不明。后来祖父家一个老女佣过来,说愿意尝试一下解谜。众人把扇子给老女,老女持扇把玩须臾,指着其中一枚桃花说,这是我的东西。众人不解,老女就讲了内幕。有一个美貌少

1　【清】吴敬梓著:《儒林外史》,上海:上海古籍出版社,1991年,38-39页。

年,病养独居,而深受女子喜爱。少年遂立下誓愿,在有生之年与千人女结为同床之好。所谓桃花扇,其实是每次相好的女子留下的朱唇印迹。旁边附的数字是女子的年龄。然而这个男子终于也没能如愿,到991人的时候就死了。老妇人所指的那个花瓣,是她14岁时与此男子交好的证据。祖父逝去之后,祖母说这桃花扇毒害子孙不能留,就将扇子绑在石头上沉到了河底。父亲说凡鱼儿吃到此扇者,必擅长恋爱。可谓父亲的一代名句。

幸田露伴在《书斋闲话》一书中,曾就《桃花扇传奇》词条做了如下解说:中国戏曲,清孔云亭著。全四十出,传奇非短制也。以奇笔写明亡清起之际,以东京才子侯朝宗和南京名妓李香君成一部之针线。作者腹藏十余年,及作,三易其稿,康熙三十八年成书,忽流传于王公贵绅间,终入内府。香君以身守节,以侯所馈之诗扇,打欲逼己之人,终于倒地,花颜崩解,面血溅扇。杨龙友见其血迹红艳非常,添画枝叶,成桃花之图。此乃"桃花扇"名之起因也。然此传奇,与寻常作者以描摹男女缱绻之满足者大异,观之虽以朝宗、香君为主人,但实为叙明末全体而成一大画幅。结构雄大,笔路健硕,意气宏盛之《西厢》《红拂》类,均成其鞋底泥也。盖作者壮时,从其族兄方训公及舅翁秦光仪等诸老,而详知弘光之遗事,由此而成篇,可谓中国剧中之一佳作也。[1]

从幸田露伴的这段说明文字我们可以知道,《桃花扇》这部作品在日本的流传之广泛,可能几乎达到妇孺皆知的程度。在尾崎红叶创作的《桃花扇》开头一句"这是老辈子的故事,现如今没有这样的蠢蛋。"其中讲述的以"千人斩"为目标的少年的故事有些难登大雅之堂。这部作品与前文论述的小说《巴波川》一起刊登在《新著百种》上,在发表之后,也受到不少诟病和抨击。但单纯将小说创作中借助《桃花扇》在日本读者中的知名度为自己的作品造噱头这一点,可以看出尾崎红叶还是很有其宣传头脑的。而且孔尚任(1648—1708)的《桃花扇》中,作为小道具出现的桃花扇正是侯方域与李香君定情之物。尾崎红叶也正是利用了桃花扇作为"纪念物品"这一点,创作了他的《新桃花扇》。

无独有偶,尾崎红叶还有一部小说,题为《大和昭君》,这部作品创作于1889年,是从该年的4月5日开始分四次在《文库》上连载的短篇小说。从小说标题上就可以直接看出是借用了我国王昭君的事迹。尾崎红叶想要追求的效果大概是中国有中国的昭君,我来写一个大和的昭君吧。根据日本学者阿部

1　【日】幸田露伴著、陈德文译:《书斋闲话》,北京:中华书局,2008年、240 - 241页。

泰记的归纳,《大和昭君》的故事梗概如下:某藩家老卯木兵马,老而好色,看上了藩士女儿一叶订婚。一叶似王昭君饮恨,离别情人浦波田鹤弥,嫁给了家老,但拒绝跟他同寝。家老听信鸟店善助的话,买了鹦鹉养在房间,听了鹦鹉学说侍女阿桂和少爷雪之助的闺房私话,一时冲动误信为一叶有情人,斩杀了她。[1]小说《大和昭君》借用了昭君忍受屈辱出嫁单于的形象,比喻武士的女儿一叶为了满足父母的欲望,牺牲自己嫁给了高龄的家老,最终却被家老误会杀死。在这篇小说的作者自序中,尾崎红叶明确写道:"这个故事其实是《天方夜谭》里《丈夫与鹦鹉》这个故事的改写。"尾崎红叶明明改写的是一个阿拉伯故事,却在小说标题的拟定上使用了"昭君"这个中国元素,这也是饶有趣味的现象。但就作品实际内容来说,应该说跟王昭君的故事有点关联的也只是昭君嫁给单于不是出于自愿这一点,除了自序中出现了昭君的名字,在作品内容中昭君干脆没有出现。当然,王昭君的故事在日本出现很早,根据冈崎真纪子《平安朝王昭君说话的展开》中的考察,在《文华秀丽集》《俊赖髓脑》《宇津保物语》《后拾遗和歌集》《经国集》《和汉朗詠集》《源氏物语》中都有关于王昭君的汉诗、和歌和故事[2]。

　　本章相继考察了尾崎红叶的小说《巴波川》《伪金》《金色夜叉》《男人心》《桃花扇》《大和昭君》等的创作过程,试图说明在尾崎红叶的小说创作中中国要素所发挥的助力和影响作用。其中的一些探讨还仅为初步探索的阶段。在尾崎红叶全集里明确出现的《阅微草堂笔记》《寄所寄》等其他中国古典文学作品,是否在尾崎红叶的小说创作中有所体现,还有待更进一步的详细考证。

1　阿部泰记:《中日王昭君故事中的通俗文艺思想》,《三峡论坛》,2010(7):37 页。
2　岡崎真紀子:「平安朝における王昭君説話の展開」,『成城国文学』,1995(11):37 - 60 頁。

第三章

《金色夜叉》在东亚的传播

本章将分析尾崎红叶的集大成之作《金色夜叉》的传播及其影响,主要分为其在日本和其他国家,特别是在中国的接受和改编情况。

第一节　越境的《金色夜叉》

一、日本文学作品中的《金色夜叉》

近几年,《金色夜叉》再次受到关注,其契机是 2000 年堀启子发表的研究论文彻底证实了《金色夜叉》是一部改写作品。关于尾崎红叶的《金色夜叉》,堀启子对发表于明治时期的文学作品《金色夜叉》是否存在蓝本进行了调查,最终考证得出,英国女小说家贝莎·克莱(Bertha M. Clay)所写的《比女人还要弱的人》(*Weaker than a woman*　New York：Street & Smith, 1890)就是《金色夜叉》的蓝本,堀启子在论文中对相关的两部小说进行了比较研究。[1] 此外,堀启子还将《比女人还要弱的人》(*Weaker than a woman*)这部英语作品翻译成了日语在日本出版,日文标题为《女より弱き者　米国版金色夜叉》(《比女人还要弱的人　美国版金色夜叉》,南云堂出版社,2002 年 11 月)。该书日文版本的内容简介中译如下:

19 世纪末,准男爵大富豪在英国伦敦郊外见到了绝世美女紫罗兰。但是紫罗兰有一个非常爱她的未婚夫菲利克斯。一方是高尚的年轻天才律师,一方是年收入 4 万英镑即将获得爵位的新追求者。这时,菲利克斯的父亲又遭遇变故。明治时代风靡一时的《金色夜叉》的原型就是本书《比女人还要弱的人》。这部作品在英美两国皆曾大热。英国版的阿宫和贯一的命运即将为你揭开。

堀启子成功考证出了《金色夜叉》的素材来源,这一学术发现其实并未损害

1　堀啓子:「『金色夜叉』の藍本——Bertha M.Clayをめぐって」、『文学』,2000(11):188-201頁。

尾崎红叶的文坛名声。实际上情况恰恰相反,贝莎·克莱这部带有廉价小说性质的作品越过大洋传到日本,被尾崎红叶加工之后犹如脱胎换骨,进一步在明治的文坛上大放异彩,成为脍炙人口的作品。今天《金色夜叉》的读者及其影响力已经减弱,但至少在明治末期到昭和时期,《金色夜叉》是一部对日本社会极有影响力的作品。《金色夜叉》经常被明治及大正时期的文豪引用于其作品中,这一点就是很好的证明。夏目漱石和田山花袋的小说就是很好的例子。

(1)迷亭说:"朗诵会么,前几天请他吃'橡面坊丸子'时,他曾提起过。他说无论如何,第二次集会时也要邀请知名的文人开一个大会。还说届时希望先生务必光临。后来我问他下次集会还打算演出近松作品中现实题材的剧本吗,他说:'不,下次要选个更新颖的剧本,叫《金色夜叉》。'(下划线为笔者添加,下同)我问他扮演什么角色,他说他扮演女主角阿宫。东风扮演阿宫,多有意思!我一定出席,为他喝彩。"寒月阴阳怪气地笑道:"真有意思!"——夏目漱石《我是猫》1905年 [1]

(2)独坐幽篁里,弹琴复长啸,深林人不知,明月来相照。只此二十字中,卓越地建立了另一个天地。这天地的功德,不是《不如归》或《金色夜叉》的功德,是在轮船、火车、权利、义务、道德、礼义上精疲力竭之后忘掉一切,浑然入睡后的一种功德。——夏目漱石《旅宿》1906年 [2]

(3)芳子从镇上的小学毕业后就进入了神户的女学院,在那里过着新式女子学校生活。基督教的女校和其他女校相比,学生可以自由阅读文学。那时虽然也有不能读《魔风恋风》《金色夜叉》等书的规定,但在文部省干预之前,只要不是在教学场所,读什么都行。——田山花袋 《棉被》第二部分(1907年)

(4)高柳怒上心头。

"现在的文学,已不是尾崎红叶和樋口一叶的时代。这些人不是为了成为你们的榜样而活着,而是为了孕育你们才活着的。用刚才的话来说,这些人是为了未来而活着的,是为了孩子而存在的。但是,你们是为了自己而存在的。大约每一个生活在时代初期的人都必须有

1　此处中文译文借鉴于雷译《我是猫》(南京:译林出版社,1994年、40页)。

2　小说日文名为「草枕」。 此处中文译文借鉴丰子恺译《旅宿》(南京:江苏凤凰文艺出版社,2018 年、12 页)。丰子恺译注:《不如归》和《金色夜叉》是当时风行一时的两部小说,都是描写人世纠纷的。

为孩子而活的决心。处于时代中期的人必须要有为自己而活的决心。生活在时代后期的人必须放弃为父亲而活。明治已经过了 40 年,明治初期的人们也符合上述特征。那么,作为现代青年的你们必须得大力发展自我,创造明治中期。你们既没有必要回头看,也没有必要担心前方。身处可以按自己意愿选择发展方向的你们享受着人生最大的快乐。"

全场喧哗了起来。

——夏目漱石《野分》1907 年

此外据笔者的调查,石坂洋次郎的《蓝色山脉》(1947)、石川达三的《恶女手记》(1956)中也有关于《金色夜叉》的记述。诚然从夏目漱石《草枕》中的"这天地的功德,不是《不如归》或《金色夜叉》的功德"和《野分》中的"现在的文学,已不是尾崎红叶和樋口一叶的时代"这两处来看,夏目漱石对尾崎红叶的评价并不高,但是另一方面,高桥英夫也指出这恰巧体现了夏目漱石对尾崎红叶的竞争意识。阅读夏目漱石全集中的《本乡座金色夜叉》可以发现,夏目漱石仔细观看了明治三十八年在本乡座上演的这部作品并撰写了评论。夏目漱石在《现在的小说及文章》这篇谈话中,也承认了尾崎红叶是"文章家",以及红叶在"调"和"修辞"方面的能力。高桥英夫进一步论道:"如果再多给红叶一些寿命,他说不定会成为夏目漱石的对手。"[1]

作为《金色夜叉》的强大影响力的证据,在此可列举日本和歌诗人若山牧水(1885—1928)的日记。1904 年 4 月,若山牧水进入早稻田大学文学部高等预科学习,当时还只有 19 岁的若山入学以后在日记中留下了关于尾崎红叶和《金色夜叉》的读书记录。

4 月 19 日　从早上开始就一直下雨,时睡时起,翻阅红叶全集。

5 月 17 日　体操课的时间在图书室休息,读《金色夜叉》。

5 月 19 日　在学校图书馆读《金色夜叉》。

5 月 26 日　拜访了大森之后,读红叶的《剥开的鸡蛋》《紫》等作品。

6 月 9 日　由于音读课停课,便在学校图书馆读了幽芳的《乳姐妹》前篇,被激起了好奇之心。傍晚,从出租书店借了后篇来看,那个傲慢的君江,对其罪恶的惩罚太过于宽大,真是看不惯。既不会熟读,

---

1　高橋英夫:「紅葉と漱石」、紅葉全集第七巻月報、東京:岩波書店,1993 年、3 頁。

也不学习,甚是懈怠,君江犯的罪比《金色夜叉》中的阿宫还要深,而且还没有阿宫那样的悔恨,形骸丑陋且抱有一颗丑陋之心,实在是令人憎恨。

8月9日　读《金色夜叉》,看哭。

11月21日　从两点开始在图书馆读《金色夜叉》,看哭。

12月15日　春阳堂送来了尾崎红叶的《浮木丸》、泉镜花的《通夜物语》以及米古的插图本《伊势物语》。

12月20日　去原町向白石君借了尾崎红叶全集。

12月21日　下午读《红叶全集》。

12月24日　去矢来町附近的书店买《红叶全集》第六卷,但书还没有上市。晚上再次出去买了《金色夜叉》(红叶全集六中的作品)以及登美子、雅子、晶子的诗集《恋衣》还有《明年的日记》。睡觉前一直在读。

12月25日　整个早上一直沉迷于读《金色夜叉》。

12月26日　晚上,读《金色夜叉》。

12月27日　晚上,读《金色夜叉》。[1]

19岁的若山少年是如何被尾崎红叶的作品所吸引的,一目了然。

不夸张地说,《金色夜叉》对于明治、大正、昭和时代的日本人来说,是一种集体记忆。2002年3月2日,《朝日新闻》朝刊中的"朝日川柳"栏目中有大伴闲人选的川柳。川柳原文内容是「平成の金色夜叉は宮が蹴り」,中文大意是"平成的《金色夜叉》,阿宫要踢人"(千叶市,宫下玲子)。在这一首川柳后面还附着解释文字"踢的对象是小泉贯一"[2]。川柳中出现《金色夜叉》的作品名字,无疑也是证实了即便到了平成时代,《金色夜叉》在日本仍然有很高的知名度。此外,虽然不太清楚在此处的川柳中登场的"平成的《金色夜叉》"有何意义,但通过查阅网络信息发现,2001年4月25日短剧《平成的金色夜叉》曾在日本某地上演[3]。如果指的是这个短剧的话,那么电影《金色夜叉》中的名场面"在热海的海岸散步……"的诗,"阿宫你好好记住这个日子吧,明年的一月十七日晚上,后年的一月十七日晚上……"等《金色夜叉》中贯一的名台词或许应该会出现。但在川柳"平成的金色夜叉"中,本来在《金色夜叉》中被踢的阿宫变成了踢

1　吉岡義信:「若山牧水に見る読書記録」、『司書課程年報』,2008(2):65-74頁。

2　大伴閑人:「朝日川柳」、「朝日新聞朝刊」,2002年3月2日(14)。

3　西澤尊子:10年の記念に「平成金色夜叉」、www.shironishi.or.jp/ha/files/koho/koho_24_2.pdf,2001.

别人的一方,这与人们的预想和期待是相反的。这样的印象的逆转就产生了噱头效果。此处,《金色夜叉》这一书名被提及,女主角阿宫也成了川柳的材料,在解说部分还引用了贯一在热海海岸踢飞阿宫的名场面。从川柳往往讥讽时事的特点来推测,这首仅仅由十七个文字构成的川柳,恐怕是对当时担任首相的小泉纯一郎的揶揄挤兑吧。总之,这个川柳中使用的典故是出自百年前的《金色夜叉》,由此可以发现《金色夜叉》在平民阶层中有着很高的知名度。因为被称为典故的东西,如果其内容没有被读者熟知的话,那么川柳的幽默趣味也会大打折扣的。

"集体记忆"是法国学者莫里斯·哈布瓦赫的著作《论集体记忆》(*On Collective Memory*)(毕然 译 上海世纪出版集团 2002 年 10 月)的关键词,在日语中常被译为"共有する記憶"(共享的记忆)、"集合的記憶"(集体记忆)。另外,根据和田典子的解释,集体记忆是"共有的记忆和历史""同处在共同体中的人类心中共同存在并继承的想法",广义上作为社会学用语还和"文化常识"有相通之处 [1]。莫里斯·哈布瓦赫的代表性论点:"集体记忆在本质上是立足于现在而对过去的一种重构"(59 页),"记忆需要来自集体源泉养料持续不断的滋养,并且是由社会和道德的支柱来维持的。"(60 页),"只有把记忆定位在相应的群体思想中,我们才能理解发生在个体思想中的每一段记忆"(93 页)[2] 等。和贝莎·克莱(Bertha M. Clay)被慢慢遗忘的《比女人还要弱的人》相比,《金色夜叉》至今仍然留在日本民众的记忆当中。从这一事实中我们可以看出,《金色夜叉》这一集体记忆一直得到"持续不断的滋养",并由日本社会和道德的支柱来维持"的事实。

二、《金色夜叉》的越境

近年来的研究表明,和《金色夜叉》相关的集体记忆并不仅仅停留在日本。比如在朝鲜半岛 [3],《金色夜叉》的改写作品《长恨梦》于 1913 年由赵重桓用朝鲜语撰写,随后被拍成电影、写进流行歌曲而广为人知,直到现在作品中主人公的名字也很有名,在朝鲜半岛也有很高的人气 [4]。而且,近年来韩国学者也开始关注这部改写的作品,如慎根縡的著作《日韩近代小说的比较研究:铁肠、红

---

1 和田典子:コレクティブ・メモリー.http://www.canadajournal.com/backnumber_cj/2002 - 2004/0402/column/kotoba.htm.
2 莫里斯哈布瓦赫:《论集体记忆》、上海:上海世纪出版集团,2002:59—60＋93 頁。
3 虽然有韩国学者认为这是《金色夜叉》在韩国的接受情况,但考虑到小说情节设定中的平壤这一地点,笔者认为这很难当作作品在韩国的接受情况来处理,故本文使用的是朝鲜半岛一词。
4 鄭美京:「『金色夜叉』と『長恨夢』に関する考察」、『比較社会文化研究』,2006(19):95 頁。

叶、芦花和翻案小说》，以及郑美京的论文《关于〈金色夜叉〉和〈长恨梦〉的考察》。由于笔者不通韩文，因此只能参考郑美京和慎根縡的研究成果。根据郑的相关论文描述，《长恨梦》的梗概大致如下：

> 容貌美丽的沈顺爱本来和李守一为恋人，但在父母的劝说之下，无奈嫁给了金重培。守一受到打击，做了高利贷。沈顺爱虽然和金重培结婚，但一直为了李守一坚守贞操，但终被其丈夫野蛮地占有。沈顺爱后悔莫及想要自杀，自杀未遂，她决定回到娘家再也不回到金重培的身边。其后，沈顺爱得到李守一的原谅，两人最终走到了一起。[1]

此外，慎根縡在其著作中对赵重桓及其改写作品《长恨梦》，作了如下介绍。赵重桓(1887—1944)笔名一斋，出生地和青少年时期的经历不详。他在担任朝鲜总督府机关杂志《每日申报》记者的同时，1912 年和尹白南一起创立了剧团文秀星，开始进行戏剧活动。赵重桓日语水平很高，因此在文学翻译、小说改编、电影创作等方面均有涉猎。另一方面，他不仅作为表演者出演舞台剧，同时也对 1910 年上半年上演的《不如归》《松柏节》《双玉泪》《长恨梦》《青春》《断肠录》等作品进行了翻译和改编。[2]

另外，对于 1913 年 5 月 13 日至 10 月 1 日期间在《每日申报》上连载的改写小说《长恨梦》，赵重桓曾回顾道：

"那时我 27 岁。现在，即使是 20 岁的朝鲜青年也可以通过前人的创作和翻译，很容易就接触到小说或诗，并获得一定的文艺修养。但在二十四五年前，当我还是青年的时候，要想接触到一部小说、一篇诗歌都是很难的事情。(中略)我认为这部小说应该改编成为'朝鲜的小说'，以便给朝鲜青年男女提供精神食粮，于是就决定由我来完成这项工作。"[3]

根据上述资料可以确认两件事。第一，赵重桓在将《金色夜叉》改写成为"朝鲜的小说"即《长恨梦》的时候，充分发挥了自己的日语优势，读的是日语的小说原版而非朝鲜语译本。第二，赵重桓在创作《长恨梦》时参照的蓝本不是贝莎·克莱(Bertha M. Clay)的著作《比女人还要弱的人》(*Weaker Than A Woman New York：Street & Smith*，1890)，而是尾崎红叶的《金色夜叉》。

1910 年 8 月 29 日，日本迫使韩国签订《日韩合并条约》，正式吞并朝鲜半

1　鄭美京：「『金色夜叉』と『長恨夢』に関する考察」、『比較社会文化研究』，2006(19)：99 - 101 頁。
2　慎根縡：『日韓近代小説の比較研究：鉄腸·紅葉·蘆花と翻案小説』、東京：明治書院，2006 年、113 頁。
3　慎根縡：『日韓近代小説の比較研究：鉄腸·紅葉·蘆花と翻案小説』、東京：明治書院，2006 年、114 - 115 頁。

岛。1913 年赵重桓创作《长恨梦》时,朝鲜半岛正处于被日本殖民统治阶段。在处于殖民统治时期的朝鲜半岛,当时的文化教育实施的是愚民政策,平民不能使用朝鲜语,违反者会受到惩罚,甚至有可能被抓进监狱。在学校教育中,教师必须使用日语授课。从 1911 年第一次颁布教育令到 1945 年二战结束,朝鲜半岛一直实施的都是这种殖民教育。[1] 如果将这种时代背景考虑进去并进行综合考察的话,改写作品《长恨梦》创作到底是不是像赵重桓所说的那样,是一种提升了他自身文艺修养的行为? 另外,这是否是一种"为了给朝鲜的青年男女提供精神食粮"而带有自主性和自觉性的改编创作? 这两点仍然存在可疑之处。但是,不管改写的动机是什么,《长恨梦》在其后被拍成电影,相关流行歌曲也被创作出来,这些事实都无疑说明了《长恨梦》这部作品在朝鲜半岛引起的轰动。

日本学者三枝寿胜也论述过《金色夜叉》和《长恨梦》之间的传承关系。在国际交流基金亚洲中心举办的亚洲理解讲座 Asia Center Lecture Series 1996 年度第 3 期(1997 年 1 月)"韩国文学鉴赏"的报告书中,三枝寿胜写道:

"据说尾崎红叶在构思《金色夜叉》的时候,也有过大团圆的设想,但迟迟没能下定决心写。但朝鲜的《长恨梦》就能够写成大团圆。这个故事在朝鲜很受欢迎,《长恨梦》于 1913 年 5 月到 10 月在报纸上连载。故事尚在连载期间,舞台公演便已经开始了。之后又被拍成电影,可以说非常流行。甚至还有人创作了《长恨梦歌》的流行歌曲。'漫步在大同江的岸边,浮碧楼下散步的李守一和沈顺爱。手拉手谈感情的时光只剩今日,能在一起散步的日子也只有今日'。这首歌的旋律和'在热海海岸散步的贯一和阿宫'的日本歌曲旋律完全一致,只不过是内容变成了朝鲜风的东西。1929 年还推出了唱片,副歌部分男主人公慷慨激昂的陈词也被录了进去。"[2]

通过三枝寿胜的论述我们可以进一步确认《金色夜叉》和《长恨梦》这两部作品的相似性。相似到只是将男女主人公话别的地点从日本热海的海岸搬到了平壤郊外的大同江岸边。赵重桓采取的是几乎完全套用的手法,将《金色夜叉》的故事移植到了《长恨梦》创作之中。更为重要的是,在《长恨梦》中,尾崎红

1 吴廷璆:《日本史》,天津:南开大学出版社,1994 年、532 – 536 页。

2 三枝寿勝:「韓国文学を味わう」、http://www.han-lab.gr.jp/～cham/ajiwau/contents.html,1997-12-1、

叶的《金色夜叉》中关于金钱与爱情的冲突以及义理与人情的矛盾等基本设定也被完全保留。除却结局部分,可以说《长恨梦》是对《金色夜叉》的全盘接受。

通过以上分析,我们可以看到《金色夜叉》跨越国界越过大洋,在1913年以后的朝鲜半岛被人们所欣赏和接受的事例。尽管这背后有日本对殖民地实施文化侵略的大背景。从美国小说《比女人还要弱的人》到日本小说的《金色夜叉》再到朝鲜半岛的《长恨梦》,我们还可以看到美国—日本—朝鲜半岛这一文学接受的流动关系。其实,《金色夜叉》的影响不仅仅局限在朝鲜半岛,在中国大陆和台湾地区也出现了《金色夜叉》改编的电视剧,下节将对此做专门论述。在此需要补充一点新发现的资料,那就是跟朝鲜半岛《长恨梦》的情况有些相似,二战期间的中国东北地区"伪满洲国"统治时期,有一部叫作《情海航程》的电影。根据胡昶、古泉《满映——国策电影面面观》的记述,影片描写了这样一桩婚姻悲剧:

> 开杂货铺的刘家小女偷偷爱着寄居张家的青年王世宽。可王同张家姑娘素琴订了婚约。不久王去日本留学,士绅李永禄一次在溜冰场遇见张素琴,对张产生好感。他乘张家生意败落之机,提出和张家合伙经营生意。张家为改变窘境,也就同意了。两家合伙经营生意后,李要求同张家女儿结婚。张家为在经济上找靠山,未能拒绝。素琴虽恋着世宽,但又被金钱驱使,遂同李结婚。世宽闻讯突然乘飞机归来,追问根由,但木已成舟。世宽精神受到刺激,一天夜里在街上受了伤,幸被一个高利贷者所救。从此堕落,跟这人干起高利贷的事。素琴丈夫李永禄厌倦了家庭生活,成了妓院的常客。素琴虽生活有保证,但精神非常痛苦。后来世宽用高利贷得到的钱买下了李的铺面。在交接时,俩人发生争执,李想用枪打死世宽,不慎自己中弹而死。素琴用手枪自杀,世宽负伤。[1]

《情海航程》这部电影是日本帝国主义实施文化侵略的国策电影,于1940年出品。编剧为荒牧芳部,导演是水江龙一,摄影为藤井春美。影片主要人物的扮演者如下:王世宽——徐聪;张素琴——季燕芬;郑夫人——白玫;李永禄——崔德厚。胡昶、古泉认为:这部影片看来表现金钱使人走上歧路,实际是

1　胡昶、古泉著:东北沦陷十四年史丛书《满映——国策电影面面观》,北京:中华书局,1990年、103 - 104 页。

日本影片《金色夜叉》的翻版,并无什么深刻含义。[1]

第二节 从异文化交流角度看《金色夜叉》在东亚的传播[2]

一、缘起:《金色夜叉》在中国大陆的传播

相对于《金色夜叉》在朝鲜半岛的传播,我国对《金色夜叉》的接受在时间上晚很多,主要集中在 20 世纪的 80 年代。当然,根据文献记载,20 世纪前期在日本留学的欧阳予倩、田汉等留学生,曾经在日本用日语表演《金色夜叉》。黄爱华曾记述道:"1910 年,陆镜若等人曾在日本用日语表演过《金色夜叉》中热海的场景,但回国后貌似就没有表演过了。"[3]1919 年,在东京的一些台湾留学生也组织了一个演剧团,借中华青年会馆演出日本剧目《金色夜叉》和《盗瓜贼》,这是台湾最早的现代戏剧演出,"当时有田汉、欧阳予倩、马伯援帮了他们的忙。"[4]但这还很难界定为在中国的接受。真正意义上的接受始于 1980 年代的翻译。《金色夜叉》在中国已至少有七种译本,分别为徐云涛译本(1956 年)、安纪芳译本(1981 年)、申晴译本(1982 年)、金福译本(1983 年)、邱梦蕾译本(1994 年)、魏丹宁译本(2003 年)、连子新译本(2019 年)。以上译本中,以金福译本流传度最广。1982 年,《外国戏剧》杂志刊登了林春翻译的宫本研的脚本《金色夜叉》;1984 年,大连电视台电视剧制作中心以《金色夜叉》为题材,完成四集电视连续剧,该电视剧的剧本登载在 1985 年第 2 期的《中国电视》上。

当然,最初启发笔者研究《金色夜叉》在中国的传播情况这个课题的是《朝日新闻》的一篇报道稿。对于《金色夜叉》在中国的传播情况,日本主流媒体也有所关注。1985 年 5 月 29 日,日本《朝日新闻》在朝刊上刊登了题为《〈金色夜叉〉在中国拍成电视剧》的报道。报道全文如下:

> [北京 28 日加藤特派员]在《阿信》和《血疑》等日本电视剧受欢迎的中国,这次又有尾崎红叶原作的《金色夜叉》被拍成电视剧。28 日,摄制组在北京进行了拍摄。

---

1 胡昶、古泉著:东北沦陷十四年史丛书《满映——国策电影面面观》,北京:中华书局,1990 年、103 - 104 页。
2 该章节的部分内容已以论文的形式发表。内容详见张秀强:《从异文化交流角度看〈金色夜叉〉在东亚的传播》,《日语语言文学》,世界图书出版公司,2018 年 12 月,第 321 - 329 页。
3 黄爱华:春柳社演出日本新派剧剧目考论,《浙江艺术职业学院学报》,2003(2):12 页。
4 彭耀春:三度汇流与激扬——本世纪海峡两岸戏剧交流评述,《台湾研究》,1997(2)。

该剧的摄制单位为中国视听研究中心和大连电视台。扮演阿宫的是上海戏剧学院 4 年级学生潘沙泉,贯一由济南话剧团的演员丁小秋扮演,剧组演员从全国招募。在和服等服装道具的安排上,摄制组尽管也接受了在北京居住的日本人的建议,但大部分是依靠自主完成。

导演史践凡说:"《金色夜叉》是深刻挖掘了爱情与金钱的矛盾的名作。这个主题在现在的中国仍然适用。"最近,有人说在中国有"向钱看"的思想蔓延,这次电视剧的创作也可以说是抓住时代风潮的一次策划。

电视剧每集 1 小时 15 分钟,共 4 集。如果顺利将在今年 10 月开始播映。[1]

被《朝日新闻》记者酷评为"向钱看风潮之中应景之剧"的中国电视剧《金色夜叉》,其实际制作与日本原版的《金色夜叉》之间有什么样的不同? 这是笔者最初的问题意识所在。从该问题意识出发,笔者在收集整理资料的过程中发现,关于《金色夜叉》在中国的资料集中出现于 20 世纪 80 年代的前半期。在此简单整理在 1982 年到 1985 年这四年时间内发表的关于《金色夜叉》的资料。

(1)宫本研 著,林春 译 剧本《金色夜叉》[2],《外国戏剧》1982 年第 2 期

(2)金福 中译《金色夜叉》,上海译文出版社 1983 年 1 月

(3)陈茂林,李媛媛《在寻求"外显"的途中——〈金色夜叉〉导演一得》,《上海戏剧》1985 年第 1 期

(4)程蔚东,奚佩兰 电视剧剧本:《金色夜叉》,《中国电视》1985 年第 2 期

(5)张雨恩《被金钱污蚀了的社会——〈金色夜叉〉评析》,《安庆师范学院学报》1985 年第 3 期

(6)赵平《尾崎红叶和他的〈金色夜叉〉》,《世界文化》1989 年第 4 期

其中,宫本研的剧本发表于 1981 年 9 月号的《新剧》(白水社)。可以得知,1982 年之前,中国关于尾崎红叶的文学只有台湾出版的安纪芳译本和申晴译本,而相关的研究文献在整个中国都十分稀少。而在 1982 年到 1985 年这四年期间,《金色夜叉》则形成了小小的热潮。

另外,在 1985 年《中国电视》第 5 期的"简讯"栏中登出了以下的预告。

---

1   朝日新聞:中国で『金色夜叉』をドラマ化、朝日新聞,1985 - 5 - 29(3)。

2   宫本研的剧本《金色夜叉》发表于白水社 1981 年 9 月号的《新剧》。

简 讯

本刊八五年第二期发表了由程蔚东、奚佩兰根据日本著名作家尾崎红叶的长篇小说《金色夜叉》改编而成的同名电视剧本。它通过描写一对男女青年在爱情上的悲欢离合,反映了明治维新时期日本社会的一个侧面。这部曾在日本引起轰动的小说,现在已由中国视听研究中心和大连电视台联合录制。担任该剧导演的是广大观众熟悉的史践凡和奚佩兰夫妇。

为了把这部日本题材的电视剧拍好,摄制组特别邀请了文艺界前辈、史践凡导演的父亲史行同志担任艺术指导。广大观众热切期待着这部已引起日本方面关注的电视剧早日搬上屏幕。(冬木)[1]

在这条预告电视剧《金色夜叉》上映的简讯当中,提到了这部电视剧"已引起日本方面关注"。这里所说的"关注",大概就是上文中 1985 年 5 月 29 日《朝日新闻》中《〈金色夜叉〉在中国拍成电视剧》为题的报道。而其后,在 1985 年 11 月 2 日《朝日新闻》晚刊上又有题为《中国大连出现日本热,电视剧〈金色夜叉〉热播》的后续报道。全文如下:

在中国的大连市,最近一段时间正在热播尾崎红叶的《金色夜叉》。该剧成为大连市民茶余饭后的热议话题。该剧由大连电视台制作,将外国小说改拍成电视剧,在中国尚属首次,预计在今年内可在全国播映。除了《金》剧以外,根据水上勉小说改编的话剧《饥饿海峡》的公演纪录也在连续刷新,目前已经超过 150 场。从 8 月末,豆沙馅面包开始在大连热销,10 月末札幌啤酒的品牌"银座狮子"也在大连开分店,大连现如今出现了一股日本热。

《金色夜叉》从 10 月 21 日晚上 8 点钟开始播映,连续 4 集。总计播出时长为 3 小时。拍连续剧的事情从今年的 2 月份开始筹划,从全国各地招募演员和工作人员。具体的拍摄期间是从 5 月份到 8 月份,地点在北京、大连和吉林省的长白山。总制作费用为 18 万元,拍摄费用在中国的电视剧中为历史最高。

关于为什么选择《金色夜叉》来拍电视剧,大连电视台副台长康心源说:"这是为了促进中日之间的文化交流,而且这部小说是一部不朽

1　冬木:《简讯》,《中国电视》,1985(5):151 页。

的名作,它表达了比起金钱爱情更为重要的观点。"据康副台长介绍,拍摄该电视剧最难的部分是如何再现当时的风俗习惯以及当时的建筑物。为此摄制组咨询了住在北京的日本人的意见,从日本找材料,很多道具都是工作人员自己亲手制作的。故事情节基本维持了原作的风貌。

另外,在大连话剧团(相当于日本的新剧)正在上演《饥饿海峡》。

大连市从去年 4 月,被指定为 14 个对外开放的沿海城市之一。今年又被指定为 14 个城市中的重点地区。由于大连不管从历史上还是地理上都与日本比较接近,所以他们现在正期待从日本引入资金和技术。去年,来大连市访问观光的外国人共计 25000 人,其中 40% 为日本人。日本企业在大连设置的办事处已经超过 20 处。也就是说在大连的日本热背后有经济因素的关联。(薄文彦、前特派员)[1]

当然由于报道角度的不同,我们可以看出日本媒体关注《金色夜叉》在中国的热播主要是从日本经济的影响方面,颇有些"文化搭台、经济唱戏"的味道。但值得一提的是,1997 年《金色夜叉》在台湾也曾被改编成电视剧(台湾中视),男女主演分别为林瑞阳(饰演陈哲志)和张庭(饰演丽子)。如果把 1913 年的《长恨梦》、1985 年的大陆电视连续剧《金色夜叉》和 1995 年的台湾电视连续剧《金色夜叉》这三个放在一起,我们更可以看出《金色夜叉》这部作品跨越时空跨越地域的艺术魅力。

关于《金色夜叉》的先行研究,在日本学界主要集中在作品的结构主题分析以及原素材的考证上,但在作品在日本以外传播的方面,除了上文提到的近年韩国学者的论著之外,还未受到应有的关注。本研究旨在介绍《金色夜叉》在中国与朝鲜半岛的接受状况,在整理《金色夜叉》海外接受的研究基础之上,以发表在《中国电视》上的改编剧本《金色夜叉》为研究对象,具体分析《金色夜叉》在中国的接受情况,分析小说《金色夜叉》在传播过程在故事情节、主人公的性格把握以及主题思想反映上的细微变化,并据此管窥中日韩在价值伦理上的细微差异。

二、《金色夜叉》的接受和中国的时代背景

如前文所述,《金色夜叉》在中国的接受集中在 20 世纪 80 年代的前半期。

1　朝日新聞:「中国・大連は、いま日本ブーム『金色夜叉』もテレビ放映」、『朝日新聞』夕刊,1985－11－2(10)。

《金色夜叉》在日本的流行是在 19 世纪末 20 世纪初,然而中国对于这部作品的接受却是在作品发表 80 年之后的 20 世纪 80 年代。换句话说,在《金色夜叉》已经问世 80 年后的 20 世纪 80 年代,中国才开始较为集中地接受这部作品,这个问题本身值得人们思考。《金色夜叉》是一部描写金钱与爱情争锋的小说,这个主题在很大程度上正好吻合了中国 20 世纪 80 年代的社会氛围。众所周知,1978 年中国实施改革开放政策,打破绝对平均主义的"大锅饭",农民实行"联产承包责任制",给中国大地带来经济活力。但同时也出现了金钱引起的社会问题。新生词"万元户""向前(钱)看""傍大款"等的出现都反映了这样的社会氛围。流行歌《一无所有》《我不知道》的流行集中体现了青年人的"失落心态和行为的迷惘"[1]。陈平原也曾指出:"在我看来,1985 年是个关键的年份,对整个当代中国文学艺术,包括美术、音乐、电影等,以及学术研究,都是重要的转捩点。"[2]诚然,金钱和爱情并不是 20 世纪 80 年代中国特有的问题,但是在当时的中国恐怕是作为一个比较突出的问题表现出来的。1985 年张雨恩发表文章评论《金色夜叉》。文章的结尾部分如下。

> 《金色夜叉》是尾崎红叶最后一部长篇小说,尽管它所描写的是发生在明治时代的故事,但它对于今天的读者来说,还是可以从中受到不少教益的。从爱情观上讲,也能使我们从中得到有益的启示。我国是一个经历了漫长的封建社会的国家,封建思想在人们的头脑中或多或少地存在着。一些边远落后的农村中,仍然还存在着包办买卖婚姻。有些青年在对待恋爱婚姻问题时由于没有正确的恋爱观,因而在择偶时不是以感情为基础,而是把爱情与金钱等价相待,甚至以金钱为基础等等。因此,读了小说《金色夜叉》也许能在爱情与金钱问题上给大家一个借鉴吧。当然,也就像对待任何作品一样,我们在阅读时也是要剔其糟粕,取其精华。[3]

作者这样的看法在当时的时代氛围中应该是有一定代表性的。此外,上海戏剧学院的教师陈茂林、李媛媛也把他们指导学生排练《金色夜叉》的体会发表出来。他们整体感觉宫本研版本的《金色夜叉》最大的特点是台词很长,很多时候都会出现 A 角色在滔滔不绝地说话,B 角色则没有什么台词的情况。而对

---

1 严翅君:《八十年代以来我国社会价值体系的转换》,《江西社会科学》,1994(2):51-55 页。

2 陈平原、查建英:《陈平原访谈:关于八十年代》,《社会科学论坛》,2005(6):91 页。

3 张雨恩:《被金钱污蚀了的社会——〈金色夜叉〉评析》,《安庆师范学院学报》,1985(3):101 页。

参与表演的学生,他们写道:"这是一出难演的戏! 可是出乎我们意料的是,学生们非常喜欢这出戏,从他们接手剧本、案头分析、小品试探、分场排练,一直到上台演出,始终没有被这个困难吓倒过,而且总是兴致勃勃大有初生牛犊不怕虎的架势。"[1]笔者在大学学习阶段(1995 年入学)参加日本文化节,当时就有 1996 级日语班的同学演出《金色夜叉》,另外笔者参加工作后在现单位学生的戏剧大赛中,也有 2005 级日语班同学表演了《金色夜叉》。这些也再次从侧面证明了《金色夜叉》在中国的艺术生命力。

三、大连电视剧《金色夜叉》与原作《金色夜叉》的异同——兼及《长恨梦》

以下本节内容尝试比较《金色夜叉》在朝鲜半岛的改写作品《长恨梦》与大连电视台电视剧《金色夜叉》的剧本以及日本原作《金色夜叉》的不同。大连电视台电视剧本《金色夜叉》相比较原作品有很多的情节改动,但基本上也尊重了原作,采用了原作的故事梗概。以下简单分项目比较,见表 3-1。

表 3-1 《金色夜叉》不同版本比较

项目	日:原作《金色夜叉》	《长恨梦》	中:电视连续剧剧本《金色夜叉》
女主人公结婚	自己的选择	父母的干涉	自己的选择
结婚后的女主人公	生子夭折,厌倦与丈夫的婚姻生活,一味求得贯一原谅	坚守贞操,为夫君强暴,决定自杀	与唯继有夫妻关系,有意识地不要孩子。希望得到贯一原谅
配角富山的人物形象	一心疼爱妻子但总被无视,后出入艺妓场所,无辜的形象	不满婚姻生活,出入青楼酒肆。强夺妻子贞操,以权力夺女的恶汉	疼爱阿宫而得不到回报,无奈与艺妓逢场作戏。说出自己对无爱婚姻的不满。
结局	因作品未完,不明	顺爱得到守一谅解,二人走到一起。	贯一在梦中原谅阿宫,但还未来得及见阿宫便得阿宫死讯。贯一茫然。

(本表为笔者参照尾崎红叶《金色夜叉》、郑美京论文、电视剧本《金色夜叉》所制)

1　陈茂林、李媛媛:《在寻求"外显"的途中——〈金色夜叉〉导演一得》,《上海戏剧》,1985(1):36 页。

图片说明：小说《长恨梦》

简单比较下来，我们可以看出朝鲜半岛的小说改写重视"朝鲜风"，在三个故事中最保守。顺爱在婚姻的选择上，没有自主性，而是在父母劝说下无奈的选择。而且，即便结了婚，也不允许丈夫靠近自己。从这些细节上来看，顺爱并不像她名字中的"顺"字，其实相比阿宫有更强的主见。这种设定与改写作家赵重桓的创作态度有直接关联，并与朝鲜古典小说倾向于完美结局的特征有着不可分割的关系。此外，"在 20 世纪 10 年代，在朝鲜社会时代氛围上，近代性的作品还不被民众所期待，很多前近代的作品普及、被广泛阅读。"[1] 也就是说，如果将顺爱的行为像日本原作那样安排成自主的决定，对于 20 世纪

插图说明：电影《长恨梦》

10 年代的朝鲜民众来说这个设定还是太具有冲击性。

《长恨梦》基本保持了原作的框架，但也考虑了时代风潮与民众的接受能力，是一部"朝鲜风"的作品。那么，中国版的电视剧本怎么样呢？根据日本《朝日新闻》的报道，大连电视台在创作该剧的时候，为了保持作品独特的日本风味，特地在剧组中引进日本工作人员，在演员的服装、道具、行为动作设定等很

1　鄭美京：『金色夜叉』と『長恨夢』に関する考察、比較社会文化研究，2006(19)：104 頁。

多方面进行了指导。但也有一些中国化的内容在里面。

中国的电视剧本因为是在原作基础上的改编，所以相比不同，类似之处更多。比如从阿宫一开始就铁下心来不为富山唯继生孩子这一点上来看，她的态度虽然不如沈顺爱彻底，但是比日本原作中的阿宫要态度坚决。在配角富山的傲慢、强横的性格描写上，比原作还要更加具有现实性，但并没有一味地批判富山，而是也给他发言权。所以，在人物形象上比原作更为丰满，把握也更为客观。比如，剧本中有如下场面。富山携艺妓爱子回家，并在阿宫面前唱歌跳舞。不堪刺激的阿宫关进屋子里痛哭，而同时富山也"一把按住爱子的肩膀，紧紧地咬住牙关，但终于忍不住了，发出了那种只有男人才会有的痛苦的嚎叫。"富山接着向爱子哭诉他满腹的愁怨。"爱子，我苦，我好苦啊！我这个家是个没有了火的火炉，我冷，我好冷啊！（中略）我往赤坂跑，我去寻欢作乐，我为了解闷，为了消愁啊，我有钱，我能买到娇娘献媚，我能买到金银财宝，可是我为什么得不到阿宫的笑啊！我恨，我好恨啊！"[1]这种把握富山的方式背后，应该有一个观点：不应过分将阿宫痛苦的责任转嫁到富山身上，富山也是无辜的。

和原作《金色夜叉》相比，大连电视台电视剧本《金色夜叉》中最大的特色就是大段内心独白和旁白的使用。比如，贯一和阿宫分别之后，阿宫完全不知贯一去向，四年的岁月过去了。在下个场景出现之前，插入了这样的旁白。"花开花落，年复一年，岁月流水般地逝去。人们不禁要问，间贯一和阿宫的爱情上的挫折，莫非就是他们生命的终结了吗？自然，终结是容易的。但是世界的诱惑力竟是这样地生命顽强地存在。人生的道路那么漫长，失望中又给人带来新的渴望。然而，他们所渴望的是什么样的人生呢？"[2]像这样的旁白，在剧本中多次出现。这不单纯是出于电视制作需要添加的剧情，而是和原作留下过多的谜团有关系。比如，在日本研究界被称作"阿宫的秘密"的解读，至今研究家中仍莫衷一是。而这些秘密在实际上容易引起观众对作品的不同理解。剧本中增加旁白，就可以填补因原作中谜团造成的理解上的障碍。因此，中国电视剧本可以说是既努力保持了原作的日本风格，又考虑到中国观众的理解能力的改编作品。

除了上述比较大的差别之外，在细节处理上，电视剧本也有很多非日本式的细节添加。比如，剧本为了表现阿宫与贯一耳鬓厮摩、两小无猜、青梅竹马的关系，凭空设置了"幼小的间贯一和阿宫在野地里放风筝""少年间贯一和阿宫在院子里的石凳上温习功课，不时地相视而笑"以及"青年间贯一和阿宫从街上

1　程蔚东、奚佩兰：《金色夜叉》(电视剧本)，《中国电视》，1985(2)：110页。
2　程蔚东、奚佩兰：《金色夜叉》(电视剧本)，《中国电视》，1985(2)：128页。

回来,怀里抱着不少货物,鸣泽隆三和鸣泽雅满脸堆笑地望着他们"等场景。这些都是在小说《金色夜叉》原作基础上的再创作。

如上尝试比较三部《金色夜叉》相关艺术作品可以看出,拥有最悠久历史的原作《金色夜叉》,在某种意义上却是最富含近代意义的作品。当然这与作者尾崎红叶的创作意图有关。简而言之,可以说尾崎红叶的成功在于不是用文学作品去迎合大众,而是引导大众。德国评论家耀斯说:审美经验的这种难以驾驭的性质具有一种奇特的两重性:它有逾越规范的作用,但反过来,通过使社会状况理想化又起着使其改观的作用。

本书着重探讨《金色夜叉》这部在一百多年前的明治日本畅销的小说跨越时空在20世纪初的朝鲜半岛和20世纪80年代的中国被接受并成为集体记忆的事例。《金色夜叉》这部作品即便在日本已经很少有人再读,但它所彰显的爱情与金钱的争锋这个主题却跨越空间时间的限制,在朝鲜半岛、中国包括台湾地区都有了各有特色的接受和文学审美。如果借用耀斯的说法,我想不管在尾崎红叶创作之初,还是在东亚的传播过程中,在面对金钱和爱情的争锋之中,人们都是有着一个共同的审美经验,那就是"使社会状况理想化又使其改观"。[1]

第三节　台湾歌曲《金色夜叉》的诞生

一、台湾电影《金色夜叉》及其主题曲《金色夜叉》

插图说明:台湾电影《金色夜叉》海报

1　汉斯·罗伯特·耀斯:《审美经验与文学解释学》,上海:上海世纪出版集团,2006年、2页。

台湾歌曲《金色夜叉》是 1963 年台湾上映的同名电影《金色夜叉》的主题曲,二者皆在台湾引起轰动。台湾电影《金色夜叉》的导演是林福地,男女主演分别为阳明和金玫。与《长恨梦》一样,台湾电影也将主人公的名字进行了本土化改造,原作的"贯一"变成了"文雄","阿宫"则变成了"阿惠"。歌曲的歌词也融合了台湾当地方言(闽南语),如"代志""散赤""袋磅子""透早"等不属于普通话的词语有不少,歌词内容如下:[1]

	台湾歌曲《金色夜叉》作词:愁人　　演唱:文夏
歌:	月光的河边欲来散步 文雄甲阿惠的双人影 二人的相见面到今日 二人的感情也到今日
男:	阿惠免哮啦,哮也是无路用。今晚会得甲你惦在这条怀念的河边散步,会来对你讲着这几句话,看着你这对可爱的目晭,无定是最后的一次啦!这条风光优美的河畔,不知有多少的青年男女,惦在此过着快乐的良宵,也不知有多少的青年男女,来惦在此地流着悲伤的目屎!现在正是轮到咱两人,欲来流目屎的时候……
女:	文雄,请你不好讲这款伤心的话好嗯?
男:	啊,我想趁这个时阵,欲来问你几句话!
女:	文雄,你想欲讲什么话咧?
男:	听人讲,你欲跟本地大富翁陈家的花花公子订婚,这款代志,到底有影也无影?
女:	文雄,请你不好生气……这我也不敢对你讲无啦。
男:	哈!若按呢是真的,阿惠,也无你跟我约束的代志,到底欲怎样咧?
女:	文雄,这也不是我的本意,这是父母所逼的……。
男:	什么父母所逼的!咱初恋的时阵,敢不是惦在这个河边向天立誓,你也来讲起,无论海水会干、石头会烂,你也不来变心、也不来嫁别人,所以我也来信你的话。但是你现在,想欲嫁给陈家的人啦!
女:	唉,文雄……
歌:	怎样你不等我一二年 大学若毕业了来结婚 你敢是看不起无钱人 若无是贪恋着有钱人

1　歌词的解读得到来自福建厦门的广东外语外贸大学日语系毕业生林恩靖同学的帮助,在此鸣谢。

（续表）

男：	当初你讲一定欲等我,大学若毕业才欲结婚。但是现在,你想欲做千万富翁的太太,将我这个散赤的学生放舍。阿惠,这敢不是太无情啦!
女：	文雄,当时我也真甲伊反对,但是我的父母是一对封建思想的人,未冻了解现代的自由恋爱,所以就甲我做乎陈家的啦!
男：	哼!照你讲恁父母是看着陈家有钱有势,洋楼十几栋,公司七八间,而且田园百外甲,所以将你要来嫁乎伊啊,有影我未冻乎你富裕的生活,我无钻石手指通乎你挂,无舒适的洋楼,无自家用的汽车通乎你坐来坐去,啊金钱!金钱!你那会彼好用咧!你是一支万能的锁匙,你是什么拢会开的锁匙啦!
女：	我不是看轻着你的人,为你的学业早完成,顺从着我父亲的命令,才来着忍耐欲嫁别人。
男：	阿惠,你的父母虽然来甲伊答应,但是你哪无照咱的约束,来甲伊反对哩?
女：	三从四德是东洋的旧礼教,你嘛知。女人在家有父出嫁从夫这句话,当时我也真反对,但是结果是未冻挽回父母的成见。我,我又搁想起……
男：	又搁想起什么?
女：	想起你时常在讲,真爱去美国留学。现在我若忍耐牺牲我自己来嫁乎陈家,我就有钱帮助你去留学,达成你的愿望。所以我才流尽我的目屎,来甲伊答应伊的。
男：	你,你讲什么话!
歌	文雄是堂堂的男子汉 虽然是无钱也有志气 怎样会用伊的所爱人 换金钱做着伊留学费
男：	我是一个堂堂的男子汉,虽然卡无钱嘛也有志气,还有气魄。我怎会接受着我心所爱的人,去做着别人的太太,所扒加走的钱来做学费!我情愿透早去分报纸卖油炸桧,透暝去做苦工甲人洗碗筷,也会继续读书,也不必用着这款不义的钱!
女：	文雄,你哪会彼呢受气咧。你今日会来受着失恋的痛苦,唉,这,这完全是我的不对啦。文雄,文雄,请你……
男：	啊,好啦好啦,免讲啦,我不爱听啦!
女：	文雄,请你听我讲,世间的女性也不是只有我一个,比我卡美的也真多,请你不通自暴自弃,好好来接受我的帮助,你若成功我会真欢喜,你若堕落一定会增加我的伤心啦!

（续表）

男：	免讲啦！到这阵还有什么话好讲。你不免用这款美丽的字句来瞒我好啦。金钱，金钱！金钱最好用。若有金钱，像你这款美丽的小姐，也会得抢来抢去，唉，金钱金钱啦！
歌：	一年后五年后十年后 请你来看天顶的月娘 一定会乎伊来罩茫雾 用我的目屎来罩茫雾
男：	阿惠，你甲我记咧，明年的今暗，我会孤单走来这个河边，向着月娘，流着目屎的啦。明年的今暗，不是五年后的今暗，还是十年后的今暗，若是天顶的月娘罩着茫雾的时，阿惠，那，那就是我文雄所流的目屎所致啦。
女：	文雄，文雄……
男：	好，我今日起欲退学，专心欲来去赚钱！我欲来坐一个大富翁乎你看。金钱金钱，你自后起，你是我精神上的灵魂，是我肉体上的活命，是我人生的目标！
女：	文雄，请你不通声声句句都赞美金钱好嗯！金钱有时候是真有力量，但不是万能的啦。
男：	什么，不是万能的？你敢不是嫁乎金钱去啦！
女：	虽然陈家用钱来买了我，但是我的灵魂伊是买未去的。我，我的灵魂永远是归在你的。
男：	哼，你这个有钱人的太太，请你免来恬这卖糖卖蜜，我是无钱通甲你买的。
女：	文雄！
歌：	钻石的手指来迷着你 不应该嫁着的也来嫁 做人的头一层守情义 贪钱是世间的可怜人
男：	做人的头一层要守情义，像你这款受着钻石珠宝的光彩，目晭来起黑暗的人，你的情义在叨位？你的心肝，我已经看透透的啦！
女：	文雄，我现在真怨叹，我今日有这个勇气，想欲来忍耐一切，当时我怎会无彼啰勇气来甲伊反对到底哩？
男：	啊，现在你所讲的对我已经鸭仔听雷的啦！去嘛！去享受嘛！像我这款身躯时常袋磅子的人，若要看一次电影也着想三暝三日的苦学生，你是无必要留恋的啦！你若是嫁乎我这，也真打损。去嘛，去嫁好啦！像你呢水，这呢友孝，这呢有女德的女性，你的有钱丈夫一定爱你甲欲死的，去嘛，去乎人甲你惜惜咧。

（续表）

女：	文雄,文雄!
男：	再见,不通耽误我的时间,我欲来去赚钱!
女：	文雄,请等咧啦! 文雄!
男：	啊,免叫啦! 放手! 放手!
女：	请等咧,文雄,文雄!
男：	啊,免纠纠缠啦!
歌	打碎着青春梦的文雄 推开着阿惠欲来离开 悲伤的苦珠泪粒粒滴 河边的月娘也诉哀悲

（由笔者整理而成）

阅读上述歌词可知,台湾歌曲《金色夜叉》呈现的正是尾崎红叶所著《金色夜叉》前篇中,热海海岸贯一与阿宫诀别时的高潮场景。当然,与原作《金色夜叉》显然不同的是台湾歌曲中女主人公的台词很多,而在原作中阿宫几乎是一味听贯一的指责。这大概是由于尾崎红叶在小说《金色夜叉》中的女性描写,主要都是借女主人公的服饰、动作、行为来表现,而台湾歌曲《金色夜叉》受体裁限制,无法用相同手法来展示人物内心,因而在台词上丰富人物形象,这也并不足为奇。接下来本文将试着简要分析台湾歌曲《金色夜叉》与尾崎红叶的原作小说在人物设定上的异同。

二、台湾歌曲《金色夜叉》角色设定与原作的异同

据笔者调查,与台湾电影《金色夜叉》及同名歌曲相关的先行研究寥寥无几。当中台湾大学音乐研究所的张玮岑在其所写《当日语歌化身为闽南语歌》[1]这一论文中,从音乐的角度考察了歌手文夏的演唱。李政亮在《〈金色夜叉〉的台湾之旅》[2]一文中简要触及相关内容,难称其为研究。本文旨在通过分析台湾歌曲《金色夜叉》的人物和性格设定,来考察其与原作小说间的异同。

（一）主要不同点

前文已有所提及,首先台湾歌曲《金色夜叉》在设定上明显与小说《金色夜

---

1 张玮岑:《当日语歌化身为闽南语歌——文夏翻唱歌曲词曲配合的探讨》.[硕士学位论文].台湾大学音乐学研究所.1999 年。

2 李政亮:《〈金色夜叉〉的台湾之旅》,《电影欣赏》,2008(12):59－61 页。

叉》的不同之处便是将主人公姓名改成更接地气、更加本土化的文雄和阿惠。男女主分手的地点也由原作的"热海海岸"变成了"河边"。阿惠出嫁的理由也变成了父母之命难违以及"在家从父，出嫁从夫"的三从四德思想。与此相反，在原作中，阿宫的婚约则全由自己做主。

此外，男主人公对于女主人公变心后的反应也截然不同。《金色夜叉》原作中，贯一"失望透顶，近乎发狂，觉得自己的一辈子就这样被耽误了""为了这份仇恨，我贯一也要化为恶魔，吃掉你这禽兽的肉""从今往后，我就再也不跟你见面了，就此别过"的各种激烈情绪的表达，尽管暗示着他要去做"恶魔"，但并没有明确贯一将会成为放高利贷者为钱奔走。而台湾歌曲里，文雄则明确说出"我今日起欲退学，专心欲来去赚钱！我欲来坐一个大富翁乎你看。金钱金钱，你自后起，你是我精神上的灵魂，是我肉体上的活命，是我人生的目标！""再见，不通耽误我的时间，我欲来去赚钱！"这些话。

"金钱，金钱！金钱最好用。若有金钱，像你这款美丽的小姐，也会得抢来抢去，唉，金钱金钱啦！""照你讲恁父母是看着陈家有钱有势，洋楼十几栋，公司七八间，而且田园百外甲，所以将你要来嫁乎伊啊，有影我未冻乎你富裕的生活，我无钻石手指通乎你扑，无舒适的洋楼，无自家用的汽车通乎你坐来坐去，啊金钱！金钱！你那会彼好用咧！你是一支万能的锁匙，你是什么拢会开的锁匙啦！"从歌曲中文雄的唱词可以看出，毋庸置疑文雄把自己的失败都归因到没钱上面。因此可以预想到接下来男主人公可能会开始对钱的复仇。相比较之下，原作《金色夜叉》中贯一的重点则是放在阿宫变心这件事情上。"阿宫，你这个荡妇，你这和通奸有什么区别！""连操守都没有了，不是荡妇是什么！""为什么抛弃我！""你难道还要同时拥有两个丈夫吗？"，贯一抛出一连串的诘问，将矛头指向阿宫。

而面对男主人公的责难，女主人公的回应也不尽相同。阿惠除了催促文雄另寻良缘对她断了念想，还对他说"文雄，请你听我讲，世间的女性也不是只有我一个，比我卡美的也真多，请你不通自暴自弃，好好来接受我的帮助，你若成功我会真欢喜，你若堕落一定会增加我的伤心啦！""虽然陈家用钱来买了我，但是我的灵魂伊是买未去的。我，我的灵魂永远是归在你的。"如此这般将自己的一片衷心诉诸文雄。转看阿宫，她虽说过"我也有我的考虑，你就暂且忍耐一时。请你看看我的真心。我一定会给你不忘记你的证据"，但直到最后阿宫都没有给出贯一所谓"不忘记你的证据"。

台湾歌曲《金色夜叉》和尾崎红叶小说原作《金色夜叉》在故事情节设定上的区别需要从以下两个要素考虑。第一个要素是故事的本土化。正如前文所说,小说《金色夜叉》于 1956 年首次在台湾翻译,同名歌曲《金色夜叉》诞生在七年后,人们未必对小说的内容有较高程度的认知。如果主人公名字沿用"贯一"和"阿宫"的话,若是日语歌曲自然无可挑剔,但在台湾不管是演唱者还是听众都很难对歌曲产生共鸣。这就容易理解为什么《长恨梦》也要对男女主人公名字进行本地化处理,将两者名字分别改成李守一和沈顺爱。还有一个要素便是台湾受到了儒教文化的影响,特别是歌曲中强调女性结婚要听从父母之命,要三从四德。这大概是因为词作者考虑到原作《金色夜叉》中的阿宫自主选择夫婿的做法,对于台湾民众来说是难以理解的。虽然日本小说和台湾歌曲都名为《金色夜叉》,但日本小说在被传播到台湾后发生的变化,也成了反映日本和中国台湾不同文化土壤的材料。

(二)同宫岛郁芳《金色夜叉之歌》的关联

另一方面,台湾歌曲《金色夜叉》与 1917 年以尾崎红叶《金色夜叉》中热海海岸场景为题材的宫岛郁芳的《金色夜叉之歌》也有着密切的关系。宫岛郁芳毕业于早稻田大学文科。24 岁的时候,因为戏剧《金色夜叉》在浅草受到人们的好评,于是萌发了为《金色夜叉》创作歌曲的想法。词曲完成之后,在公园等地边拉小提琴边演唱,这首歌掀起了一阵热潮。[1] 宫岛郁芳作词的《金色夜叉之歌》内容如下,歌词大意为笔者试译。

段落序号	金色夜叉の歌(金色夜叉の唄) 【作詞・作曲:宮島 郁芳・後藤 紫雲】	金色夜叉之歌 【作词・作曲:宫岛郁芳・后藤紫云】
一	熱海の海岸散歩する 貫一お宮の二人連れ 共に歩むも今日限り 共に語るも今日限り	在热海的海岸边散步 贯一和阿宫的双人影 一起散步只到今日 一起畅谈只到今天
二	僕が学校終えるまで 何故に宮さん待たなんだ 夫に不足が出来たのか さもなきゃお金が欲しいのか	阿宫你一直等我放学 有什么事情跟我说 是我有做得不对的 抑或是想要钱了
三	夫に不足はないけれど あなたを洋行さすが為 父母の教えに従いて 富山一家に嫁しずかん	你没有做得不对 只是为了让你留学 我决定听从父母安排 嫁给富山那个男的

1　宫岛郁芳.金色夜叉の歌[EB/OL].http://ys2001hp.web.fc2.com/page3-konjikiyasya.html.

（续表）

段落序号	金色夜叉の歌(金色夜叉の唄) 【作詞・作曲:宮島 郁芳・後藤 紫雲】	金色夜叉之歌 【作词・作曲:宫岛郁芳・后藤紫云】
四	如何に宮さん貫一は これでも吾れも一個の男子なり 理想の妻を金に替え 洋行するような僕じゃない	阿宫啊,不管怎样 我都是一个男人 将妻子换成钱留学 我怎么都不会这样做
五	宮さん必ず来年の 今月今夜のこの月は 僕の涙でくもらして 見せるよ男子の意気地から	阿宫,明年的今日今夜 我的眼泪定会蒙住月亮 我要让你看看 男子汉的骨气
六	ダイヤモンドに目がくれて 乗ってはならぬ玉の輿 人は身持ちが第一よ お金は此の世の廻り物	你被钻石迷了眼 坐上本不该坐的玉轿 人的操行第一重要 钱财都是身外之物
七	恋に破れし貫一は すがるお宮をつきはなし 無念の涙はらはらと 残るなぎさに月淋し	恋情破裂的贯一 推开要搂住自己的阿宫 悔恨的眼泪簌簌流下 只留海滨倾诉寂寞
八	恋に破れて貫一は 今はた如何に生存うる 熱海の里の夕月に 姿かくせし夫よりは	恋情破裂的贯一 从今往后要如何生存 热海夜晚的月亮 遮住了贯一的身影
九	ここに六年は過ぎにけり 心許せし宮子には 黄金に心変えしより 楽しき夢は破れたり	在这里已经过了六年 出嫁之后的阿宫 自从将爱情换了黄金 美梦就此破灭了
十	ああ我とても富たらば この生き恥は見るまじを よし我とても男子なり 山なす富を造り出で	啊啊,若是有钱 就不会受到这样的耻辱 好吧,我要成为堂堂正正的男子汉 创造出财富堆积如山

（续表）

段落序号	金色夜叉の歌（金色夜叉の唄） 【作詞・作曲：宮島 郁芳・後藤 紫雲】	金色夜叉之歌 【作词・作曲：宮岛郁芳・后藤紫云】
十一	悪しと思う人々に 恨みの程を見すべしと 矢猛の心一筋に 人の道をも道とせぬ	要让那些坏人们 看看我的仇恨有多深 心下一横去做魔鬼 从今往后不再做好人
十二	人も賤しむ人鬼の 群れに入りしぞおぞましき 我が身ながらに貫一は 過ぎし昔を偲びつつ	魔鬼人们都看不起 跟魔鬼一起也是恐惧 我其实还是之前的那个贯一 不断怀念着过去
十三	思い乱るる折からに 怪しく宮ぞ入り来る 六年前の顔も 今はやつれて影もなく	正当思绪混乱之际 阿宫竟然走了进来 她的面容憔悴 完全不见六年前的影子
十四	眼に涙湛えつつ 物を得云はで只管に 許し給えと泣き伏せる 何許せとや宮さんよ	阿宫眼里满含泪水 说不出一句话来 一个劲哭着说请原谅我 原谅你什么呀，阿宫
十五	御身の云える貫一は 今はこの世に亡き人ぞ 此所に残れる形体は 唯貫一の亡骸よ	您所说的贯一 已经不在人世 这里残留的形体 只不过是贯一的尸首
十六	御身は富める夫ある身 我は賤しき高利貸なり 言葉交わすも畏れあり 急ぎ帰らせ給うべし	您是富豪的贵夫人 我只是卑贱的放高利贷的人 和您对话我都倍感惶恐 您还是快快回去
十七	宮子は涙払いつつ 我富山に嫁きてより 茲に六年の一日とて 御身を思わぬ日はあらじ	阿宫不停地擦着眼泪 自打嫁给那富山 这六年里没有一天 我不是在思念着你

（续表）

段落序号	金色夜叉の歌（金色夜叉の唄） 【作詞・作曲：宮島 郁芳・後藤 紫雲】	金色夜叉之歌 【作词・作曲：宫岛郁芳・后藤紫云】
十八	只明け暮れに御姿を 空しく胸に描きつつ この年月は過ぎたりし 其の心根を憐れみて	在黎明和黄昏之际 我在心中思念着你 这些年我就是这样过的 求您可怜一下我
十九	許させ給え我罪と 泣きつ叫びつ詫び入るを 折りしもあれや夕暮れの 鐘の音遠くひびくなり	阿宫哭着一个劲地道歉 "请原谅我的罪过吧" 远处传来黄昏的钟声 钟声里也仿佛含着伤悲

看了宫岛郁芳的作词，很容易就能看出《金色夜叉之歌》和台湾歌曲《金色夜叉》之间的影响关系。台湾歌曲《金色夜叉》开头的歌词"月光的河边欲来散步，文雄甲阿惠的双人影。二人的相见面到今日，二人的感情也到今日。"与宫岛郁芳的作词"在热海的海岸边散步，贯一和阿宫的双人影，一起散步只到今日，一起畅谈只到今天"除了出场人物的名字被本土化之外，其他方面基本上没有太大的差别，具有很高的相似度。此外，台湾歌曲《金色夜叉》结尾处的"打碎着青春梦的文雄 推开着阿惠欲来离开 悲伤的苦珠泪粒粒滴 河边的月娘也诉哀悲"与宫岛郁芳作词的《金色夜叉之歌》的最后一段"阿宫哭着一个劲地道歉，'请原谅我的罪过吧'，远处传来黄昏的钟声，钟声里也仿佛含着伤悲"也有相似之点，即是借助身边景物月光或者钟声来烘托悲哀的气氛。宫岛郁芳作词的《金色夜叉之歌》的创作时间更早，故而对台湾歌曲产生了一定的影响，但是台湾歌曲《金色夜叉》并未照抄日本流行歌曲。

两首歌曲相比较，明显的不同是《金色夜叉之歌》始终保持着8、6或7、5的诗歌韵律，而在台湾歌曲《金色夜叉》中诗歌仅出现了六次，考虑到该歌曲12分钟的时长，可以发现主人公文雄和阿惠的对话台词构成了这首歌的主要内容。另外，《金色夜叉之歌》将尾崎红叶《金色夜叉》全书的内容浓缩在十九段歌词中，并加入了贯一成为放高利贷者之后的故事，此外还描写了阿宫前来忏悔道歉的内容，而台湾歌曲《金色夜叉》则是以尾崎红叶《金色夜叉》原作中的热海海岸这一故事高潮收尾。日本流行歌《金色夜叉之歌》始终保持8、6或7、5的诗歌韵律是为了强调贯一事件的抒情性，而台湾歌曲《金色夜叉》则重视故事的叙事性，这就造成了两首歌的差异。

关于日本流行歌曲《金色夜叉之歌》和台湾歌曲《金色夜叉》的共同点,还有一点颇有意思。《金色夜叉之歌》中有这样的描写:"你没有做得不对,只是为了能让你去海外留学,我决定听从父母的安排,嫁给富山。"同样,台湾歌曲《金色夜叉》中也有遵从父母的安排决定跟有钱人结婚的描写:"三从四德是东洋的旧礼教,你嘛知。女人在家有父出嫁从夫这句话,当时我也真反对,但是结果是未冻挽回父母的成见。我,我又搁想起……"这和尾崎红叶的原作《金色夜叉》中阿宫的情况大不相同,原作《金色夜叉》中阿宫虽然参考了父母的意见,但嫁给富山是她自己做的决定。这应该是因为宫岛郁芳和台湾的词作者愁人都认为尾崎红叶设定的阿宫在婚姻问题上的自我主张色彩过于强烈,如果不改变这一部分的设定,就很难被读者接受。虽然尾崎红叶的原作《金色夜叉》中阿宫所处的时代离现在最久远,但在人物的设定上其思想却是最前卫的,这一点也是发人深思。

第四节 台湾电视剧《金色夜叉》的接受与改编

一、台湾电视剧《金色夜叉》的诞生背景与剧情梗概

上一节论述了 1963 年台湾电影主题曲与《金色夜叉》的关联性。《金色夜叉》在台湾的影响并不只是表现在 1963 年的这部电影以及电影主题歌上。1997 年由中国电视公司摄制的台湾电视剧《金色夜叉》是《金色夜叉》衍生艺术作品的又一具体事例。1963 年台湾电影《金色夜叉》的导演林福地再次担纲,作为电视剧《金色夜叉》的导演,时隔 34 年再次挑战同一主题。电视剧的编剧由陆玉清担任,制作人由郑朝城担任,顾问由台湾作家兼主持人的汪笨湖担任。播出时间是 1997 年 4 月 28 日到 6 月 9 日的晚间八点档,总计 30 集。故事的时代背景从日本换到了 1946 至 1947 年间的中国台湾,对应原作男主角贯一的陈哲志一角由林瑞阳饰演,对应女主角阿宫的林丽子一角由张庭饰演,与原作中的资本家富山唯继相对应的詹金荣则由杨烈饰演。值得一提的是,1997 年正好是《金色夜叉》自 1897 年在《读卖新闻》上连载的一百周年。笔者有机会观看了台剧版《金色夜叉》全集。下面将对该剧内容进行扼要介绍。

1946 年是台湾从日本占领下光复的第二年。林丽子的父亲因为一起矿难事故破产并背上了沉重的债务。寄养在丽子家的帝大医学生陈哲志本打算辍学还债,却被丽子父母劝阻。带着钻石戒指的资本家詹金荣被丽子的美貌所倾倒,以娶丽子为条件提出了替林父偿还债务的想法。丽子的母亲节子赞成了这

一想法,但父亲考虑到丽子与哲志两人之间的感情而坚决反对。因无法偿还债务而一筹莫展的丽子父亲选择了自杀。虽然最终自杀未遂,但是因为父亲这一行为丽子坚定了嫁给金荣替父还债的决心。金荣将丽子和节子接到他在草山的别墅,并将钻石戒指送给了丽子。哲志因担心丽子也来到了草山。丽子拿出金荣送的钻石戒指,恳求哲志放手。哲志因丽子突如其来的变心而一蹶不振,开始放浪形骸。为了在金钱上面压倒金荣,他投奔了放高利贷的钱多多,变成了自私自利、冷酷无情的放高利贷者。

另一边,嫁给金荣的丽子常常被丈夫怀疑与哲志有私情而受到了百般虐待。金荣视哲志为情敌,两人在商场上展开了激烈的竞争。最终哲志复仇成功,而金荣一败涂地。心怀怨恨的金荣不仅强奸了与哲志定下婚约的月娇(该角色对应原作的配角赤桦满枝)泄愤,还告发哲志参加"二二八事件",使其入狱。

丈夫的虐待与背叛、父亲病逝、母亲自杀,与哲志的孩子胎死腹中,甚至有可能会因为给金荣脱罪而锒铛入狱。在这一连串的打击下已对幸福无望的丽子心如死灰,为了清算自己的罪孽,加入了金门的"军中乐团",成了一名妓女。哲志为了找她来到了金门,但丽子不愿相见。为躲避哲志,丽子走入地雷区,最后触地雷而死。

下面是出场人物的对比。

尾崎红叶《金色夜叉》 主要出场人物	台剧版《金色夜叉》 主要出场人物
贯一	陈哲志
阿宫	林丽子
鸭泽隆三	林老实
鸭泽夫人	节子
富山唯继	詹金荣
爱子	春花(歌女)
鳄渊直行	钱多多
赤桦满枝	月娇
	姨夫(秋娥父亲、金荣姨夫)
	本源(哲志同学、与秋娥订婚)
	明玉(本源妹妹、丽子朋友)

（续表）

尾崎红叶《金色夜叉》 主要出场人物	台剧版《金色夜叉》 主要出场人物
	萧文进(哲志学友)
	阿娟(哲志学友)

（本表由笔者根据电视剧内容制作）

台剧《金色夜叉》还有一首主题曲《成全我的爱》。从歌词"谁人打醒阮的梦 山盟海誓变成空 心茫茫 情茫茫 为什么抹当成双 不曾对人这痴恋 为何爱着你 的人 爱谁人 恨谁人 这段情实在不愿放 等等等 等你来成全 成全阮对你的恋 梦 那无你 一生的感情欲乎谁人 望望望 望你来成全 成全阮最后的愿望 虽然 是无缘一场梦 心甘情愿"内容来看,它似乎是一首道出男主角心声的歌。

二、和原作《金色夜叉》的区别

从上面的剧情介绍来看,无论是在故事情节、人物设定还是主题上,台剧 《金色夜叉》与尾崎红叶的小说《金色夜叉》都有着很大的差别。比如,在尾崎红 叶的原作中,富山唯继始终都是一个爱护妻子的形象,但台剧版摇身一变成了 一个疑神疑鬼、虐待妻子的败家子。而且原作中作为配角着墨不多的富山唯 继,在电视剧里因为与哲志争夺丽子,两人之间展开了你死我活的较量。

原作中的贯一成为一个放高利贷者只是向金钱复仇,对富山唯继并无多少 恨意。而台湾电视剧中哲志却和金荣是势不两立的敌对关系。另外,原作的阿 宫只是对自己这场无爱婚姻感到后悔,最终认识到自己是个"愚蠢的女人"。电 视剧中的丽子却因为父亲病逝、母亲自杀、爱的哲志成为金钱的恶魔、爱着自己 的金荣破产、胎儿流产等一连串打击而深深自疚,觉得自己是一个会给身边的 人带来厄运的女人,陷入了武断而迷信的自我否定中,最后自发地加入"军中乐 团"成为向陌生男人卖淫的妓女,以此赎罪。比起情节曲折的原作而言,不得不 说电视剧版情节的展开更为跌宕起伏。

关于台剧版《金色夜叉》的先行研究,笔者调查了包括台湾图书馆在内的一 系列资料,基本处于空缺状态,只有前文提到的李政亮的《金色夜叉的台湾之 旅》这篇介绍性文章可以作为相关资料。但作为题目和人物设定都类似的两个 作品,对比它们之间的相同点与不同点,并分析产生差异的原因,对文学研究而 言都有着重要的意义。接下来笔者将以两个作品中的主要人物的不同点为焦 点,分别进行考察。

（一）陈哲志的人物形象——与间贯一的区别

尾崎红叶的《金色夜叉》里，间贯一的问题点在于他因为恋人变心不再靠学问出人头地，虽然选择了做放高利贷者，但到底是向背叛自己的阿宫报复？还是向夺走阿宫的银行家富山唯继挑战？抑或是向受金钱支配的社会体制对抗？他复仇的对象和目标并不明确。可以说因为成为放高利贷者而痛苦自责、自我厌弃的贯一是不得已成了被金钱驱使的"金色夜叉"。

陈哲志对应的是原作《金色夜叉》的男主角间贯一。年幼失怙，在林家长大。哲志的父亲曾经是林家主人林老实的恩人。哲志在大学学医，与青梅竹马的丽子感情甚笃，很有可能结婚。到此为止的情节展开与《金色夜叉》里贯一和阿宫的关系十分相似。贯一也是因为父亲曾经有恩于鸭泽隆三而"十年来一直寄寓在鸭泽家"，和恩人鸭泽隆三的独女阿宫生活在同一屋檐下。勤学苦读并且将来会是学士，他与阿宫的婚约也得到了恩人夫妇的认可和祝福。只是唯一设定不同的是哲志是一个大学生，而贯一是一个高中生并且将来有可能成为学士。在《金色夜叉》中贯一刚出场的年龄是 25 岁（《金色夜叉》前篇里有"世界上再也找不到像我贯一这样的大傻瓜啦！我活了二十五岁，却从来也没有知道，原来我……我……是这样一个大傻瓜！"），与此对应的是，电视剧的年龄设定似乎不太明确。

哲志梦想中的美好未来，因林老实的矿山事故引起的破产和丽子接受金荣求婚这两个变故而破灭。在草山别墅的场景设定，对应的是原作《金色夜叉》热海梅林的场面。跟贯一踢倒阿宫一样，哲志也将丽子踢倒。然而从这里开始，哲志的人物形象就与贯一大相径庭了。和极度失望的贯一一样想人间蒸发的哲志实际上后来还是出现了，他跪在金荣面前恳求金荣不要跟丽子结婚。乔装混入丽子的婚礼，在最后关头还期待着丽子的回心转意。他还偷偷潜入金荣的家里，窥视丽子的情况。甚至可以说是变成了丽子的跟踪狂。

在知道丽子遭受金荣的婚内暴力、遭到软禁之后，他时常劝说丽子回到自己身边，甚至在丽子怀着金荣孩子（实际上是哲志的孩子）时，还劝说丽子与暴虐成性的金荣离婚。哲志这样的行为不仅仅是对丽子的留恋，或者说对丽子爱得深刻的表现。在哲志的内心深处，还存在着对金荣的强烈的敌对情绪。这是贯一与哲志最根本的区别。而且这也是造成剧版《金色夜叉》与原作小说主题大不相同的一个重要因素。

在尾崎红叶的《金色夜叉》中，正如"因为爱而成为高利贷者"一样，在被恋人抛弃后，贯一堕落成为放高利贷者。虽然内心呐喊着"夺我所爱者富山唯继"（续金色夜叉第六章），但他并未报复富山唯继。在尾崎红叶的《金色夜叉》当中,自热海的梅林之后,贯一救下了一对企图自杀的年轻夫妇。爱子就曾经是富山喜欢的一名艺妓,她抛下了富山。于是贯一通过救助爱子这个迂回的胜利,间接地完成了对富山的"复仇",但两人从未正面交锋。而且,在尾崎红叶的《金色夜叉》中,有一段对贯一成为放高利贷者理由的分析:

> 贯一之所以如此贪图高利,一则是想以此来作为忘却痛苦的手段,再则是想以此来换取足以驱散他那种执迷之念的快感。那么,他那种可以死而瞑目的快感究竟是什么呢? 像普通人那样施些报复的小计,对阿宫、富山以至鸣泽进行一些人身攻击,这种快感是他所不取的。他所希望的是干些大事,要像一个男子汉的样子。所以每当他痛苦难熬,不胜怀旧的时候,往往就会热泪如涌,像祈祷似的悲叹着。(中篇第七章)[1]

很明显,贯一成为放高利贷者的原因中并没有"向大财主富山复仇"这个原因。并且,正如"我所爱恋着的是阿宫啊。可是,即使现在,阿宫还是离不开我的胸怀"所写,贯一即使成了放高利贷者后,还是吐露过对阿宫的留恋之情。"但我所恋慕的可绝不是今天已经成了富山妻子的阿宫。啊,鸣泽家的阿宫! 五年前的阿宫,我是多么爱恋着你啊! 现在我如果是个百万富翁,也不能得到五年前的阿宫啦。"(中篇第七章)紧接着的这一句来看,贯一对现在的阿宫已经死心。并且即使读过阿宫请求原谅的信,贯一也只是觉得"你已经被玷污而不是原来的阿宫"。(续篇金色夜叉第六章)像这样,贯一对阿宫的感情与哲志对丽子的感情大为不同,贯一对富山的恨也和哲志对金荣这种"绝对不能输给这个人"的敌对情绪有很大区别。

但是,哲志从一开始把金荣当作争夺丽子的敌人,为了对付这个敌人,即使是自取灭亡也在所不惜,总之对金荣抱着强烈的敌对心。高利贷事业成功的哲志诸事进展顺利,用金钱成功将金荣逼入了绝境。但另一方面他习惯靠钱摆平事情,这使得丽子十分受伤。哲志说出五十万元将丽子从金荣那里救出来,反而遭到丽子的反感。哲志最大的问题是过于在意自己的对手,仅仅关注与金荣的斗争,而无视了丽子的心情。在这个意义上可以说,台剧版《金色夜叉》的重点在于哲志与金荣两个男人之间的意气之争,而尾崎红叶的《金色夜叉》却是将"金钱与爱情的斗争"转化为"两个男人围绕一个女人的斗争"。

---

1 译文参考吴元坎译本,以下同。(尾崎红叶著:《金色夜叉》,重庆:重庆出版社,2009年、144页。)

在台剧版中,哲志追逐着深爱的丽子结果导致了她的死亡。这个结尾的设定大概是编剧想加上一些警示色彩。确实,哲志在电视剧后半部中洗心革面,救助多人,像贯一一样,从夜叉再度变为人。但对于抢走丽子的金荣他始终斗志未消。而且自以为是地对丽子好,一直以自我为中心。一心想救助丽子的哲志毫不在意他人情绪,反而将丽子逼上绝路。哲志可以说到最后还是一个金色夜叉——金钱的恶魔。台剧版通过哲志这一个人物形象,体现了为了面子、虚荣、复仇而生的人物内心世界的残酷和脆弱,可以说是对死要面子的国民性的一种反思。

(二)丽子的人物形象——与阿宫的区别

在尾崎红叶的《金色夜叉》中阿宫并非被父母说服,而是在自己的判断下选择了资产家富山而不是青梅竹马而且很快成为学士的贯一。她从一开始"认为比起不切实际的爱情,切切实实的财富才是幸福的关键。结婚正是一个给予自己美貌公正判断的无可取代的机会"。[1] 但是如果真的接受了自己与金钱结婚的话,阿宫就能收获幸福人生,然而她嫁给富山唯继之后,不知是怀念初恋贯一还是抱有愧疚之心,在故事后半部她始终在乞求贯一的宽恕。虽然直到结尾在热海海岸抱住贯一的阿宫"想说的事"都还是未知,但可以推测到是阿宫超越婚姻框架维持她与贯一之间关系的一厢情愿。

林丽子这个角色从电视剧开始就有着牺牲自我的悲哀的一面。父亲事业破产,她为了帮助父亲重振家业,牺牲了自己的爱情,作为一桩交易嫁给了金荣。显然,这场婚姻不是她自己选择的。这场婚姻的契机是金荣的一见倾心,是听从母亲的意见,为救父亲而做出的盲目选择。在关于婚姻选择的这部分,丽子与《金色夜叉》中的阿宫相比,可以看到明显的区别。小说《金色夜叉》是1897 年连载的作品,电视剧正好是百年之后制作,但女主角阿宫比丽子更为新潮。这个新潮最大的体现是她从一开始就自己掌握着结婚的选择权。她是通过自己的意志抛弃了父母曾经认可过的结婚对象贯一。小说里有如下一节描述阿宫内心的纠结。

阿宫并不讨厌贯一,不过,她对贯一的爱情不如贯一对她爱情的一半而已。阿宫对自己的美貌有着充分地认识。本来,世界上有哪一个女人不看重自己的美貌的? 可悲的是她们往往把自己估价太高罢了。以阿宫来说,她当然也知道自己的美貌是无法估价的,不过,在她

1　前田愛:「尾崎紅葉『金色夜叉』の宮」,『国文学』,1980(4):33 頁。

看来,以自己这份姿色,来换取父母这份微薄的遗产和一个多如牛毛的学士地位的丈夫,这绝不是自己的最高要求。(前篇第三章)

正如这段所描述的一样,阿宫尽管已经有了贯一这个男朋友,却还有奢望。而且只要出现了比贯一更好的姻缘,她随时都准备替换。在丽子的人物设定中并没有这样的地方。她首先是作为一个为家族牺牲的女性形象出场的。嫁给金荣之后,哲志和金荣之间围绕丽子展开了美人争夺战。在这种情况下,作为当事人的丽子的心情却始终被忽视。不仅被金荣的嫉妒怀疑折磨,还受到暴力、软禁等虐待。这与原作《金色夜叉》中阿宫的婚后生活相比也有天壤之别:作为富山唯继的梦中情人嫁过去的阿宫一直受宠。相关描写如下:

阿宫生过孩子之后,姿色丝毫不减当年,只是平添了一抹哀愁的风情。因此反而获得了丈夫更深的爱护,益发受到了宠爱。(后篇第二章)

后来阿宫对自己无爱的婚姻后悔,对富山采取冷淡的态度。这使得富山唯继开始在外花天酒地。

话虽如此,唯继并不是忘了自己的妻子,尽管阿宫多愁多病,可她的美貌丝毫不减当年。只要她的美色不变,丈夫对她的爱还是不会淡薄的。(续篇金色夜叉第三章)

总之可以理解为无论阿宫怎么冷淡,富山唯继都会继续爱她。那么关于丽子为什么不被金荣珍惜这个问题,从电视剧整体的故事发展来看,这里可以举出两个关键点。一是金荣的处女情结,另一个是丽子始终爱恋哲志。首先关于第一点金荣的处女情结,在丽子决定"卖身救父"之后,向哲志献出处女之身。因为这个事情,丽子一直被金荣责难。即使在她孕育第一胎的时候,金荣也以不是自己的孩子(剧中设定也的确不是金荣的孩子)为由强迫丽子堕胎,而自己沉迷享乐患上性病却不以为意。丽子因为失贞,所以对金荣的冷漠和暴力都逆来顺受。然而,这一点和原作《金色夜叉》里阿宫的设定相比,又能看出两者的不同。在后篇第二章中清楚地记载着"阿宫终于舍弃了曾经已身心相许的初恋,在极端痛苦和郁闷中举行了应该是一生中最快乐的大礼。"在和富山结婚之前,阿宫和丽子一样也失去了处女之身。尽管如此,富山也没有因此而责怪阿宫。通俗点说,讨论金荣是个气量极小的男人,或者富山是个十足的傻瓜也无济于事,但不得不说与原作的设定相比,丽子也是一个牺牲性的悲剧人物。

原作的阿宫只是对自己这场无爱婚姻后悔，最终认识到自己是个"愚蠢的女人"。电视剧中的丽子却因为父亲病逝、母亲自杀、哲志成为金钱的恶魔、爱着自己的金荣破产、胎儿流产等一连串打击而深深自疚，觉得自己是一个会给身边的人带来厄运的不祥之女，陷入了武断而迷信的自我否定中，最后自发地加入"军中乐团"成为向陌生男人卖淫的妓女，以此赎罪。试想，在可以称得上残酷的这个设定背后是不是有"红颜薄命""红颜祸水"这类否定女性的倾向呢？

> 近代以前，女性在中国社会的地位可以用"男尊女卑""女子无才便是德""夫为妻纲""红颜薄命""红颜祸水"这样的俗语来总结。为什么会形成这样根深蒂固的观念呢？原因有两个。第一是《易经》等儒家经典的影响。第二是在实际生活中，女性所受的教育远低于男性，甚至在一些情况下，女性被直接排除在教育范围外，因此也无法参与政治，无法从事有公共意义的职业。[1]

以上引用的文章虽然是论述近代以前中国女性社会地位的，但从台剧版《金色夜叉》中笔者也发现了"红颜薄命""红颜祸水"的意识。无论怎样，原作《金色夜叉》中阿宫尽管不缺钱但仍渴望获得更多财富，而台剧版《金色夜叉》的丽子为钱所困做出不得已的选择，从这点看，两者存在很大差异，所以对男主人公的态度和行动也自然有所不同。

（三）月娇的人物形象——与赤樫满枝的区别

尾崎红叶《金色夜叉》中的赤樫满枝这个人物在青春期遭遇不幸，不得不给比自己年长四十岁的放高利贷者当情妇。但是，赤樫满枝不屈从于命运，不仅成了放高利贷者的正妻，还成了一个成功的女性放高利贷者，在《金色夜叉》的舞台上散发别样的光辉。赤樫满枝在自己感情的某些方面有着可以称得上自由奔放的爽直，可以说是明治时代中自立的现代女性。她对贯一有着超出寻常的感情，对于表达自己感情没有犹豫退缩。贯一直到最后都没有接受满枝的感情，尽管他一直躲避满枝，满枝还是毫不在意紧随其后表现自己。这样的满枝可以说是和优柔寡断的阿宫形成了对照。

另一方面，台剧版《金色夜叉》中出现的月娇完全就是一个独立女性的角色，说起两者共同点的话，就像满枝对贯一采取的热情攻势一样，月娇也十分积极地展露对哲志的爱意。但是她和满枝的设定存在很大不同。月娇初识哲志

1　李艳丽：「『女中華』の構築」、『アジア地域文化研究』，2011(7)：105 頁。

时还是未婚,自己摆摊谋生,自立自强。与哲志亲近后两人有肉体关系,甚至还被哲志求婚。被金荣强奸后为了报复,月娇和哲志一样将金荣逼到走投无路。这些点都是区别于原作之处。所以,月娇和满枝都是围绕在男主角身边的两个女人中的其中一个,这是她们的相同点。不过电视剧里月娇的设定和满枝的设定还是有相当大的不同。

在原作《金色夜叉》中,通过满枝的存在证明了一件事。那就是贯一始终提防别人,封闭内心。为什么这样说呢?像作品中随处可见的一样,满枝是真心爱慕贯一,但贯一从来都不屑一顾,持续表现他厌烦的态度。比如满枝去探望受伤的贯一的场面。贯一对于有妇之夫满枝的探望感到困扰,想向满枝说明的时候,作品中有如下描写。"满枝完全了解他的用意何在,她用手绢拍打着床沿,心里在暗忖:这个人竟这样狠心! 他这样待我,可是我为什么还是不能不爱他啊!"满枝对贯一的真情一目了然。

另一方面,与哲志维持肉体关系的月娇在电视剧中也凸显了哲志封闭的内心。她最终逃离了哲志,在失踪之前,她告诉了丽子自己之所以不和哲志结婚就是因为不想成为丽子的替代品。但和美貌可怜的丽子相比,月娇有一种野生的魅力。她不依靠男性的自立精神和言出必行的行动力都和丽子不同。想来,月娇才应该是台剧版《金色夜叉》想要树立的理想女性应有的姿态吧。

通过以上的分析可以看到,台剧版《金色夜叉》和小说《金色夜叉》题目相同,在主要人物设定上也有很多类似点,但故事的内核变成了"以恨报怨"的复仇题材,甚至可以认为是被改编成了另外的一个故事。但是,不知是否为了强调取材于日本,电视剧中穿插了很多具有日本要素的场面。比如丽子在客人面前弹奏的钢琴曲《樱花》,多次出现的背景音乐日本名曲《荒城之月》。还有金荣在美人座中与歌女嬉戏时,也有用日语唱演歌的场景。剧中出现的歌词"一生一次等待着 既然是人就会有自己的期望 舍得立足之地才会有所超越 至少在今夜要像个人样 爱的泪水 爱的泪水 咬紧牙关强忍着"是 1964 年 11 月 20 日发售的美空云雀的单曲《柔》。从这些细节中,我们也可以看出殖民地的历史给台湾带来的文化上的影响。

第四章

《金色夜叉》人物论

本章尝试从作者的人物设定、社会风潮、时代背景、男女主人公的伦理困境以及心路历程等角度分析《金色夜叉》间贯一与阿宫面临的伦理两难与选择。

第一节 超明治女性的阿宫形象 [1]

《金色夜叉》是日本明治时期通俗小说家尾崎红叶的代表作之一,该作在19世纪末20世纪初的日本曾引起很大反响。最初连载于当时发行量较大的《读卖新闻》。[2] 初载之后,立即传诵一时,和德富芦花的《不如归》并称当时最受读者欢迎的小说。作为故事背景的风景胜地热海,至今游客如织;树立于道旁的贯一和阿宫的雕像,今天仍有游人凭吊。一般说来,小说的流行离不开作品自身的魅力,但同时也离不开读者层的知识度和接受力。《金色夜叉》尚未连载完毕,就被编成话剧,搬上舞台。[3] 仅仅从此项看来,就可见它的受欢迎程度了。

阿宫是《金色夜叉》中的女主人公。她年轻貌美,是家中的独生女。不仅深受父母宠爱,而且也深得贯一的垂青。她与贯一从小青梅竹马,感情很深。本来父母打算让她嫁给贯一,但由于富豪公子哥富山的插足,阿宫最终为了金钱而抛弃贯一,嫁给了富山。《金色夜叉》的发表给当时的人们带来了相当大的震惊。尤其是脍炙人口的热海一章节,流传尤为广泛。此后的小说家们甚至将阿

---

1 该部分内容已以论文的形式发表。内容详见张秀强:《明治日本妇女性格的代表——浅谈〈金色夜叉〉中阿宫的人物形象》,《面向 21 世纪的外语教学与研究——吉林省外语学会第十一届年会优秀论文选萃》,2000 年 12 月,147 - 155 页。

2 《金色夜叉》(前编)从 1897(明治三十年)1 月 1 日到 2 月 23 日连载。之后,又陆续登载《后编金色夜叉》、《续金色夜叉》、《续续金色夜叉》等,到尾崎红叶逝世前,共计连载七次,其中最后一次登载在《新小说》(1903 年)上。

3 《金色夜叉》的第一次上演是在 1898 年 3 月。

宫的事例写到自己的作品中。[1] 可见,阿宫的人物形象是很受瞩目的。但是,对于为了金钱而抛弃恋人的阿宫,评论家们历来都是褒贬不一。有人说阿宫是一个"以结婚为手段乘机敛财的现实的女人"[2];有的说阿宫是一个敢于背叛封建旧道德的、超出了道德羁绊的女性[3];有的则把阿宫看成一个温顺、软弱的"悔悟的人"[4]。概括起来,对阿宫的评价似乎可以分成以下三种。①背叛说:对封建卫道士所提倡的"贤妻良母"形象勇敢背叛的新时代女性。②现实说:受近代利己主义的影响,在追求金钱和幸福的道路上走错了的女性。③软弱说:温顺、软弱,被同情的对象。

结合以上观点,笔者想谈一些自己对阿宫的认识。阿宫其实是一个比较软弱的、受人同情的女性。在她身上,既有文明开化时代带来的近代意识,又有所谓的封建"义理人情"在里面。关于她,作品中有两处关键地方都没有交代出来。第一是她到底为什么要嫁给富山;第二是她嫁给富山后,为什么还要如此悔恨,以致让人都感觉有些异常。对于第一个疑问,我们可以简单说她是为了金钱,但事实也不尽如此。在作品第八章热海的一段描写中,贯一曾力图挽留阿宫,而阿宫翻来覆去地说:"都是我不好,你就原谅我吧。"还告诉贯一:"我也有我的想法。"可是当贯一让她说出时,她又说:"只是那想法太难说出口",不肯告诉贯一。关于这个"说不出口"的"阿宫的秘密",研究家们历来论争很多。其中有观点认为阿宫虽嫁给富山,最终却是想带着富山的财产回到贯一身边。即便不如此,也是利用富山的财产来接济贯一。且有研究家从花房柳外编辑的《已故红叶山人和演剧》中尾崎红叶的谈话里找到证据,说尾崎红叶曾有过这样写的意图[5]。尾崎红叶本人也曾在日记中写过:"阿宫绝无舍弃贯一之心"。但即便如此,因为阿宫的"想法"在作品中既没有实现,甚至阿宫连努力的实际行动也不曾有过,所以就结果而言,只能说是阿宫抛弃了贯一。换句话说,是由于阿宫自己的决定而酿造了她一生悔恨的悲剧。

那么既然不能全说阿宫是为了金钱,她为什么舍弃贯一呢?首先有对贯一感情的因素。作品中谈及阿宫对贯一的感情时,明确地指出:"阿宫也并不讨厌贯一。只是她对贯一的感情尚不如贯一对她的痴情的一半。"(当然,待阿宫嫁给富山后,又重新思恋旧情人,这又另当别论)这种对贯一感情的三心二意是他

1　夏目漱石的作品《我是猫》(1905 年)和石川达三的《恶女手记》(1956 年)中,都有阿宫的事例。
2　观点参考《日本文学小辞典》(东京:新潮社,1968 年)中胜本清一郎的解说。
3　观点参考高田知波《对"贤妻良母"形象的背叛——解读〈金色夜叉〉女主人公》(高田千波:「『良妻賢母』への背戻——〈金色夜叉〉のヒロインを読む」、『日本文学』,1987 年 10 月)。
4　山崎真纪子:《〈金色夜叉〉论——阿宫的空白》,《续红叶作品的样相》,1993 年 6 月。
5　胜本清一郎:《关于红叶的〈夏小袖〉》,《明治大正文学研究》,1952 年。

们没有走到一起的重要原因。另外，我们还可以从阿宫的心理描写中找到一些答案。阿宫因为貌美，在上学的时候，某某院长就向她求婚。她不讨厌贯一，然而，她内心里始终隐藏着一个愿望：做议员夫人，至少是大富翁的太太。因为，"在她看来，自己的花容月貌换取的如果仅仅是父母微薄的遗产和一个毫不稀奇的学士学历的丈夫，这绝不是她最高的期望"。那些当上了议员夫人或是大富翁的太太的女人都不如她美丽。于是阿宫就有了这样的幸福逻辑："就像男人只要有才华就可以出人头地一样，女人只要有了姣好的容貌就可以换来荣华富贵"。因此，戴着金刚钻石戒指的富山前来求婚时，她犹豫再三，还是答应了。而后，就是"侯门一入深似海，从此秋郎是路人"。她在享受荣华富贵的时候，却痛苦地感到自己真正爱的是贯一，只是一时糊涂嫁给了金钱。

接下来的问题是，为什么阿宫要如此悔恨呢？是因为她对贯一的感情深吗？不是。那么，阿宫这种内心的自责到底来源于何处？她为什么会在贯一面前有如此深重的负罪感？其实，贯一不过是一名高中生，他的父亲帮助过阿宫的父亲，所以他成了孤儿的时候，鸥泽隆三收留了他，并供他上学。从"人情"上来讲，贯一已经受恩于鸥泽一家。只不过是鸥泽曾许诺要将阿宫许配给贯一，而后又反悔罢了。阿宫大可不必为这件事后悔一辈子。然而，阿宫始终没有挣脱出自责的圈子，成了"悔悟的人"。笔者认为在这里已经不仅仅是"爱"与"不爱"的问题，也不是想嫁谁不想嫁谁的问题，而是一种封建"义理人情"名义下男人与男人之间的（作品中是指鸥泽隆三和贯一）信誉交换问题。这种信誉交换实质上是带有某种契约性质的。在贯一和鸥泽隆三之间，阿宫其实并不能成为多大的砝码，但就是因为这中间掺进了男人间的口头契约，鸥泽隆三的背约就损害了贯一作为男子汉的颜面。贯一于是就可以丝毫不顾往日深情，撕破脸皮，大骂阿宫是"淫妇"，怒而踢之。软弱的阿宫在这种有言在先（这个"言"也不是阿宫的"言"，而是她父亲的"言"）的情况下，就只能受辱于贯一的责骂而愈加悔恨。从这个角度来讲，阿宫并没有人格尊严，作者所强调的就是贯一被欺骗了，他要复仇。笔者认为，这种处理其实是在满足一些读者的心理需要。阿宫只不过是一个为了保全男人们的所谓"面子"而被踢过来踹过去的没有生命尊严的物体而已。在当时那种封建"义理人情"还在小市民中间占主导地位的社会环境中，阿宫不可能成为一个真正意义上的封建礼教的背叛者，她只是那种社会关系下的牺牲品。

尾崎红叶本人曾说过，他写这部小说有两个目的：一是把人生的两大势力——爱情与金钱的斗争通过贯一具体地反映出来，最终证明金钱只是一时的东西,爱才是人生永恒不变的主题;二是把明治的妇女形象通过阿宫反映出来。[1] 质言之,也就是想刻画出具有明显"明治时代"特征的日本妇女形象,以区别于旧时的江户时代。

前面提到,尾崎红叶塑造这样的阿宫的人物形象,其实是在满足一些读者的心理需要。因为毕竟尾崎红叶作为一个连载小说家,他在创作的时候,不能不顾虑到读者群体的接受力。这是个直接和报纸的销售量挂钩的问题,而且值得一提的是,尾崎红叶是一个以"艺术必须娱乐大众"为信条的作家。所以,他对读者对作品的期待就会更加注意。因此,在这里有必要先对当时的读者群体做一下分析。当然,这里只是粗略的估计。大致说来,在当时的日本,要想能够天天买报纸看,首先要考虑到金钱、文字阅读能力、家庭负担等各方面的问题。从这个角度出发的话,二十多岁的青年学生是没有钱买得起报纸的;三十多岁的人一般都是有了家庭,他们的工资大概仅仅够维持基本的生活,也不太可能有余下的钱去天天买报纸看。这里有个家庭记账簿,记录了在《金色夜叉》发表的第二年,也就是 1898 年某车工一个月的收支情况。[2]

A 家庭成员

丈夫(36 岁)、妻子(28 岁)、小儿(5 岁)

B 收入和劳动条件

劳动时间——10 小时/天

每月工作日——25 天

日工资——65 钱(月总收入 16 日圆 25 钱)

C 支出、生活条件

租房 3 间

租金:4 日圆	菜肴:1 日圆 60 钱	蔬菜:1 日圆 50 钱
米:7 日圆 60 钱	酒(5 升):1 日圆	灯油:19 钱
柴火:2 日圆 50 钱	调味料:50 钱	理发:35 钱
洗澡:30 钱	孩子零花:1 日圆	其他:3 日圆

总支出　　20 日圆 54 钱

总收入－总支出＝日圆 29 钱(赤字)

(横山源之助《日本的下层社会》)

1　吉田精一编『日本文学鑑賞事典　近代編』,東京:東京堂,1960 年。

2　福尾猛市郎監修:《日本史料集成》,東京:第一学习社,1972 年。

从中我们可以看到,对当时的一般民众来说,光维持基本的生活都是很吃力,买报纸看根本不可能。而到了四十岁以上的人,一般说来都能有固定收入和一定的社会地位,在金钱方面也能有一些宽裕,在知识层次上他们又不太落后于新时代,所以大致推断的话,读者的年龄段应该在四十岁以上(当然也不排除家境好的二三十岁的读者)。如此一来,因为《金色夜叉》是明治三十年开始连载的,那么《金色夜叉》的读者有很多就是明治以前的江户末期出生的了。这一时期出生的人,所受的教育不必说都是封建的"义理人情"教育,尽管由于历史的变迁与文明开化的实施,西方的新思潮也能影响到他们,但有了封建思想的先入为主,他们毕竟不会很容易接受新的事物。《金色夜叉》中所描写的阿宫,尽管也有一些所谓近代意义的行动,比如在婚姻问题上她的自主选择就是一个例证。但尾崎红叶并没有把她描写成一个思想上开放、经济上独立的近代女性形象,如作品中的赤樫满枝。其实归根结底就是为了满足当时大多数读者的心理。也正是因为这一点,尾崎红叶的文学作品才被有的评论家说成是"披着洋装的元禄文学"吧。

其实,阿宫在答应嫁给富山前后有个思想转变的过程。当得知富山向她求婚,她曾经困惑过。因为,舍弃贯一而嫁给富山,她内心有愧。她没有正当的理由来解释自己为什么要抛弃贯一。毕竟追求享乐与金钱是她不愿意说出来的。另外,她也感到对不起贯一。对贯一的感情,她由不讨厌—抛弃—有负罪感,这中间的变化反映了她内心的矛盾。这样的内心矛盾,于情于理都不违背常人心态。那么,为什么阿宫会有这样的思想斗争呢? 抛开感情的方面,我们是不是可以考虑社会影响这一方面的因素呢? 如果我们以社会分析的眼光来审视阿宫的矛盾,就可以发现一个尖锐的对立:资本主义的金钱关系与封建传统道德的冲突。

当时的日本,文明开化的成果已经影响到社会生活的各个方面。人们在全面接受西方的价值观念的时候,同时也接受了资本主义经济中的一些带有负面影响的价值观念,比如拜金主义就不可避免地渗透进来,物欲横流的现实世界对庶民的思想产生了影响。这种"新"思想与江户传统封建思想的对立,使人们渐渐偏离了"义理人情",而去追求物质上的享乐。与此同时,江户封建遗老们纷纷否定文明开化的成果,掀起复古运动,主张世风复古,恢复江户时期的封建传统道德秩序。由此看来,当时的日本思想界可以说正处于一片鱼龙混杂的状态之中。还没有哪一种思想能够使明治时期的日本民众固守自己的思想理念。而在现实当中,金钱在社会中所发挥的作用越来越大。在这种情况之下,同时受到两方面思想左右的小市民们内心的矛盾和冲突就可想而知了。他们对优裕物质生活的渴望在一定程度上与固守传统的道德观念构成了一个矛盾对立的统一体。当其中有一方力量强大,转化成为主要矛盾的时候,就意味着另一方力量的弱小和失败。阿宫因为金钱而置间贯一于不顾的行为,可以说就是这种矛盾转化的结果。

阿宫最终没有能够免于自己良心的谴责。阿宫婚后千方百计地想要找到贯一,以向贯一道歉。一次,阿宫在路上偶然碰见贯一中学时的同学荒尾让介,从荒尾那里得知贯一的下落。她便一心想要通过荒尾来找贯一诉说衷肠。但就是这样的要求也被荒尾"严辞"拒绝了。因为在荒尾看来,阿宫抛弃间贯一就已经是一个错误。现在,又暗地里背着自己的丈夫找原来的情人,就是错上加错。这个恪守义理以至于穷困潦倒的荒尾,俨然是一个封建卫道士。不但没有给予阿宫以同情,反而让阿宫更加感到良心谴责的痛苦。这也是她所处时代背景下的必然结果。说必然,并不意味着荒尾对阿宫的无情批判是有道理的,而是表明在那个封建思想还根深蒂固的社会里,即便不是荒尾,也会有别的人过来批判阿宫的。我们说日本的明治维新是一个留有很多封建残余的资产阶级改良运动,从这件事情上也可略见一斑。

阿宫的悲剧不仅仅是她个人的悲剧。从作者写阿宫的初衷来看,阿宫是作者为了描写一般女性而特意虚构出来的特殊人物。所以,从这个角度来说,阿宫应该能够代表当时的日本大多数妇女。那么,当时的日本妇女又是怎样一种形象呢?尾崎红叶的门生田山花袋在《尾崎红叶与他的作品》中有这样一段话:"在他所处的明治社会中,仍有许许多多没有觉醒的柔弱女子。能够为夫妇之间的不平等,父女、母女间关系的不满而大声疾呼的女子几乎没有。只有那么多的梳着小髻、谨慎地迈着小步的女子。(中略)他们大都束缚在封建传统的道德里面,甚至没能往外迈出一步。"[1]从中我们可以看出:尽管明治维新的文明开化已经有了三十年的历史,但资产阶级所宣扬的民主自由、民权平等还根本没有走进平民生活。在物质生活里,尽管有了一些资本主义价值观的体现,但在思想上,尤其是在妇女实际的思想意识中,还没有摆脱封建礼教的束缚。阿宫的矛盾是具有普遍性的,在她意识里的矛盾实际上所代表的是新旧两大思想的对抗。只要阿宫不能打破她思想深处的封建传统道德观念的桎梏,那么这种对抗的结果就只能以她的失败而告终。

阿宫的悲剧在于她将自己的美貌等同于了金钱。换句话说,就是将自己商品化了。这个意义上,她所面临的矛盾也带上了时代进步的印痕。在她看来,

---

1 《现代日本文学大系 3 尾崎红叶 内田鲁庵 广津柳浪 斋藤绿雨集》,东京:筑摩书房,1970 年。

那些嫁给百万富翁的女人也并没有她漂亮。由此,她就顺理成章地得出了自己的逻辑:自己应该嫁给一个更有钱的人,享受荣华富贵。这一方面反映了资本主义的拜金主义在当时社会中的影响,另一方面也反映了阿宫作为一个人的自我意识的不觉醒,她还没有认识到自身的价值到底应该体现在哪儿。她将自己的美貌当成商品赋予了价值与使用价值,把自己的漂亮当成通往富贵荣华生活的敲门砖,这就不可避免地产生她的悲剧。而且,我们还可以看到,对阿宫这个人物形象,作者并没有寄予太大的希望,或者说正是因为尾崎红叶锐利地洞察到了资本主义人与人之间赤裸裸的金钱关系,他才没有将所有的责任都推到阿宫的身上,而更多的将矛头投向了那个罪恶的社会。他主要是想通过金钱将人改变成夜叉(小说中主要指间贯一)这一个主题,来批判当时的社会风气。也就是说,当时的社会风气是这样的,阿宫身在其中,只不过是其中的一个受害者而已。这就是《金色夜叉》虽然在内容上是流行小说,在实质上却是反映社会问题的严肃小说的缘故吧。

总之,阿宫在日本近代文学史中的地位是确立了。在她的身上所反映的不仅是明治妇女软弱的悲剧,更多的是反映了那一个时代的日本人在思想意识上的浅薄和脆弱。

第二节　贯一的心路历程[1]

《金色夜叉》的研究史,按照时间来分,大致可分成三个阶段。第一阶段是同时代的评论。即作品连载过程中,由同时代的作家、评论家做出的评论。其中最具代表性的是《金色夜叉上中下篇合评》(《艺文》1902 年 8 月)。参加这次合评的有当时的作家、评论家多人。森鸥外参加,并针对阿宫凭借美貌换取幸福的做法,做出"阿宫可以说是准高利贷式的人物"的评论。尾崎红叶也出席,并道出作品目的在于"具体表现黄金与爱情的争锋"。这些同时代评论,对于《金色夜叉》的解读非常重要。

第二阶段为战后五六十年代的评论。评论有两个中心。一是关于小说蓝本的实证研究。主要讨论《金色夜叉》与外国文学的联系。二是围绕作品构思的争论。尾崎红叶的去世导致小说中断,留下很多谜团。研究者围绕"阿宫的

1　该部分内容已以论文的形式发表。内容详见张秀强:《金钱与爱情的争锋——〈金色夜叉〉小论》,南开大学《日本研究论集》,2006 年 11 月。

秘密"等问题,展开争论。其中代表性的有长谷川泉的《金色夜叉》(《国文学》1967 年 7 月至 11 月)。

第三阶段的评论摆脱了实证考察的束缚,呈现出多姿多彩的局面。代表性成果有高田知波的《对"贤妻良母"的背叛——解读〈金色夜叉〉的女主人公》(《日本文学》1987 年 10 月)。论文解读阿宫的人物形象,认为在她的生活态度中,贯穿着对日本人"贤妻良母"理念的背叛精神。较近的研究成果,有菅聪子的《百合与金刚石——〈金色夜叉〉中的梦》(《渊丛》1998 年 3 月)。论者以贯一的梦境为线索,分析作品中内存的各种矛盾,认为作品没能写完,是由于"作品自身所内含的困难"造成的。

以往研究中,作品主题以及女主人公阿宫的命运受到很大关注。而男主人公贯一得到的关注却很少。其实,不管在作品最初构想的《如是畜生》中,还是在最后成文的作品里,贯一都是贯穿整个故事的主人公。甚至在某种意义上,赚得读者无数眼泪的阿宫仅仅是陪衬贯一的角色。笔者认为,思考贯一的问题,对于作品解读不仅是有意义的,而且是不可缺少的。本节在先行研究的基础上,着重探讨贯一由前途有为的热血青年转变为冷酷无情的放高利贷者这一身份变化,背后所隐藏和折射出的社会问题以及贯一本人精神层面上的问题。

一、贯一失去的东西

贯一成为放高利贷者的原因,在日本学术界似乎是自明的,不需讨论的。造成这种情况,自有其原因。作品最初构想的《如是畜生》一文,开篇就是"因为恋爱而变成了放高利贷者"。[1] 就是说,贯一变为放高利贷者的原因,作者已有交代。有了这样的交代,再加之早期研究集中在对蓝本的搜索及对"阿宫的秘密"的猜测上,贯一的问题被忽视也在情理之中。但也并非无人关注贯一。其实,在同时代评论中,汉学家依田学海就曾提出质疑。他认为:贯一想成为有钱人,完全可以开矿山或从事别的行当,不一定非得去做放高利贷的生意。而且即便有了钱,也不能对富山复仇。贯一的做法有些"隔山打牛"。[2] 这就说明,即便在当时,贯一放弃学业投身放高利贷这一事件,也是难以理解的。当今研究者中,同样有对贯一的行为表示不解的。比如,佐伯顺子在论著中阐述:"再怎么说是被喜欢的女孩子抛弃了,就变成放高利贷者,借给人家钱然后逼债,以此来消解心中怨气,在现实层面上不可原谅。不能不说是一种孩子气的对人生

---

1 尾崎紅葉:「金色夜叉腹案覚書」、『紅葉全集』第十二卷、東京:岩波書店,1995 年,317 頁。
2 稲垣達郎、佐藤勝:「近代文学評論大系 2 明治期 II」、東京:角川書店,1972 年、434 頁。

的不负责。"[1]那么,为什么有那么多事业可以去闯,贯一非得成为放高利贷者呢?这个自明的问题,反倒有些模糊了。

笔者认为,以往研究中,贯一的问题从来都是被作为一个失恋青年自暴自弃的故事而被轻率处置的。人们只想到阿宫无情抛弃让贯一走上了放高利贷的不归路,却未将贯一堕落的原因在其他方面更深地挖掘。事实上,贯一精神层面的问题在《如是畜生》这一标题中便可窥得一些端倪。因为作者评价男主人公,用的是"畜生"二字。小说展现的,完全是贯一由"人"到"畜生"再由"畜生"转变到"人"的心路历程。贯一的问题有很多内容是值得思考的。下面首先从贯一的孤儿根性以及他多疑的性格入手进行探讨。

在讨论之前,有两个要素需要明确。首先是贯一的年龄。作品设定为25岁。其次是身份:高中生,前途是大学学士;同时又是孤儿,被恩人鸣泽隆三收养。关于年龄,据日本学者考据,25岁的高中生即便在明治时期混乱的学制下,也有些年龄超大。但作者至少通过这个数字传递了如下信息:贯一已是成人,他应该能为自己所做事情负责。而孤儿身份则是造就贯一多疑性格的原因。

作品中的贯一,"勤学苦读,为人正直,品行端正"。但关于他的多疑,作品中也有多处表现。比如,纸牌会上富山大肆炫耀财富。厌恶富山的贯一,同时试探阿宫的感受。"香水洒得香喷喷的,还戴着金刚钻戒指,身上又穿得像个官老爷似的,你们一定感到很好吧?"在阿宫表示讨厌富山后,贯一依然不依不饶,说:"三百日元一只金刚钻戒指,在我们来说,到底是办不到的。"非常露骨地表示自己对恋人阿宫的担心。此外,阿宫和母亲前去热海,不辞而别。贯一更加心事重重。开始还想"我既然爱她如此之深,那她对我的爱情也应该诚笃一些才对",最后越想越远,竟将自己的处境和《八犬传》中身为孤儿的信乃联系到一起,认为阿宫对他冷淡,多半是看不起他。理由是在鸣泽家里,他是食客,而阿宫则是财产继承人。而事实上,小说开始部分交代很明确,贯一在阿宫家里,境遇根本不坏。鸣泽家并没有把他当作累赘或暗地疏远他。尽管如此,贯一还是动辄怀疑阿宫对他的感情。可以说,他的多疑性格很多是建立在他的孤儿根性上。

作品后半部中,大高利贷者鳄渊直道的房子被疯女人一把火烧尽,鳄渊夫妇在火灾中丧生。作为鳄渊手下的贯一,对鳄渊的儿子直道说出了心声。"我十五岁就成了孤儿,打那时候起,便一直因为没有一个亲人而受到人家的蔑视。

1　佐伯順子:『恋愛の起源——明治の愛を読み解く』、東京:日本経済新聞社、2000年、58頁。

这种蔑视又造成了我自暴自弃的心理,结果使我失去了作为一个真正的人的性格。"贯一与为人正直、出淤泥而不染的直道本是两路人,但他将自己的心声说给直道,恐怕就是由于直道在火灾中失去双亲,和贯一同样也成了孤儿。同是天涯沦落人,这种"无家之人""无亲之人"的认同感,使贯一向直道敞开了心扉。在这件事情上,我们也可以看出,孤儿身份对于贯一的性格、行为模式都有着非比寻常的意义。

前文提到,一般读者都认为贯一的堕落缘于阿宫的抛弃。这无疑是正确的。只是我们需要进一步明确,为什么阿宫抛弃了贯一,贯一就要堕落? 而且要堕落成放高利贷者? 在确认贯一的孤儿身份这一点之后,我们可以更加清楚地认识到与阿宫的结合对于贯一的意义。阿宫的温柔和美貌是贯一热爱阿宫的原因,这固然没错。但对于孤儿贯一来说,与阿宫的结合有着超越爱情以上的、更为深刻的意义。因为贯一首先需要的是一个"家"。他需要一个在鸣泽家久住的更为正当的理由。小说第二部第七章中这样交代,"对他来说,阿宫是他的母亲,也是他的妹妹,甚至还是他的父亲和哥哥,只要和阿宫在一起,也就享受到了整个家族的团圆之乐。"因此不难理解,阿宫的抛弃对于贯一的打击,绝对超过单纯的失恋打击。失去了阿宫,对于贯一来说,首先意味着他的家庭之梦的破灭。

二、立身出世与贯一的梦想

"对贯一来说,被夺去了阿宫,实际上不但意味着失去了已经取得的一切,同时连尚未取得的一切也被夺走了。"贯一被夺去的,除了阿宫,除了家庭之梦,还有一点非常重要,那就是他的"立身出世"之梦,即前途之梦。

贯一出身于没落的武士世家。他肩负着振兴家业的使命,这是他父亲的遗愿。对于自己的士族身份,贯一时刻铭记。这一点,在他对阿宫的倾诉中也得到体现。"就算我贯一是要饭士族的孤儿,我也不会把老婆卖了换钱来留洋。"贯一称自己是"要饭士族",这倒是事实。因为在明治时期,士族没落是普遍的社会现象。报纸上常有《原为家老的武士饿死街头》《士族无钱养活家人,妻子女儿变身娼妇》之类的报道,没落士族的生活惨状可见一斑。(落合弘树《秩禄处分——明治维新与武士的下岗》)[1]然而,也正是这种处境,激发了没落士族子弟通过学问取得成功的斗志。明治七年《说谕要略》中记载:"今四民平等。……举荐官员不问门阀。……学问乃新智发觉之阶梯。……去年之苍生,

---

1　落合弘樹:『秩禄処分——明治維新と武士のリストラ』、東京:中央公論新社,1999 年。

今年为参议。昨日之佣夫，今日为大辅。"有学问的人甚至可以成为大臣。而对于时局变化反应最敏感的，就是下级士族、没落士族，尤其是他们的子弟。[1] 时代背景如此，身为孤儿的贯一，自然想通过勤奋好学来图谋家业的振兴。但这个愿望，同样也因为阿宫的无情抛弃而不能实现。因为阿宫选择出嫁之后，贯一就离开了鸣泽家，学业因失去经济来源而无法继续。这也就是为什么贯一会在阿宫决定离开他时，说出"就因为你这么一变心，间贯一这个男子就失望得发了疯，他那宝贵的一生也就此在你手里断送啦"这样的话。贯一的失望，决不单纯是失去恋人的失望，还有对自己前途断送的失望。

当然，对于贯一为前途所做的努力，我们也需要辩证的认识。因为在明治时代，对于立身出世的判断标准，人们的认识是有发展变化的。根据森下公夫的论文《明治时期立身出世主义的系谱——大众传媒所发挥的作用》（日文标题：明治期に於る立身出世主義の系譜—マスコミの果した役割—），明治时期，立身出世的标准有三个阶段性变化。第一阶段是通过学问的立身出世。对应时期是明治初期。第二阶段是《大日本帝国宪法》与《教育敕语》颁布后，忠君爱国的国家主义思潮受到助长，人们开始认为成为军人和大将是立身出世的一种渠道。第三阶段大概在中日甲午战争到日俄战争期间，由于资本主义制度在日本确立，人们纷纷投身实业界，寻找立身出世的机会。[2]《金色夜叉》发表的明治三十年代，正处于第二阶段向第三阶段转换的时期。当然，我们不能说到了明治三十年代，日本人立身出世的目标就全都转移到了实业界，这种"一刀切"的立论显然不符合实际。但不可否认，时代已经步入了产业革命的时代，社会已经变成了将金钱看成资本的社会，这是实情。时代要求的是能够顺应资本主义金钱伦理的"商才"。在这股时代风潮下，依然背负着振兴士族家名的遗愿埋头苦学的贯一，的确只能说他是"还停留在旧的秩序感觉中"的人。[3]

而这个事实正好可以回答前面所提到的依田学海的疑问。那就是，贯一之所以没有跳到实业界里去赚取金钱，而选择放高利贷作为自己堕落后的职业，恐怕和高利贷这个职业属于"旧的秩序"中的事物有很大关系吧。

三、贯一成为放高利贷者背后的心理逻辑

上面从性格内因及时代风潮两方面探讨了贯一身份转变的原因。但仍未

1　福地重孝先生還暦記念論文集出版委員会：『近代日本形成過程の研究』，東京：雄山閣，1978 年、189 - 211 頁。

2　福地重孝先生還暦記念論文集出版委員会：『近代日本形成過程の研究』，東京：雄山閣，1978 年、189 - 211 頁。

3　木谷喜美枝：《金色夜叉》的迷羊——以《三四郎》为视角，载于《迷羊的去向——漱石与近代》，编者：熊坂敦子，東京：翰林书房，1996 年、170 页。

解决的是,贯一选择"旧的秩序"里的职业,为什么单单要选择放高利贷? 在讨论这个问题之前,笔者想先退一步考虑另一个问题。即:为什么贯一必须从鸥泽家出走?

即便阿宫嫁给富山,贯一也并非没法在鸥泽家里待下去。作品中交代:鸥泽隆三并未驱赶贯一,反倒承诺让贯一完成学业,甚至考虑送他留洋。条件如此"优厚",贯一仍毅然选择离开。能考虑到的原因似乎只有一个:他想逃避。逃避什么呢? 笔者不成熟的想法认为:贯一所要逃避的,是鸥泽隆三将恩惠与私利掺杂在一起的施恩方式。简单说来,就是表面看来是施恩,实际上是盘算自己的私利。贯一逃避的是这种虚伪的"恩惠"。

鸥泽隆三早年曾得到贯一父亲的帮助。恩人逝世后,他作为回报,将贯一领养,并供他上学。简单看来,隆三似乎是知恩图报的正直温厚之人。但隆三其实有他打算的一面。就从他最初决定将阿宫许配给贯一这件事上,就可略见一斑。对于隆三的想法,小说这样描述。

有些人看到他们这样疼爱这个孤儿,也在猜想老两口大概是有意思把他招作女婿啦。其实,老两口最初倒没有这样存心,可是后来看到贯一如此用功勤读,因而也就渐渐地存了这份心思。等到他考取了高中之后,这个主意也就打定了。

可见,隆三决定将阿宫许配给贯一,是看中了贯一的潜质。说得极端一些,其实在这个阶段,隆三就拿自己女儿的美貌与贯一做了交换。交换的内容,作品中虽未明确,而我们可以猜测:比如是隆三将女儿嫁给贯一,而让贯一为自己养老。当然,对于隆三这样的打算,贯一当时还未意识到。

于是等富山前来提亲,隆三就开始了与贯一的第二次交换——这次更加赤裸裸。隆三这样开口道:"事先已经答允了你,现在忽然又改变,说来也确实有些对不起你,关于这一点,我也好好地思考过了,总之决不会使你吃亏的。"贯一的反应:"尽管他千言万语,鼓其如簧之舌,其目的还不是想掩盖一个'利'字"。贯一终于意识到,隆三是将对他的恩德当成了一种枷锁、条件来迫使他就范。对于隆三将恩情当条件的做法,贯一极端失望。在此之前,贯一可能会将隆三的住所当成自己未来的家,但是这种纯粹以利益交换为基础的家,不是贯一所需求的。为了追求新的家庭,为了逃避隆三虚假的恩惠,贯一只能选择出走。

贯一出走后,再次出场时,已成为放高利贷者的手下干将。在这个身份转变背后的贯一的想法,作品中并未给予展现。但是,在"给予之后,要求更高的返还"这一点上,高利贷的道理似乎和隆三的想法有异曲同工之妙。这里给予的事物可以是金钱,也可以是恩惠。和隆三的表面看似施恩、实际却为自己谋私利的做法不同,贯一倒不如说是用"金钱就是金钱,恩惠就是恩惠"的道理向隆三进行了反讽。因为在高利贷里面,交换的条件从一开始就是明明白白,根本不会像隆三那样带着恩惠的假面。贯一的做法,是通过放高利贷这种非常极端的"条件对条件"的生意,对带着恩惠假面的隆三进行揭露。尽管年轻,却仍然生活在江户时代的"义理人情"的世界里的贯一,信奉的是"以恩抱恩"的理想。而尽管年老,却追随资本主义风潮、精于算计的隆三,是以附带条件的恩惠来束缚贯一。两者形成的对照何其鲜明!

以上本小节从三方面论述了贯一的身份转变问题。总结起来,性格方面的因素是贯一面对挫折后采取过激行为的一个铺垫;思想上的落伍则是贯一没有投身代表新生力量的实业界的主要原因;而最后选择放高利贷这一象征着旧社会秩序的职业,则是出于对隆三带有温情假面的恩惠的一种逆反。明治时期,伴随资本主义的发展,封建时代的武士们所模范遵守的忠诚、义理等伦理道德观逐渐崩溃。"就连从前被认为应该代替农、工、商模范追求'义'的旧士族阶级都开始追名逐利了"。[1] 原本从属于家族与集团的旧士族们,在金钱万能的资本主义面前彻底败北。而在情感打击下最终选择了从属于金钱的贯一,在这个意义上,正象征了那些被时代抛弃了的旧士族。

---

1 源了円:『義理』、東京:三省堂,1996 年、120 - 123 頁。

第五章

尾崎红叶文学的周边

本章拟从文学的社会层面以及文学史层面考察尾崎红叶的文学,同时考察同时代的作家及相关作品,以期达到"走出尾崎看尾崎"的目的。具体说来想做三个方面的尝试,一是考察尾崎红叶及同时代文人的若干代表作家在中日甲午战争前后对于战争所采取的态度和认识;二是从文学史的意义角度,考察《浮云》和《金色夜叉》这两部具有共同点的作品,探寻看似偶然背后的必然因素;三是将研究视角扩展到跟尾崎红叶一起开启日本文坛"红露时代"的幸田露伴,通过考察其代表作之一《风流佛》对中国古典文学的借鉴来进一步印证中国文学对明治文坛的意义。

第一节 尾崎红叶与甲午战争——兼论同时代文人[1]

甲午战争是明治维新之后日本发动的第一次与外国的战争,在中日关系史上无疑是重要的一页。在这场战争中日本明治时期的文人以不同的方式表达了其国家主义史观。有的以亲临战场的方式成为战争鼓吹者;也有的虽以明确的态度表明对政治不关心,要"绝缘"于战争,但事实上又无法摆脱战争的潜在影响。本文拟通过对不同类型的日本文人在甲午战争中的不同际遇及其战争态度的分析,揭示日本国民的战争观,并从更深层次理解日本国民的国家主义情结。

一、亲临战事:正冈子规与甲午战争

作为知识界代表的正冈子规(1867—1902),其于文学方面的成就几乎可与

---

1 该部分内容已以论文的形式发表,见张秀强:《甲午战争中近代日本文人的战争观》,《东北师大学报》2009 年第 2 期,24 - 27 页。

夏目漱石相提并论。他对日本传统和歌进行改良,对于和歌生命力的延续有着不可磨灭的贡献。在正冈子规的人生履历中,其追随战争的举动执着而热烈,充分体现了日本国民的"国家主义"的"对外扩张"意念。这种意念内涵以其亲临战事的方式得以展现。

1895 年 4 月 15 日至 5 月 14 日,正冈子规作为《日本》报的随军记者来到中国,所到之地有柳树屯、旅顺、大连的金州等。他亲历日军的行动,目睹战争的实态,并根据此次随军体验,分别写下《阵中日记》(1895 年 4 月 28 日—7 月 23 日)、《从军纪事》(1896 年 1 月 13 日—2 月 19 日)以及《金州杂诗——明治二十八年金州滞在中所观》(1896)。值得注意的是,这次随军记者的经历,是正冈子规本人积极争取而不是被日本政府征集的。在他的从军申请的正文中,正冈子规写道:"此番近卫师团出征,为向《日本》通报战况,本人愿意从军。如获许可,愿听从一切指挥。本人一切身上之事,均由社主负责,特此连署申请。"[1]关于去战场的原因其描述如下:"自去年六月(阴历)西国风云突变,雷霆之声不绝于耳,世间不再安宁。每日频闻捷报,自然开心。我身虽不贵,亦不甘隐于市井。与其为繁杂之事缠身,不如从军,在大炮声中培养斗志,留草鞋足迹于异国山川。三月三日,离开东京。"[2]可以看出,正冈子规想去战场的理由虽然有"留草鞋足迹于异国山川"的游兴成分,但主要还是想亲眼看到日本军队的胜利,"在大炮声中培养斗志"。这段记述为正冈子规的《阵中日记》定下了歌颂日军胜利的基调。

1895 年 3 月 20 日赴日议和的李鸿章要求议和之前先行停战,日方提出包括占领天津等地在内的 4 项苛刻条件,迫使李鸿章撤回了停战要求。24 日会议后,李鸿章回使馆途中突然被日本浪人刺伤。日本担心造成第三国干涉的借口,自动宣布承诺休战,中日双方于 3 月 30 日签订休战条约,休战期 21 天,休战范围限于奉天、直隶、山东各地。当接到出发命令的时候,正冈子规表达了他内心的喜悦。"至 4 月 7 日,终于接到出发命令。愁眉顿开。急忙收拾行囊,三日时光,倏忽而过。"(67 页)正冈子规在出发后一直保持这种愉快的心情。在去中国的轮船上,他写道:"午后 2 时过对马。回望眼,寸青已没天际;极目处,唯见碧空接苍海。幸生为男儿,得遂桑弧蓬矢之志。现已离开日本之地,此时之愉快,非他人所能体会。"(68 页)到 4 月 15 日,正冈子规经过反复周折,终于登陆。到大连地区柳树屯的时候,"心中快意,无以言表"(70 页)。

1　冈保生:「日清戦争と文壇——正岡子規の場合」、『国文学』,1964(10):13 页。
2　正冈子规:『子規全集』第九卷、東京:改造社,1929 年、64 頁。

　　正冈子规此后遵照日本军部的安排,参观了日军"大捷"的战场,表现出对日军战果的欣喜与清军战败的鄙夷。4月19日,正冈子规参观旅顺军舰,看到日军将旅顺港占领,他写道:"此处为清军唯一港口,而今已成我等之物。每思及此,不禁有双肩生风之感。"(74页)毫不掩饰对日军战胜的自豪之感,对于所谓的"三崎勇士"[1]则感叹为"英魂永留此地,保卫帝国臣民安康"(79页)。

　　而言及清军战败,正冈子规的感触较为复杂,一方面表现出鄙夷之情,另一方面又蕴含着惋惜之意。"据说去年战争之际,清军无任何抵抗,望风而逃。""此处层山相连,山巅炮台前后左右相望,连蚂蚁潜入的缝隙都没有。据此天险要害而一朝土崩瓦解,清国之末日实在令人可叹。"(74-75页)4月20日,正冈子规参观馒头山炮台,描写如下:"此处距海面近百米,备巨炮数门,中有两门口径达24厘米。右侧一门有中心轴炮架,一人操纵即可转向四方,在我国未曾见过。然死物终究需要等人活用。此物在清人手里,几与瓦砾相同,此言不过。"(76页)正冈子规对拥有先进武器而溃败的清军表达了鄙视情绪。1895年5月8日,正冈子规在登金州城时,对清军的战败再发感言。"诸事在身,心情不能平静。携仗登城楼之上,观城内城外景色,一片杏花皆已掉落,如今桃花梨花油菜花争奇斗艳,不知为谁而开。原野之上草色渐深,恐有不知情者,根本看不出此处为亡国之地。我轻声吟唱'国破山河在',内心一阵哀伤。"(82页)

　　对于中国民众,正冈子规采取的则是鄙视的态度,暴露了其狭隘的民族主义情绪。由于在中国滞留的时间短暂,加之其随军记者的身份并不高,所以他所见到的民众也都是下层民众。4月13日,正冈子规尚未登陆,就在中国近海上看见乘着小舟前来乞讨的中国乞丐。"有人将残羹冷炙悉数投向那乞丐,那人则笑嘻嘻地将扔下来的剩饭收起来,一点也没有亡国之恨的样子。"(69页)4月14日,正冈子规虽然靠港,但仍然没有获准登陆。"无事可做,只好去甲板处,观看乞丐船。他们划着小船,来到大船旁边,拿着一种笊篱状的物品想要讨剩饭。水上的宪兵认为他们是流行病的媒介物,拿着棒子追上来管制。那些乞丐害怕被棒子打到头,用尽浑身的气力划桨离开。一边划桨,还一面回头笑。"(70页)正冈子规把这些中国乞丐刻画得不仅没有廉耻之心,而且"一点也没有亡国之恨的样子",连"爱国之心"也没有。尽管在字里行间,正冈子规也表达了对他们的同情,但总体来说,对这些乞丐的鄙视与厌烦不言自明。

1　根据史料记载,1894年10月,日军为确保在庄河花园口登陆成功,在登陆之前,派出山崎羔三郎、钟崎三郎、藤崎秀、猪田正吉、大熊鹏、向野坚一等6人作为间谍进行战前侦察。其中的"三崎勇士"即:山崎羔三郎、钟崎三郎、藤崎秀。三人被清军抓获并处决。几天后,日军占领金州。日军找到了三崎的尸体,将其埋葬在金州城虎头山上,把虎头山改名为"三崎山",又在三崎临刑地立起"三崎处死地纪念碑"。

《阵中日记》中，"亡国"这个词出现的频率较高。正冈子规在讽刺乞丐没有爱国之心的时候，就是用"亡国之恨"的说法；而当他登上金州城，口中低声吟诵的竟是杜甫的"国破山河在"。其中亡国恨的说法可以使人联想到杜牧的七绝诗《泊秦淮》。"烟笼寒水月笼沙，夜泊秦淮近酒家。商女不知亡国恨，隔江犹唱后庭花。"而实际上，拥有很高的中国古典文学素养的正冈子规对这首诗是熟悉的。因为不仅仅在《阵中日记》中，在正冈子规翌年创作的《金州杂诗》中，"亡国恨"这个说法也频繁出现。

正冈子规在甲午战争结束之后的一两年内的作品，集中反映了正冈子规本人对时事的关注以及为日本军队的战胜歌功颂德。在他的这一类诗作中用极端煽动性的文字和坚定的口吻来鼓舞日本士兵为国捐躯。摘译如下："自打离开家乡，走出国门/就已把我的生命，交给了您/从没想着，活着回去/惜别爱妻时的誓言/到如今，已回想不起/勇敢地为国捐躯吧，立身又扬名/不要畏缩，我的兄弟们！来了。过来了。敌人就在那边/准备好了吗？勇敢前进/想要知道，日本刀的厉害，这正是时候/不要退却/斩吧，斩吧！砍倒你左边的敌人/斩吧，斩吧！砍倒你右边的敌人/越近越好，越靠近越好/砍倒敌人吧！直到被砍倒的那一刻为止。"[1] 使人不禁震撼于当年日本军国主义思想的渗透之深刻。

谈及这次从军对于正冈子规的意义，日本学者冈保生总结道："通过这次从军，正冈子规的国家主义热情没有丝毫的削减，反倒得到强化"[2]，作为随军记者，正冈子规更多的是通过他的文字为日本侵略军声援。这也是日本方面"国家主义"在知识界的响应。

二、战争"绝缘者"：泉镜花与尾崎红叶

在明治时期的文人中，还有相当一部分人，他们没有亲临战事的体验，对于甲午战争也不像正冈子规那么狂热，甚至有些人表明完全不关心政治。泉镜花与尾崎红叶可以说是这类人的代表。特别是尾崎红叶在创作中很少涉及政治素材。这与他的创作主张有关。1888 年，尾崎红叶在《砚友社社则》中表示了"与政治有关的文章誓死不写"的态度[3]。然而，他们与日本民众所瞩目的甲午战争究竟有怎样的关联，果真如他们所言，处于战争之外的"真空"中，能完全置身于"事外"？

与正冈子规的经历不同，泉镜花与尾崎红叶没有亲赴战场，他们是通过媒

1　正岡子規，『子規全集』第九卷、東京：改造社，1929 年、308－309 頁。
2　岡保生，「日清戰爭と文壇——正岡子規の場合」、『国文学』，1964(10)：16 頁。
3　尾崎紅葉，『紅葉全集』第十卷、東京：岩波書店，1994 年、3 頁。

体的介绍了解甲午战争的状况的。其对战争的认识亦需通过作品展现。1894年10月1日至24日《读卖新闻》上连载了泉镜花以甲午战争为题材的小说《预备兵》。《预备兵》讲述了这样一个故事。主人公风间清澄为一书生，甲午战争爆发后，仍不为时局所左右，安心读书。爱国的义母直子教育清澄身为日本国民要为日本出力。清澄的朋友也劝清澄投笔从戎，清澄不为所动，反劝其朋友要克制心情，专心学习。义母直子劝说清澄无效，决定捐出自己全部家产献给军队，并组织义勇兵支援日本政府，其举动被报道，市民纷纷效仿。义勇兵慕名来直子处聚合，谈论国事，他们不满于清澄对战事采取隔岸观火的态度，在一次聚会中殴打了清澄。清澄遭到殴打时，得到曹长解围，清澄与曹长结为知己，却被义母直子逐出家门。原来清澄早有投笔从戎之心，只是不愿意像义母、朋友、义勇兵他们那样声张。清澄在行军中经不住劳苦，得日射病而死。清澄至死不肯放开象征军士的手中剑，全军都被清澄精神震撼。清澄最后得到将军的悼念。

　　由于发表当时，泉镜花年仅21岁，尚不出名，所以署名为"なにがし"（"某人"之意）。关于这次创作，泉镜花的年谱中有如下记述："1894年1月9日，丧父。归乡。生活无计。受祖母激励，留下祖母和幼弟独自进京。10月在《读卖新闻》上接连发表《预备兵》《义血侠血》。两作皆为归乡中的试作。当时境况，真是翌日炊米无计。能得以在《读卖新闻》上登载，全托先生大斧钺之功。"[1]泉镜花这里所说的先生，即是他的恩师尾崎红叶。他的意思是《预备兵》能够在《读卖新闻》上连载，是老师尾崎红叶为他修改得好。上述话语虽有利益性辞藻的成分，但考虑到泉镜花当时作为一名乡下文学青年，进京后无依无靠的处境，也应是中肯之词。可见，此时的泉镜花从身份上来看最多也仅算社会的普通阶层，如从无依无靠的处境之角度解析其社会身份应为下层士人。以作者之真实社会身份来看作品《预备兵》，其间充斥政府主导下以"军国主义"为标志的"国家主义"理论在民间"下层群体"的实践。

　　这些作品情节的取材与时下的战争情形不无关系，在描写男主人公病死参军途中，至死不肯弃剑的壮举的时候，作者这样写道："啊，野川少尉（即男主人公清澄——引用者注）终于死去了。他虽然死了，他的剑却没有丢弃。他虽然死去了，他的亲友却没有放开他的身躯。他虽然死去了，贞妇却没有离开他的身旁。"（324）这是作者对"义士"的讴歌，而且在文章的最后，作者还借将军对清澄行为的赞扬表达了对其的敬意。从上述作品内容来看，泉镜花尽管树立了与

1　泉鏡花、『鏡花全集』第一卷、東京：岩波書店，1942年、6頁。

狂热的爱国分子不同的军人形象,展现了与众不同的一面,但最终也还是服务于时局,为日本政府的战争提供了声援。其最终也未能摆脱甲午战争对其创作以及价值观的潜在影响,从而从下层民众的角度解读了日本政府所倡导的狭隘的"国家主义精神"以及"封建的武士道精神"。

明治时期著名通俗小说家尾崎红叶(1867—1903)与日本公认的近代文学大家夏目漱石同年出生,但成名比夏目漱石早。他创立了日本近代文学史上的第一个文学团体砚友社,并在很长一段时间里左右了明治的文坛。他的小说内容也的确很少涉及政治,多数为文明开化时期男女的爱情物语。与他同时代出生的夏目漱石在作品中往往会透过主人公的言论来表达作者的主张,但尾崎红叶的小说至少在表面上都是爱情故事的讲述。也正是由于这样的原因,在谈及尾崎红叶与甲午战争的关系时,曾有国内的学者认为尾崎红叶是反战的。"中日甲午战争(1894—1895)期间,红叶中断了创作,去从事《帝国文库 西鹤全集》上下两卷的校订工作。""《内心的黑暗》(指《心之阴翳》一作,笔者注)着力刻画了盲人佐之市的形象,表现了他对真正爱情的顽强的争取精神,批判了封建家长对真正爱情的破坏行为。在国家主义、国权主义的口号震天价响,侵略战争的气氛日益高涨的情况下,红叶不受其迷惑,继续描绘自己的市民社会风俗画,并对社会的黑暗现象有所揭露和批判,对人们之间真挚的友情给予歌颂,这充分说明红叶的创作立场是站在人民群众一边的。"[1]

然而上文所列举的泉镜花的《预备兵》,就是在尾崎红叶的亲笔修改之下,并通过他的推荐,得以在《读卖新闻》上连载的。仅此一点,就足以说明,尾崎红叶对甲午战争也并非完全绝缘。事实上,在尾崎红叶最受欢迎的小说《金色夜叉》(1898—1902)中,就有和甲午战争相关的描写。一处是男主人公间贯一在女高利贷者满枝家客厅里看到的情景。作品具体描写如下:"贯一回过头来看时,那房檐下满一幅黄海大战的水彩画,足有五六尺阔;客厅角落里,还放着两盆菊花。"甲午战争中关键战役之一的黄海大战出现在此处看似闲笔的景物描写中,绝对不是偶然。《金色夜叉》中还有一个场面,足以让人联想到甲午战争。在失恋打击下放弃前途做上高利贷生意的男主人公间贯一,在一次讨账过程中偶然发现欠债者竟然是自己的同窗同学。面对同窗,间贯一依然坚持逼债且不退半步。他的态度最终惹怒了有些武功的蒲田。蒲田用武力将间贯一制服,并说出了下面的一段话:"这么一看,金钱的力量还是敌不过臂腕的力量啊。你们看,这是不是有些像《水浒传》里的场面! 由此看来,又没有一个立法的君主在

1　李均洋:《尾崎红叶论》,《西北大学学报》,1985(2):85 页。

统治,国与国之间的争端,应该由谁来公平解决呢? 这儿是唯一的审判机关:
打!"[1]在这里虽然没有提到甲午战争的字眼,但是联系到作品发表的时候,正
是甲午战争结束之后,日本沉浸在胜利喜悦的时代。尾崎红叶在这里借蒲田之
口,说出了解决国与国之间争端的唯一审判机关就是打。这其实是间接地采取
了支持日本政府对清政府战争的态度。

　　日本文学评论家山田有策在《尾崎红叶的〈金色夜叉〉》一书中论及《金色夜
叉》的时代背景时评论道:"在这个作品内部流动的时间是明治二十四年到明治
三十年,前后有六年的时光。在此期间最大的政治社会事件,必须说的就是明
治二十七年终结的日清战争(中日甲午战争)。这是近代日本所经历的第一次
对外战争,胜利之后的日本追随西欧列强,闯入帝国主义的阶段"[2]。尾崎红叶
自身在 1901 年 2 月 20 日的日记里,也有关于黄海海战的记录。"小雪。上午
十一时美妙子来访。(中略)美妙子强记功夫着实惊人。谈及往事,背诵余之诗
作。另谈及竹越三叉[3],阿部 Jinto[4] 探听国事,为黄海海战立下大功,却终被毒
杀。闻后颇感技痒。"[5]跟尾崎红叶私交很深的日本汉学家依田学海的日记《学
海日录》中,也记录了很多关于中日甲午战争的事项。比如 1894 年 11 月 4 日,
他记述道:"四日。昨日晴,今早开始一直有雨。敌军一部往奉天府、一部往海
城、一部往大孤山方向撤退。地方人民恨清国兵士之暴虐,敬爱我国。"[6]

　　在《红叶全集》中也收录有尾崎红叶讴歌战争的诗歌。选其一大意试译如
下:御旗之歌(东京芝三田木村屋制御旗饼干印刷品)外国人如何看我日本的御
旗/红色太阳染在清白色的背景里/忠勇义烈的国民为了保卫皇国/四千余万魂
魄汇成大和心一颗/一夫当关勇敢面对敌寇的残暴/随时准备着为国捐躯/这视
死如归的决心向全世界展示/热血染红御旗死不足惜[7]。这首《御旗之歌》发表
在 1895 年 5 月 20 日《文艺俱乐部》的第一卷第五号上,同年 4 月日本与清政府
签订《马关条约》,也就是说《御旗之歌》是甲午战争结束之后写的。从诗歌标题
后括号中间的"东京芝三田木村屋制御旗饼干印刷品"字样来看,这可能是受商
人委托写的诗作,但即便如此也不能否认其中讴歌战争的思想。

1　尾崎红叶:《金色夜叉》,上海:上海译文出版社,1983 年、155 页。
2　山田有策:『尾崎紅葉の「金色夜叉」』、东京:角川学芸出版,2010 年、240 页。
3　指竹越与三郎(1865—1950),日本明治、大正、昭和时期的历史学家、政治家。埼玉县人,号三叉。著有《新日本史》《日本经济史》等。
4　据上下文可知此人为从事情报工作的日本间谍,具体不详。
5　尾崎紅葉:『紅葉全集』第十一卷、东京:岩波书店,1995 年、162 页。
6　依田学海:『学海日録』第十卷、东京:岩波书店,1991 年、8 页。
7　尾崎紅葉:『紅葉全集』第九卷、东京:岩波书店,1994 年、512 页。

综上所述,在军国主义风潮弥漫的社会氛围中,日本的文人是难以摆脱其影响的。我们寄希望于他们能够呼唤和平,这本身是一种思维的误区。事实上,从知识界来看,代表着不同立场、不同阶层的文人都以不同的方式迎合了战争,本节仅撷其一略做浅述。

第二节 《浮云》与《金色夜叉》的文学史意义探寻[1]

一、两部未完的名作

二叶亭四迷的《浮云》和尾崎红叶的《金色夜叉》都是日本近代文学史上有着重要地位的作品。《浮云》成书于 1887—1889 年,被认为是日本近代文学史上第一部言文一致体小说、日本近代文学的开山之作。小说通过寄居于婶母家的内海文三与婶母家的表妹阿势之间的感情纠葛揭示了明治社会"文明开化"背后的种种不合理现象。阿势成长于日本大力学习西方的文明开化时代,受世风熏陶,她性情浮躁,爱慕虚荣。表哥文三尽管多次向她表示好感,她总是对其若即若离。文三失去了工作,阿势便把目光转向了文三的同事——靠卑躬屈膝阿谀逢迎而获得晋升的本田升。文三处境尴尬,痛苦不堪。

《浮云》的诞生,在日本近代文学史上有着非同寻常的意义。它的意义不仅仅在于它在文体方面的革新,更在于它对于当时占据文坛主流的"戏作文学"的突破。尽管"戏作文学"的流弊比如游戏文字、哗众取宠等典型表现在《浮云》中也有所体现,但是小说中揭示的"封建落后性与近代自我觉醒的矛盾"以及"对日本近代社会的阴暗现实的批判"[2]都是以往的"戏作文学"中不曾有的。且在作品中,二叶亭四迷大胆尝试了许多真实细腻的心理描写,对主人公的内心世界进行了有力的刻画。如此在创作手法上的创新,一如它的文体改良一样,都给当时的文坛带来了清新的空气与新鲜的刺激。

《金色夜叉》于 1897 年 1 月 1 日—1902 年 5 月 11 日在日本当时发行量较大的《读卖新闻》上连载,是明治时代最畅销的小说之一。它尚未连载完毕,就被编成话剧,搬上舞台。而一个和读者相关的插曲,更是一直为人所津津乐道。一身患绝症女子酷爱《金色夜叉》,临终前仍牵挂着男女主人公的命运。她给家

---

1 该部分内容已以论文的形式发表。内容详见张秀强:《日本近代文学史上的两道分水岭》,广东外语外贸大学学报,2007 年 11 月,第 60 - 62 + 87 页。

2 顾也力、郭晓青:《日本近代文学的第一块里程碑——简评小说〈浮云〉中的人物形象》,《日语学习与研究》,1999 (3):56 页。

人留下遗言,定要将《金色夜叉》供奉于她的坟墓前。仅从这些事项上,就足见作品在当时受欢迎的程度了。

《金色夜叉》的发表给当时的人们带来了相当大的震惊。其中的热海一章更是脍炙人口,流传广泛。此后的小说家们甚至将阿宫的事例写到自己的作品中。比如夏目漱石的作品《我是猫》(1905 年)和石川达三的《恶女手记》(1956年)以及石坂洋次郎的《青青的山脉》(1947 年)中,都有阿宫的事例。

《浮云》和《金色夜叉》这两部作品在很多环节上都有相似之处。比如,男主人公都是出身于没落士族之家,因为家庭原因而寄人篱下;他们同样倾心于主人家的独生女,并与她们有着同一屋檐下的恋情;而爱慕虚荣的女主人公,在感情上都是摇曳于青梅竹马的恋人与有权有势的求婚者中间,飘忽不定;两部作品同样都对世风进行了批判性的描述。这种类似性在先行研究中,已经受到文学评论家的关注。比如安田保雄的论文《〈金色夜叉〉与〈浮云〉——尾崎红叶与二叶亭四迷》(日本:成蹊大学文学部纪要,1972 年第 8 号)可谓代表。在中国,关于《浮云》和《金色夜叉》的专门研究较少,只是散见于论文和文学史的记述中。其中李均洋的《尾崎红叶论》(西北大学学报,1985 年第 2 期)算得上对尾崎红叶作品的系统总结评价;叶渭渠通过《日本近代文学的里程碑〈浮云〉》(《日本文学散论》,吉林人民出版社,1990 年)一文对《浮云》做过评介。较为近期的研究成果还有顾也力的《日本近代文学的第一块里程碑——简评小说〈浮云〉中的人物形象》(日语学习与研究,1999 年第 4 期)和高宁的《试论〈浮云〉在日本文学史上的地位》(南开学报,1999 第 3 期)。

在先行研究中,尽管有过关于这两部作品之间关联的论述,但是它们之间的一个非常明显的共同点却没有引起中日评论家的足够注意。那就是它们都是没有完成的作品。换句话说,当人们为男女主人公的前途牵肠挂肚时,他们的命运却成了永远也解不开的谜。或许会有人觉得:这两部作品都没能写完只是一种偶然的巧合。但是如果把两部作品之间那么多的相似之处都罗列出来,单纯的一个巧合恐怕就不能说明问题。本书旨在探究两部作品未能写完的原因,在此基础之上,探讨它们成为未竟之作背后的深层意义。

二、《浮云》的情况

有日本评论家将二叶亭四迷未能写完《浮云》的原因大致归纳为三点。第一,和作者贫寒的家境有关;第二,作者本人缺乏写下去的自信;第三,理想与现实之间的矛盾。[1] 展开说来,在明治初期的日本文坛,作家很难单纯依靠写小说来维持生计,贫寒的家境使得二叶亭四迷不得不停止写作。同时,二叶亭四迷对于自己在创作中尝试使用的"言文一致"文体也缺乏自信。明治初期,日本掀起了一场从文言转向白话的白话文运动,即"言文一致运动"。包括尾崎红叶、二叶亭四迷在内的明治时期的小说家们为了摆脱文言文的束缚,进行了各种各样的尝试。由于这项工作前无古人,所以在探索的过程中,他们都碰到了这样那样的困难。坪内逍遥曾说过:"明治二十年前后,新文学的难产是划时代的。这种难产集中体现在语言表达的困难上。"[2] 二叶亭四迷也在日记中写过:"作品之拙劣,吾始料未及。待形成铅字,方觉连自己都不忍卒读。""曩者以为某某所作小说读来无味,与我辈比较起来,实在好上百倍。"[3] 可以见得,尽管从文学史上的地位来讲,《浮云》被认为是日本近代文学史上第一部言文一致体小说,但是,二叶亭四迷对自己的文体转换实践根本没有足够的自信。而且客观说来,《浮云》的文章中的确还有很多文言文的残留,关于这一点即便只看它的开头部分就可以确认。这些也导致了他没能将《浮云》继续写下去。

　　笔者认为,在《浮云》未能写完的原因这个问题上,除却上述评论家的论述之外,还有一些因素是可以考虑进来的。比如,同时代评论家的评论以及文坛的氛围对作家创作的左右。众所周知,明治时代是一个风云激荡、变化急剧的时代。这种急剧变化不仅表现在人们的生活习俗上,而且也反映在思想界的空前活跃上。从《浮云》创作开始到中途辍笔,间隔仅为三年。然而其间明治社会态势变化迅速,文坛的气氛也发生了逆转。典型事例就是欧化主义走进死胡同,民众滋生排外情绪,国粹主义乘机抬头。当此之时,文坛掀起一股复古热潮。以二叶亭四迷、坪内逍遥、山田美妙为代表的言文一致小说家的创作受挫,而与此相对,尾崎红叶等人重新发掘元禄文学的精髓,小说的语言文体也由言文一致体重新回到"复古调"的文言体和"雅俗折中体"。相形之下,《浮云》的言文一致反倒有些"落后于"时代了。

　　二叶亭四迷开始写《浮云》的时候,正值日本学习西洋热情空前高涨。作为知识分子,他在冷眼旁观日本人盲目学习西方的种种陋态后,用冷峻的笔触,对日本人的行动进行反思。他笔下的阿势,在性格上宛若天上的浮云(这也是小说命名的立意所在),飘忽不定,缺乏主见。这几乎就是当时大多数日本人的真

1　此处总结参考福田清人所著《二叶亭四迷》(日本东京:清水书院,1966 年 10 月),文字由笔者翻译。
2　坪内逍遥、二葉亭四迷:『現代日本文学大系 1　政治小説・坪内逍遥・二葉亭四迷集』、東京:筑摩書房,1971年、417 頁。
3　福田清人:『二葉亭四迷』、東京:清水書院,1966 年、36 - 39 頁。

实写照。小说通过阿势的事例告诫世人：不要在学习西方中迷失自我。这种冷静思考，在文明开化方兴未艾之时，无疑是有积极意义的。但时隔四年，日本文坛踏入复古主义轨道，人们重新将目光投到古典，希望从中发现日本自己传统的精华。江户后期几乎不为人所读的井原西鹤等人，一时成了舆论的焦点。随后出现的一位小说家——尾崎红叶，引起人们的注意。在二叶亭四迷发表《浮云》第三卷的三个月前，尾崎红叶发表了用文言文体创作的小说——《二人比丘尼色忏悔》。该作使尾崎红叶一举成名，从此日本文坛迎来以尾崎红叶为首的砚友社时代。砚友社的文学尽管在内容上基本属于戏作文学，形式上又多是非言文一致的（需要说明的是，尾崎红叶本人对于言文一致运动也是有贡献的），但是由于他们迎合了民众的口味，所以受到了欢迎。

日本评论家久松潜一在谈及《浮云》时，认为"作者试图通过文三的内心葛藤来达到一种文明批判。该作品较山田美妙《夏木立》早一年发表，但就世间的评价来说远不及《夏木立》。也即说明该作品所包含的近代性，如揭露社会矛盾、反映人物内心冲突、表达作者忧国济世观念等，这些对日本民众来说，无异于对牛弹琴。他们还没有完全从封建枷锁中解脱出来。"[1] 另外，在叶渭渠、唐月梅共著的《20世纪日本文学史》中，也有这样一段论述："（二叶亭）四迷最后没有将内海文三的命运写下去，《浮云》中途辍笔，成为一部未完成的作品，恐怕也是由于作者的理想与现实的矛盾无法调和，以及对时代压抑的不安，没有能力将文三的悲剧写下去吧。因为作者说过：'旧思想的根源很深，因此新思想与旧思想不协调时，新思想往往就显得没有力量。'"[2] 当作家笔下的人物为世人所不需时，他的撤退就是必然的了。可以认为，二叶亭四迷放弃续写《浮云》，在很大程度上是文坛大背景下的不得已，并不能将原因全部归于他自身。

总之，二叶亭四迷在艺术思想上的超前反倒是他不得不辍笔的原因。而尾崎红叶的人气直升，却是因为他的文学理念的通俗。《浮云》的中途辍笔不单单是二叶亭四迷偶然的决定，而是某种必然。它的辍笔，同时意味着日本复古主义文学的繁荣。

三、《金色夜叉》的情况

《金色夜叉》没能写完，直接原因是尾崎红叶的英年早逝。正因为这一点，一般没有人将《金色夜叉》的中途辍笔作为问题提出来。但实际上，《金色夜叉》

1　久松潜一：『日本文学史 近代 I』、東京：至文堂，1981 年、59 頁。
2　叶渭渠、唐月梅：《20 世纪日本文学史》，青岛：青岛出版社，1998 年、21-22 頁。

的中途辍笔尽管有尾崎红叶病逝的客观原因,也有其他方面的原因不能不考虑。

尾崎红叶作为一个作家,他的名声主要来自他对语言苦心经营的态度。在文辞修饰与小说思想深度两者之间,他毋宁说是倾向于前者。但是,尾崎红叶这种重视小说文辞修饰的态度,客观上也减慢了他的创作速度。在 1901 年1月21日的日记里,尾崎红叶曾这样解释《金色夜叉》迟迟写不下去的原因:"余进入新闻社及今已十度星霜。然进入本年续写《金色夜叉》,休笔之事已是经常。诗思并非全无,却毫无执笔之念。此种情形,前所未有。反思对日就社过于放恣疏狂,惭愧至极。一是为胃病所碍;二来为客来所碍;三者为推敲所碍。此三者,可谓之金色夜叉三害也。"[1]这三个原因里面,胃病是生理上的原因,客人的打扰是客观上的原因,而文字上的推敲则是红叶自身的原因。尾崎红叶在此强调的正是自己对于文字推敲所下的苦心。

然而,尾崎红叶的苦心经营也并未受到人们的一致赞誉。持批评意见的人也大有人在,他的门生田山花袋就是其中一人。田山花袋在《露骨的描写》一文中,曾这样评价他老师的文章:"在很长时间里,明治文坛都被所谓的'文章技巧'所束缚,没能得到充分发展。对此我甚以为憾。文士个个皆为文章所忧、为文体所愁,终竟陷入篁村调、红叶调、露伴调、鸥外调的怪圈,束缚其中,枉有新潮思想而不能诉诸笔端,最后沦为文章奴隶。此类事例,不一而足。身为文人,深以为憾。"[2]此文表明,在田山花袋的眼中,单纯地追求形式上的"美文",不过是束缚文学创造力的桎梏。

事实上,明治二十年代尾崎红叶的登场也是在国粹主义民族主义及高扬这个特殊背景下实现的。以他为代表的复古主义作家从一开始就遭到有些评论家的批判。其中最遭诋毁的就是尾崎红叶作品缺乏思想性这一点。他笔下的阿宫,尽管靠她无尽的悔恨赚得了不少女性读者的泪水,但这并不能说明尾崎红叶思想的先进,只能说明他的作品迎合了某些读者的口味。其实,尾崎红叶的伦理道德观和美学价值观都基本上继承了江户时期的町人文学,在本质上是保守的。《金色夜叉》在民众中引起强烈反响,也证明了明治时期民众对于前一个时代审美情趣的留恋。随着时间的推移,尾崎红叶的作品一方面深受思想保守的人们的热爱,一方面也被文坛的后起之秀们视为批判的靶子。尾崎红叶的后期创作,正是在这种毁誉并存的环境中艰难进行的。文学评论家正宗白鸟曾

1　尾崎紅葉:『紅葉全集』第十一卷、東京:岩波書店,1995 年、151 頁。
2　田山花袋:『日本現代文学全集 21　田山花袋集』、東京:講談社,1962 年、434－435 頁。

这样描述尾崎红叶的苦衷:"想来,为了完成金色夜叉,他必定痛苦过。不仅如此,新时代的波浪已经拥到他脚下,如若真能继续活下来的话,他也许会被时代的浪花所淹没。既无法追随时代,又无法对抗时代,他的这种焦虑烦闷,我也可以想见。拘泥于师徒礼仪的保守的他,面对弟子将要借时代之潮凌驾于他的窘况,绝对是无法漠视的。"[1] 这里所说的时代之潮,指的就是在尾崎红叶去世前后兴起的自然主义文学运动。

此外,正宗白鸟在《明治文学概说》中,对尾崎红叶在创作上面临的窘境表示了同情,但也客观评价道:"然而,红叶并不是能够轻松驾驭故事情节的作家。因此只是自己痛苦,小说整体的架构并不规整。红叶也不是能够深刻挖掘人物心理的作家。只是由于受到一般读者的欢迎,而不得不一个劲地往后写。结果反倒是伤害了身体健康。"[2] 马场美佳则关注到尾崎红叶后期在文坛上面临的四面楚歌窘境。她评论道:"尾崎红叶的《金色夜叉》没能写完,幸田露伴的《风流微尘藏》的连作也是停笔搁置状态。文坛上人们开始纷纷议论两大文学家的文思枯竭。终至《太阳》杂志的主编高山樗牛发表声讨二大家的文章《埋葬红叶露伴吧》。'红叶、露伴一辈的先进大家,及今已可度外视之。他们已经安于小成,已失新进之气力','红叶露伴'的小理想已经让今天的青年作家中毒萎缩",高山樗牛用这样的方式给红叶和露伴递上了绝交信。(中略)国木田独步将红叶的文学贡献分成前期后期。前期以《沉香枕》《三人妻》等作品为代表,后期《多情多恨》《金色夜叉》为代表。前期的文学只不过是'洋装的元禄文学',在日本和西洋的文化对立从外形发展到精神的当今,其后期的作品已不符合新时代的要求。在这样的境况下,人们以红叶病倒来作为划分时代的象征事件,这也是必然的趋势。[3]

其实,在高山樗牛、国木田独步的尾崎红叶批判论调出现之前,田冈岭云在1896 年也发表评论,对尾崎红叶明言宣告"你的全盛时代早已过去"。他评论道:"红叶的全盛已经是过去时代的梦。诚然,当今作家在写实的细致方面没有人可以比得过红叶,但红叶在小说创作的才情方面绝非富赡。红叶能有今天之名声,是拜其写实之笔而非创作之才。(中略)呜呼,红叶! 在你恬然不自知地做大先生期间,时代的气运却不等人,你的全盛时代早已过去,荣华之梦不再长久。"[4]

1　转引自《素颜的文人们——从书简里看近代文艺的片影》。(浜川博:素顔の文人たち——書簡にみる近代文芸の片影、東京:月刊ぺん社,1978 年 3 月)

2　正宗白鳥:『正宗白鳥全集』第十九卷、東京:福武書店,1985 年、170 頁。

3　馬場美佳:『小説家の登場——尾崎紅葉の明治二十年代』、東京:笠間書院,2011 年、12 - 13 頁。

4　田岡嶺雲:『嶺雲文集』、東京:玄黄社,1913 年、270 - 272 頁。

可以想见，作家在创作上进退维谷的时候，会是怎样的尴尬和痛苦。尾崎红叶则是在为时代所漠视的窘况下和时代搏斗的。如同正宗白鸟所说的："如若真能继续活下来的话，他也许会被时代的浪花所淹没"。尾崎红叶的小说已经不再是新时代的兴致所在，他的放弃也就是不可避免的了。事实上，尾崎红叶病逝前的很长时间里，《金色夜叉》的连载都处于停滞状态。这部没有写完的长篇小说，在报纸上断断续续连载，时间跨度竟达六年之久。除却疾病的原因之外，不能不让人联想到是尾崎红叶本人对于继续创作失去了信心。从这个意义上说，《金色夜叉》的中途辍笔也有其必然的一面。田山花袋在《东京三十年·红叶的病死》中这样写道："红叶身患不治之病，一方面让当时的文学书生们倍感悲痛，一方面也让那些从事新运动的人们感到了一种障碍驱除后的自由。"[1] 这个宣言是残酷的，又是中肯的。毕竟"江山代有人才出，各领风骚数百年"。文学史上的新陈代谢和大自然界的规律也一样，都不是个人的力量能够抗争得了的。如同《浮云》的中途辍笔意味着尾崎红叶所代表的复古主义的登场，《金色夜叉》的中途辍笔也象征着砚友社时代的结束与自然主义文学的繁荣。

综上所述，《浮云》与《金色夜叉》的中途辍笔原因是多样的。而且，在日本学界，对于《浮云》的结尾本身也有争论。甚至有观点认为《浮云》干脆就是一部完整的作品。另外，关于《金色夜叉》的研究，比较新的研究有菅聪子的《百合与金刚石——〈金色夜叉〉中的梦》（《渊丛》1998 年 3 月）。论者以贯一的梦境为线索，分析作品中存在的各种矛盾，认为作品没能写完，是由于"作品自身所内含的困难"造成的。的确，从这个观点出发，我们也不难发现尾崎红叶在创作时面临的两难处境。尾崎红叶本人曾说过，他写这部小说有两个目的：一是把人生的两大势力——爱情与金钱的斗争通过贯一具体地反映出来，最终证明金钱只是一时的东西，爱才是人生永恒不变的主题；二是把明治的妇女形象通过阿宫反映出来，以区别于旧时的江户时代。这个创作初衷就决定了，尾崎红叶要对爱情的永恒力量做不遗余力的赞扬，同时还要对金钱的力量进行不遗余力的批判。这两方面恰恰又是很难兼顾的。贯一在小说的后半部分通过解救一对将要殉情的恋人而获得精神上的暂时解脱，但是他帮助别人的手段也恰恰是使用金钱，尾崎红叶本来想证明金钱的力量只是一时的，但是在他这样的安排中，金钱的魔力反倒又得到了彰显。可以说尾崎红叶是一头扎进了逻辑的死胡同里，这也是他迟迟写不下去的重要原因。

1　田山花袋：『東京の三十年』、東京：岩波書店，1981 年、165 頁。

本书的目的,不在于全面追究这两部作品的中途辍笔之因,而是希望能发现中途辍笔现象背后本质性的东西。这两部小说都是伴随着社会的发展和时间的推移,共同断送在时代前进的脚步里。从《浮云》的发表到《金色夜叉》的发表,只是十几年的间隔。从中我们可以看到很多问题:日本文学史的变迁是如何的迅速;严肃文学与通俗文学在时代大潮中的命运波折。在明治时期日本文学的发展中,两部未竟之作,竟成了文学史上的两道分水岭,这是非常令人深思的。

第三节　尾崎红叶、幸田露伴与《李夫人》《长恨歌》

本节尝试将研究视点扩展到与尾崎红叶一起缔造日本近代文坛"红露时代"的作家幸田露伴,考察这位跟尾崎红叶同时代的作家在创作中的中国古典文学接受情况,以此来说明中国古典文学对于日本近代文学的重要意义。或许是一种偶合,这两位作家的共通接点,就是唐朝诗人白居易的诗作《李夫人》及《长恨歌》。

一、尾崎红叶《多情多恨》与《李夫人》《长恨歌》

《多情多恨》是尾崎红叶 1896 年在《读卖新闻》上连载的作品,单行本由春阳堂在 1897 年出版。该作品"几乎是这一年里尾崎红叶唯一的文学创作,是其倾注心血的一部具有划时代意义的作品"[1]。正宗白鸟在《文坛人物评论》一文中评价道:"我一直认为,《心之阴翳》和《多情多恨》是尾崎红叶所有作品中最杰出的。"[2]在该部作品的创作中,尾崎红叶舍弃以往创作中的语言趣味性,着重描写主人公隐藏在平凡的日常生活中的心理特征,进行了许多新的尝试,因此被认为是具有近代意义的文学作品。[3]

《多情多恨》讲述的是一个从初冬到早春之间发生的故事:物理学院教授鹫见柳之助失去了爱妻阿类,整日垂泪悲叹。鹫见的岳母以及好友叶山诚哉都关心鹫见,对其多方宽慰,但鹫见依然念妻心切。岳母有心撮合阿类的妹妹阿岛与鹫见的关系,然而鹫见对活泼的阿岛不仅毫无感觉,内心只有反感。好友叶山建议鹫见搬到他家同住。起初鹫见因为反感叶山的妻子阿种,不愿意接受好

1　岡保生:『明治文壇の雄』、東京:新典社,1984 年、204 頁。
2　岡保生:『明治文壇の雄』、東京:新典社,1984 年、206 頁。
3　陈多友:《日本近现代文学研究》,上海:上海交通大学出版社,2017 年、45 頁。

友的建议。然而在朝夕相处之中,鹫见被阿种的真诚打动,二人相处逐渐融洽。某天深夜,叶山出差不在家,鹫见来到阿种房间,倾诉内心苦闷。这件事情导致叶山的父亲以及家中用人都开始怀疑鹫见和阿种的关系,鹫见不得已搬离叶山家。然而,在鹫见租住的房间里,同时摆放了阿类的油画肖像以及阿种跟她儿子在一起的照片。

根据尾崎红叶研究家村冈典嗣的考证,尾崎红叶在创作《多情多恨》之前,曾花了两个月的时间,通读了《源氏物语》。村冈典嗣在论文《红叶山人与源氏物语》中认为:"多情多恨这四个字是《源氏物语》的本质。鹫见对于死去的妻子阿类的思慕情绪,恰好能让人们联想到桐壶卷中天皇对于亡故女御的思念之情,因此认为尾崎红叶从《源氏物语》中得到触发而创作《多情多恨》,应该不算曲解。更进一步讲,面对紫式部的皇皇巨著,尾崎红叶作为江户儿不肯服输的性格受到激发,从而将桐壶卷里的故事铺陈开来,这样揣摩尾崎红叶的创作意图似乎更为合理。"[1] 陈多友也认为:"主人公对死去妻子的思念,参考了《源氏物语》的桐壶卷,通过细致描写人物的内在感情,努力做到情景交融,在创作手法上取得了一定突破。处于封建社会和近代社会转型期的明治初期,封建思想依然根深蒂固,作品深刻揭示了传统势力阻碍主人公寻求真爱的现实意义,具有较高艺术价值。此外,作品回避了通奸造成的悲惨结局,也并未对同时代的悲惨小说风潮进行批判,可见其并不仅仅是一部简单的写实性心理小说,具有一定的复杂性。"[2] 福田清人在梳理尾崎红叶创作《多情多恨》之前的文学作品以及甲午战争后的日本文坛变化的基础上,认为"尾崎红叶从《心之阴翳》这部作品开始尝试心理描写。在《源氏物语》等的触发之下,瞅准时机推出他的新作《多情多恨》并以此体现他在文坛上的巨大存在感。"[3] 菅聪子在其博士论文《尾崎红叶、樋口一叶的文学》中则关注《多情多恨》中男主人公的妻子——因为去世而看似不在场的阿类,认为阿类通过鹫见以及鹫见身边朋友的回忆在作品中频繁登场,并左右了作品前篇故事的发展进程。菅聪子通过分析认为"油画事件"是鹫见对逝去妻子阿类情感发生本质转变的契机。[4]

(一)《多情多恨》的创作与中国要素

先行研究中,最直接论及《多情多恨》与《李夫人》《长恨歌》之间的关系的是日本学者诸田龙美。诸田龙美通过对比《多情多恨》与《源氏物语》以及白居易

1　此处转引自诸田龙美论文,原文日语,中文为笔者所译。諸田龍美「尾崎紅葉『多情多恨』と「李夫人」「長恨歌」」(『愛媛人文学論叢』2006（8）:2頁）。

2　陈多友:《日本近现代文学研究》,上海:上海交通大学出版社,2017年、45页。

3　福田清人:『尾崎紅葉』、東京:日本図書センター、1987年、77頁。

4　菅聪子:『尾崎紅葉·樋口一葉の文学』、お茶の女子大学、2000年、64-76頁。

的《李夫人》《长恨歌》在作品主题等方面的相似性，认为"尾崎红叶的《多情多恨》深深扎根于遥远的中唐白居易《李夫人》《长恨歌》并从中汲取滋养，并以《源氏物语》的感性本质'知物哀'为树干，以西洋舶来的'恋爱'为树叶。树干树根树叶三者相互共鸣，从而在近代的日本绽放出'多情'之花。《多情多恨》在这个意义上是具有象征意义的作品。"[1]诸田龙美在论文中，一方面考察了《源氏物语》中涉及白居易《长恨歌》的相关句段。如："皇上看到那些更衣生前的遗物，不禁联想起，如果这些东西是临邛道士赴仙界寻访杨贵妃所持归的信物金钗该有多好！""图画里杨贵妃的容貌，即使是再优秀的画师恐怕也终究笔力有限，表现不出那种栩栩如生的情态来。"[2]一方面也考证了白居易《长恨歌》中，并无将杨贵妃画成画像的细节刻画，反倒是白居易的另一诗作《李夫人》中，汉武帝因为追慕死去的李夫人，才有了"君恩不尽念不已，甘泉殿里令写真"这样托人为李夫人画像的做法。诸田龙美认为，《李夫人》中的描写与《多情多恨》中鹫见托人为亡妻阿类画像的场景有相似性。

　　在作品《多情多恨》的后篇，主人公鹫见搬到好友叶山家中之后，叶山曾试图给鹫见介绍过一个长相酷似阿类的艺伎，但鹫见见面之后认为一点都不像。这件事情之后，鹫见便找人给阿类画了一幅油画肖像，并将肖像画拿到自己二楼的房间悬挂起来。这幅油画成为该作品重要的道具之一。鹫见望着肖像画出神时的场景，作品中描写如下：

　　　　那时，阿种才第一次看到柳之助脸上有了笑容。那真是发自内心的笑啊。只见他靠着油画正对着的墙壁，手抱双膝，心无旁骛地注视着画像，如同进入忘我的梦境一般。画中女子清澈的眼眸里仿佛有了生气，紧闭着的嘴角像是要露出笑意，脸庞似乎要转过来，几乎像是要依偎到他身上一样了，却又停下对他莞尔一笑，鹫见不由得对着画像倾诉起来。他说起了许多往事。两人欢快的过去、满意的当下、自己的将来，话多到记都记不下来。然而，半年来的悲痛与寂寥，他好像全然忘却一般，只沉醉于跟爱人的绵绵私语之中。在他心里，完全没把阿类当成是故去之人。有的时候，他们夫妇就是像现在这样依偎在一起，欢快地说这说那。而现在的柳之助，就是那个"有的时候"的柳之助。阿类就是他白头偕老的妻子，他根本不觉得阿类已是泉下之魂，

1　諸田龍美：「尾崎紅葉『多情多恨』と「李夫人」「長恨歌」」，『愛媛人文学論叢』，2006(8)：9頁。
2　此处《源氏物语》的中文译文参考林文月译本。紫式部著、林文月译：《源氏物语》，南京：译林出版社，2011年，10页。

更不会仅将眼前的景物看作一幅画。悲哉,这不过是他的空想,到头
来终究还要回到尘世,画终究也还是画罢了。[1]

然而,除了上述证据,诸田龙美论文的大部分篇幅都在论述《多情多恨》与
《源氏物语》中的关联。应该说是提出了一个很好的思考角度,但结合《多情多
恨》小说文本的论据没能举出更多。为此,本节拟在诸田龙美先行学说基础之
上,进一步结合文本细读,对比《多情多恨》与《长恨歌》《李夫人》以及其他中国
相关要素的关联。

值得注意的是,关于尾崎红叶的小说创作与中国古典文学的关系,日本文
学评论家丸谷才一在《多情多恨》的作品解说中,有如下一段论述,跟诸田龙美
的视角有所不同。

在有些人看来,因为内心悲伤而整日垂泪的行为有点儿女情长。
这种儿女情长应该是女性或者小孩子们的心情流露,而不应是堂堂男
子汉应该流露出的情绪。然而在尾崎红叶看来,这种明明内心悲伤却
不流露的装腔作势实在有违内心的真实,反倒极其可笑。中日甲午战
争之后,整个日本社会处于好战的氛围当中。当此之时,尾崎红叶通
读了《源氏物语》。我想在他的胸中来往徘徊的,恐怕是上面的那种想
法吧？我推测尾崎红叶应该十分亲近国学(否则不会在那么短的时间
之内读完《源氏物语》),对于本居宣长的著作也应有许多涉猎。如果
是这样的话,可以认为:尾崎红叶讨厌唐风小说的心情,跟他内心反感
中国古典文学里男性人物硬装豪杰壮士的心情一样,在他的心里有着
很充分的发酵。故此我认为尾崎红叶应是以本居宣长门下生自居的
心情撰写了这部物哀的小说。[2]

丸谷才一在这里并非否认尾崎红叶对于中国文学的借鉴,而是从另外一个
角度阐释了尾崎红叶对中国文学的态度。即:因为尾崎红叶熟知中国古典文学
中对于"豪杰""壮士"等英雄形象的男性人物塑造,故而在他的小说创作中,特
意塑造出一个尽管整日哭哭啼啼但却更加有血有肉有情有义的男性形象。这
在当时中日甲午战争刚刚结束,日本社会整体对中国敌对情绪高涨的时代背景

1　尾崎紅葉:『紅葉全集』第六巻、東京:岩波書店、1993 年、265 - 266 頁。 本章所涉及《多情多恨》的引用皆出自
《红叶全集》第六卷,中文译文为笔者所译。以下原文引用,仅标页码。
2　尾崎紅葉:『紅葉全集』第六巻、東京:岩波書店、1993 年、477 頁。

之下,也有一定说服力。然而丸谷才一的论点也从另外一个侧面说明,尾崎红叶在进行《多情多恨》这部作品创作的时候,还是强烈地意识到了中国古典文学作品的存在——即将其当做超越的对象。

　　当然,通读《多情多恨》这部作品,我们会发现,《多情多恨》中倒是没有直接提及《长恨歌》《李夫人》这两部诗作的标题,更没有直接提及诗人白居易或者唐玄宗、汉武帝、杨贵妃、李夫人等,也没有太多关于中国意象的运用。只是不知尾崎红叶是出于无意还是有心,在《多情多恨》中两次提及了在作品发表的当时已经按照《马关条约》由清政府割让给日本的台湾。第一次是在作品上篇的第八节中,鹫见在朋友叶山的劝说之下,动了搬家的心思。一方面却又惦记着家当不知如何处置。跟叶山商量时,叶山用开玩笑的口吻说了句"你这简直像是要去台湾一样啊。"(153 页)第二次出现是在作品后篇的第二节中,叶山想给鹫见介绍一个艺伎。在茶屋等待期间,鹫见饥肠辘辘地等着上菜,叶山却跟女侍插科打诨,要起了嘴皮子。女侍问鹫见来自哪里,鹫见不知该如何回答,叶山抢着答道:"就是今天早晨失火的那个镇子。"女侍说:"是吗? 我相好的正好在你们镇上呢。"叶山听后又说:"是吗? 之前不是说在台湾的吗?"女侍反问为什么是台湾时,叶山又说:"你相好的不是当兵的吗?"(220 页)在《国文学解释与鉴赏》杂志所编撰的《明治事物起源事典》中,有"台湾"相关的词条,松原正道较为详细地梳理了中日甲午战争之后,台湾割让给日本的经过以及割让之后日本在占领台湾期间发生的诸多事件。[1] 结合前文丸谷才一对尾崎红叶创作时心理的分析,这两处看似闲笔的台湾书写,至少表达了尾崎红叶对于中日两国关系的关心,其背后应该也有一些其他深意,在此暂不做深究。但笔者认为,这里至少可以看成是与《多情多恨》小说创作相关的重要中国要素之一。

　　根据笔者前期调查研究,尾崎红叶在其他作品中提及《长恨歌》诗句及杨贵妃情况的确是存在的,而且还不是一处两处。比如在《红子戏语》这部反映砚友社同人之间的戏谑谈笑日常的作品中,直接就有"梨花一枝春带雨""太液芙蓉未央柳"等源自《长恨歌》的诗句引用;尾崎红叶的同人之间在互相取笑时,也有"你这是装杨贵妃呀?"之类的玩笑话[2];而在尾崎红叶《风雅娘》这部作品自序中也有「今は昔爱に風雅娘と書きしは、玄宗の世に、漢皇重色と歌ひしにならひて今の物学お嬢様や」[3](所说的风雅姑娘,即是指当今效仿玄宗年代诗作"汉皇重色"的千金小姐吧。笔者译。)此外,尾崎红叶的纪行文《烟霞疗养》中,

---

1　「明治事物起源事典」、『国文学解釈と鑑賞』第四百二号（一月臨時増刊号）、至文堂、1968 年、89 - 90 頁。
2　尾崎紅葉:『紅葉全集』第十巻、東京:岩波書店、1994 年、24 - 25 頁。
3　尾崎紅葉:『紅葉全集』第一巻、東京:岩波書店、1994 年、54 頁。

也用了"温泉水滑洗凝脂"的白居易《长恨歌》中诗句[1]。当然,尾崎红叶作品中,还有对杜牧、陆游、苏轼等其他中国诗人的诗句引用。但"汉皇重色思倾国""温泉水滑洗凝脂""太液芙蓉未央柳"这些白居易《长恨歌》的原诗句频繁在尾崎红叶的作品中出现,足以说明尾崎红叶对于包括白居易在内的中国诗歌的熟知程度。

《多情多恨》中,鹫见思念亡妻阿类的描写有很多。比如鹫见跟家中的女仆阿元一起整理柜子里阿类生前衣物的场景中,有这样的描写。"打开柜子的瞬间,尽管不是橘花之香,麝香气味扑面而来,也让柳之助一时胸中难过。少时主从二人皆默不作声。"(159-160页)这里的"橘花之香",尾崎红叶明显是借用了《伊势物语》中男主人公因为闻到花香而想起自己妻子的典故。《伊势物语》中的相关和歌是"待五月兮橘花开,清气袭鼻香馥馥,犹忆袖香分昔人来"。[2]其后,主从二人聊天,阿元试探着问鹫见将来是否准备再娶。鹫见先是表示:"我除了死去的妻子之外,不会再有其他的妻子。"(164页)后又说:"在我心里,妻子就是我的朋友,亲密的朋友。"(165页)"阿类虽然死了,但我仍然觉得她还活着。没有一天不想她。如果阿类活着,我为其他女子着迷,阿类肯定会生气。当然,生不生气另当别论,阿类只想着我一个人,我怎么能对不住她,再去喜欢别人呢?"(168页)"我这辈子都会这样一个人过下去。阿类早死已是够可怜的了,丈夫再被其他女子夺走,还有比这更可怜的事情吗?她死了,这是没办法的事。我能做到的,就是不再跟其他女子结婚。这是我对阿类的一片真心。"(168页)

尾崎红叶作为有着深厚日本古典文学素养和中国古典文学素养的作家,在作品中长于用典,像《伊势物语》的用典几乎不着痕迹。像这里的鹫见对于亡妻的情感流露,让人很容易联想到白居易《长恨歌》中"在天愿作比翼鸟,在地愿为连理枝。天长地久有时尽,此恨绵绵无绝期"的诗句。可以认为,尾崎红叶通过阅读《源氏物语》加深了对白居易《长恨歌》的理解,从而在《多情多恨》的小说创作中进行了主题上的借鉴。

(二)作为舞台装置的肖像画与《李夫人》的关联性

前文提及,在作品后半部分,搬到好友叶山家的鹫见在叶山好心办坏事的"介绍艺伎事件"的刺激之下,拜托别人临摹阿类的照片制作了一副油画肖像,并将肖像挂在其人住的二楼房间内。诸田龙美援引白居易《李夫人》诗中的"君恩不尽念不已,甘泉殿里令写真""丹青画出竟何益?不言不笑愁杀人"的诗句,

---

1 尾崎紅葉、『紅葉全集』第十一卷、東京:岩波書店,1995年、11页。
2 佚名著、林文月译:《伊势物语》,南京:译林出版社,2011年,106-107页。

对比《源氏物语》《多情多恨》中的相关片段的场景类似,认为《多情多恨》中肖像画的使用有白诗《李夫人》的影响。龙田在论文中写道:"《多情多恨》主人公'端详着死去的妻子的肖像画,跟肖像画或者妻子的幻象聊天'的作品构想中,我认为,除了有《长恨歌》的影响之外,也有《李夫人》的影响。而且,《李夫人》的末尾诗句有'生亦惑,死亦惑,尤物惑人忘不得',这与《多情多恨》的主题以及主人公鹫见的形象也是重合的。"[1]

当然,通读小说可以发现,肖像画并非只是作品后半部分才出现的小道具,而是贯穿作品始终的舞台装置。比如,在作品的前篇第三节,鹫见到访挚友叶山家,从衣兜里掏出一张画像给叶山看,并说画像中的女子跟妻子阿类很相像。叶山见画像中一印度斯坦的女子单手抱盆站在那里,并不觉得相像。而当叶山说了不像之后,鹫见依然固执地认为酷似,并从上衣的内衣兜里拿出一个纸包的四方形的东西,打开一看里面是阿类梳着不同发髻的四张照片。在心理学上,"心理代偿"是指人遇到难以逾越的障碍时,有时会放弃最初的目标,通过实现类似目标的方法,谋求自己心理上的满足。"心理代偿"可以起到转移痛苦、使得心理平衡的作用。鹫见在这里展现的行为举止,就是"心理代偿"。这实际上也是为他在后文中为阿类制作画像的行为做了铺垫。

作品的后篇,叶山给鹫见介绍了一个长相跟阿类有点相像的艺伎,但鹫见认为一点都不像。之后,鹫见跟叶山的妻子阿种聊天的时候,就主动卖关子说要给阿种看一个更像阿类的东西。这里算是为其后订制阿类的肖像画埋下的伏笔。而被叶山夫妇的恩爱场景刺激到的鹫见回到叶山家的二楼房间,开始端详阿类的照片。

这么一想,鹫见就更加不忍心去看别人家恩爱的样子,猛然起身返回二楼房间。回来是回来了,回来之后也没有什么可以看的东西。黑暗之中,只有一盏灯芯不长的油灯摇曳着似有似无的微光,照射着摆置它的桌面。而且在灯光照射下的物品,全部都是死人脸一般的颜色,阴森森得让人感觉汗毛倒竖。在这片寂寞的微光之中,有一个镀了白铜的照片摆放在笔筒一旁。照片上的人梳着椭圆形的发髻,身着纹服,是张半身照。不必问,自然知道是谁的。

柳之助走上前去将油灯挑亮许多,坐在一旁盯着照片出神,几乎都忘记了眨眼。看了一会儿,桌子上铺着蔓藤花纹的桌布上,就啪嗒

---

1 諸田龍美:「尾崎紅葉『多情多恨』と「李夫人」「長恨歌」」、『愛媛人文学論叢』、2006(8):5頁。

啪嗒地滴下泪来。（254－255 页）

柴田宵曲《明治风物志》中有"油灯"相关的记述文字。"《千鸟》（铃木三重吉）中，作者久违拜访岛上人家。'女子站起身来，从壁橱里取出竹子做的洋油灯。晃了晃里面的油，又从和服袖子里摸出和纸去挑灯芯。''借着灯火的光亮看去，那女子宛若油画中的人物，艳丽非常。'其中情趣，若非油灯，很难体味。"[1] 儿童文学作家铃木三重吉（1882—1936）生活的年代比较尾崎红叶要更晚，尚且有这样的审美体验。尾崎红叶的《多情多恨》中，油灯跟阿类的肖像画一样，也是频繁出现的小道具。而或许，尾崎红叶《多情多恨》中，将阿类的肖像画特意设置成为油画，也有诸如在油灯下观赏油画更觉艳丽之类的考量？

鹫见思念死去的妻子阿类的描写占据了作品《多情多恨》的很大篇幅。作品前篇第四小节，鹫见在一个寒冷的清晨，独自躺在房间里不愿出门。其后有一段这样的描写。"如果是往常，阿类肯定会上楼来跟他说：'他爸，赶紧起来吧。'声音里带着催促，还会给他递上裤子。这么一想的时候，鹫见立刻觉得自己的耳边响起了'他爸，赶紧起来吧。'的声音。眼前浮现出妻子阿类笑意盈盈的样子。她梳着睡觉时一般不喜欢梳的椭圆形发髻，看起来反倒更显年轻，也更显可爱。"（70－71 页）作品中，阿类的年龄设定为 22 岁，死因是偶感风寒。阿类的妈妈的年龄是 45、6 岁。鹫见的年龄为 29 岁。鹫见过于思慕死去的妻子，甚至想到"如果能够用金钱的力量可以使得妻子活回来，哪怕经历再多的艰难，自己也一定会攒够，让妻子重新活在这世上。"（71 页）

鹫见柳之助经常去阿类的墓地看望。"柳之助坐在旁边坟墓的石头上，周边一片闲寂。他仔细地听着，甚至希望能够听到地下妻子传来的声音，泪流满面。"（111 页）《长恨歌》中，也有唐玄宗思念杨贵妃而千方百计想要再见到杨贵妃的描写。"临邛道士鸿都客，能以精诚致魂魄。为感君王辗转思，遂教方士殷勤觅。排空驭气奔如电，升天入地求之遍。上穷碧落下黄泉，两处茫茫皆不见。"对于在小说中轻易援引"汉皇重色思倾国"的尾崎红叶来说，《长恨歌》中的上述诗句，自然是耳熟能详的。此外，鹫见柳之助在拜托别人给阿类临摹了油画肖像之后，作品中也有一段他对着"横三尺竖三尺"的肖像哭得眼都肿了的描写。（270 页）面对着前来安慰他的阿种，鹫见说："为什么我就是忘不了呢？"之后的作品描写如下：

1　柴田宵曲：『明治風物誌』、東京：有峰書店，1971 年、159 頁。原文为日语，中文翻译为笔者。

柳之助一边流泪自责，一边从床上起身。然而，在痛哭流涕的柳之助身后，一副丝毫不为所动的样子站立在一旁的又是谁呢？眼前她的丈夫为了她心焦成这般模样，她却还是一副事不关己的神情。果真是别人怎样都无所谓，只要她自己漂漂亮亮的就好了吗？这未免也太薄情了吧？因为对方是画，阿种也没法指责画中的阿类。尽管没有办法指责，阿种还是内心里感到那幅画有些可恨，也深深地为柳之助的样子感到同情。（273 页）

上述描写，是否可以看作对白居易诗句"丹青画出竟何益？不言不笑愁杀人""君不见穆王三日哭，重璧台前伤盛姬。又不见泰陵一掬泪，马嵬坡下念杨妃"的再现？诚然，《多情多恨》作为尾崎红叶自信之作，其素材来源不一定都是来自《李夫人》。但有作品中的上述细节描写的佐证，笔者认为，白居易《李夫人》诗中的"君恩不尽念不已，甘泉殿里令写真"相关描写，启发尾崎红叶在创作《多情多恨》这部小说中以"油画"作为关键道具的可能性是存在的。

最后再补充一点作品中体现的其他中国要素。《多情多恨》在鹫见柳之助搬到叶山家后，剧情开始朝着鹫见移情好友之妻阿种的"危险"方向发展。尽管鹫见事实上并未越雷池半步，阿种的老公公还是怀疑儿媳跟鹫见有染，吩咐儿子叶山诚哉一定要将鹫见赶出家门。鹫见得知自己被老人家误解后怒不可遏，跟好友叶山说一定要找老人家讨回自己的清白。叶山夹在好友和父亲中间，一时为难。而最终化解矛盾的钥匙就是中国的《二十四孝》。叶山对着鹫见说道："这么跟你讲，你都还不明白的话，那我也没有好招啦。做法尽管有点老套，咱们就按《二十四孝》来吧。父母是拿什么都换不来的，朋友和老婆我就决定都不要啦。你看这样可好？"（356 页）叶山的这番话果然奏效，鹫见主动搬出了叶山家。这关键时刻的《二十四孝》的登场，也正好可以说明中国要素对于小说《多情多恨》的重要性。

总之，不管是出于诸田龙美所考察的主动借鉴，还是丸谷才一所推测的对于中国古代小说中"豪杰壮士"型男主人公形象的一种颠覆，中国要素的介入都可以丰富《多情多恨》的作品解读的可能性。而无独有偶的是，在与尾崎红叶同时代的幸田露伴的小说创作中，也有类似现象。以下以幸田露伴的初期代表作《风流佛》与《李夫人》和《长恨歌》的关联做一下探讨。

二、幸田露伴《风流佛》与《李夫人》《长恨歌》[1]

幸田露伴(1867—1947)本名幸田成行,别号蜗牛庵、脱天子、雷音洞主等。幸田露伴出生于幕臣之家。父亲幸田成延的文学素养较高,擅长写作。母亲猷子亦有较高音乐素养。出身诗书之家,幸田露伴及其兄妹都活跃在各自领域,成就非凡。长兄成常是相模纺织公司的社长,二哥成忠是郡司大尉,弟弟成友是东京商科大学(现一桥大学)教授。两个妹妹就读于上野音乐学校,是优秀的小提琴家,姐妹俩后来皆成为母校教授,为日本引进西洋音乐以及音乐教育做出了贡献。幸田露伴也不例外,他是获得第一届文化勋章(1937 年)的优秀文学家,文学代表作有《五重塔》《风流佛》《命运》等。

在日本近代作家中,幸田露伴被认为是汉文造诣最深的汉学家之一。他从小受到中日古典文学的熏陶,文学造诣深厚,与尾崎红叶、坪内逍遥、森鸥外齐名,四位文学名家共同活跃的这一时期,日本文学史上称为"红露逍鸥"时期。幸田露伴 7 岁就开始阅读《孝经》,14 岁的时候去了汉学塾——菊池松轩上学。在读完书塾的《史记》《汉书》《孔子家语》《左氏春秋》等藏书后,幸田露伴又在当时的东京图书馆里读了《老子》《庄子》《列子》《墨子》《荀子》《韩非子》等书,还读了《鬼谷子》《抱朴子》等书。幸田露伴不仅阅读了很多中国古典文学作品,在文学创作中也写了不少与中国古典文学相关的作品。例如取材于中国明朝建文帝事迹的《命运》,取材于中国古典小说的《幽情记》等。另外,幸田露伴对古典名著《水浒传》《红楼梦》以及中国戏曲等研究造诣深厚,卓有建树。

日本研究界对于幸田露伴与古典文学关系的研究跟尾崎红叶的研究现状相似,主要集中于井原西鹤对幸田露伴的影响研究。如日本学者竹野静雄《露伴与西鹤——西鹤与近代文学研究备忘》[2]、二瓶爱藏的论文《露伴与西鹤——以〈风流佛〉为中心》[3]等。国内对于幸田露伴的研究也多集中在露伴取材于中国题材的作品。梳理幸田露伴作品中的中国古典文学的接受这一课题,可以发现近年来先行研究较多关注露伴在明治以后创作的作品,如上述提及的《幽情记》《命运》。如王菁洁的博士论文《大正期的幸田露伴》[4]就考察了《幽情记》与《情史》;商倩的论文《论幸田露伴与〈水浒传〉》则关注到幸田露伴对《水浒传》的

1　该小节部分内容已以日文论文形式公开发表在《東アジア文化研究》2020 年 12 月号上,本人为第二作者,第一作者为叶立甜。幸田露伴「風流仏」と「李夫人」、『東アジア文化研究』、118 - 129 頁。

2　竹野静雄:「露伴と西鶴——西鶴と近代文学・覚書」、『近世文芸 研究と評論』10, 1976 年。

3　二瓶愛蔵:「露伴と西鶴——『風流仏』を中心として」、日本文学研究資料出版会編『幸田露伴・樋口一葉』、東京:有精堂、1982 年。

4　王菁潔:「大正期の幸田露伴」、[博士論文]筑波大学、2014 年。

翻译和研究[1]。但先行研究中整体对于露伴在明治时期创作的《露团团》《五重塔》《风流佛》等名作与中国古典文学的关联性的研究尚少,仍存在一定的研究空间。本节以《风流佛》这部作品为中心,分析其与白居易诗《李夫人》的关联性,以期对幸田露伴作品中的中国古典文学接受这一研究提供一些具体事例的参考。

（一）《风流佛》中的中国古典要素

《风流佛》是幸田露伴于 1889 年 9 月在《新著百种》第五号上发表的作品。该作品主要讲述雕刻师珠运与卖花女阿辰的故事:主人公珠运是一位手艺精湛的雕刻师,在修行的途中,他在木曾路的须原遇到了身世孤苦的卖花女阿辰。珠运对阿辰不幸的遭遇深表同情,并将她从嗜赌如命的叔父手中解救了出来。两人相亲相爱,但在两人即将举行婚礼的那天,阿辰从未见过面的亲生父亲派人将阿辰送到了东京,拆散了这对鸳鸯。沉迷于过往回忆的珠运便以阿辰为原型,雕刻了一座风流佛。当雕像终于完成的时候,珠运看到了阿辰和其他男人的婚约报道,便想毁了风流佛。就在那一瞬间,佛像突然动了,珠运和阿辰二人腾云而去。

《风流佛》这部作品初看与中国文学并无关联。但翻阅《露伴全集》,可以知道幸田露伴创作了很多和中国题材相关的作品。比如,在《风流佛》发表的翌年即 1890 年 8 月,露伴就以"乱笔狂士"的笔名在《读卖新闻》上连载章回体小说《砚海水浒传》,从标题中就可以直接见到《水浒传》的影子。幸田露伴不仅熟读中国经史子集,对六朝时代志怪小说、唐代传奇小说、元朝杂剧、明清白话长篇小说等造诣高深。在此前提之下,幸田露伴创作《风流佛》时用到部分中国古典的素材也就不足为奇。井波津子曾就《风流佛》与中国古典文学的关联性有过论述:《露团团》《风流佛》《对骷髅》虽都以中国古典哲学和小说为题材,但文体与汉文脉络完全不同,属于和文脉络。这种倾向在露伴初期的作品中都是相同的。[2] 井波津子虽然提及《风流佛》取材于中国古典文学,但对于具体来源于哪些作品并未具体展开。

细读《风流佛》可发现,《风流佛》中其实有不少诸如《论语》《西厢记》《李夫人》《老子》等有关中国古典的文学文化元素。比如作品开篇的一处看似不经心的景物描写。"当傍晚的骤雨,冲刷掉三条和四条街道的尘埃,露出的小石面还没有干,可天空如洗月亮清,诗人吃着月光映照下浸在清澈泉水里的瓜,打趣

1　商倩:《论幸田露伴与〈水浒传〉》,《日语学习与研究》,2019(2):111－117 页。
2　井波津子:「露伴初期」、『日本研究』(国際日本文化研究センター)，1997 年 9 月、178 页。

说,这叫齿牙香。"(第2页)[1]文中的"齿牙香"初读不知为何物,但查阅文献可知是来自中国的典故。苏轼词《浣溪沙》中就有"北客有来初未识,南金无价喜新尝,含滋嚼句齿牙香"的诗句,陆游诗作《春夏之交风日清美欣然有赋》中也有"日铸珍芽开小缶,银波煮酒湛华觞。槐阴渐长帘栊暗,梅子初尝齿颊香。"[2]

又如小说中有写:"他既不同那些喝得脸色赛过林间红叶的醉醺醺的人为伍;也不同那些边吃着垫了海带的烫豆腐,边隔着玻璃赏雪的游手好闲之徒结伙。(3页)"句中"林间红叶"的来源就是白居易诗《送王十八归山寄题仙游寺》。白诗全文:"曾于太白峰前住,数到仙游寺里来。黑水澄时潭底出,白云破处洞门开。林间暖酒烧红叶,石上题诗扫绿苔。惆怅旧游无复到,菊花时节羡君回。"

诚然,读中文译文"林间红叶"可能会觉得跟白诗的"林间暖酒烧红叶"略有不同。但如果翻看该句日文原文"林間の紅葉に争いて酒に暖めらるゝ",就可以发现两者的相似度更高。文洁若此处应是为了方便读者理解,故而在此处采用了简译的翻译策略,而非一味地追求直译。白居易的这句诗从平安时代开始就在日本广为流传。《平家物语》卷六第二节"题诗游寺"中就有相关记载。大风将高仓天皇喜爱的红叶吹得一地都是,士兵把掉在地上的红叶收集起来,点上火用来温酒。听到这件事的高仓天皇并未生气,开心地笑道:"诗云:'林间暖酒烧红叶',这是谁教你们的? 倒很风雅哩。"士兵们反倒受了褒奖,并没什么责罚。

再如作品中有失去阿辰的珠运被客栈老板开导的一段描写。"可你犯了年轻人的通病,对阿辰迷恋不舍,被撇下后,不但毫无怨言,还雕起她的木像来了。这就跟痴情而不谙世事的中国皇帝烧反魂香一样愚蠢。(57页)"这其中所说的"中国皇帝烧反魂香"则很明显指的是汉武帝烧反魂香来招李夫人魂魄的故事。白居易有诗《李夫人》,全诗内容:汉武帝,初丧李夫人。夫人病时不肯别,死后留得生前恩。君恩不尽念未已,甘泉殿里令写真。丹青画出竟何益,不言不笑愁杀人。又令方士合灵药,玉釜煎炼金炉焚。九华帐中夜悄悄,反魂香降夫人魂。夫人之魂在何许? 香烟引到焚香处。既来何苦不须臾,缥缈悠扬还灭去。去何速兮来何迟,是耶非耶两不知。翠蛾仿佛平生貌,不似昭阳寝疾时。魂之不来君心苦,魂之来兮君亦悲。背灯隔帐不得语,安用暂来还见违。伤心不独汉武帝,自古及今皆若斯。君不见穆王三日哭,重璧台前伤盛姬。又不见

---

1 《风流佛》的中文译文借鉴文洁若的翻译,文中仅标记页码。文洁若译:《风流佛》,北京:人民出版社,1990年。

2 幸田露伴著、関谷博校注:『幸田露伴集 新日本古典文学大系 明治編22』,東京:岩波書店,2002年、180頁。

泰陵一掬泪，马嵬坡下念杨妃。纵令妍姿艳质化为土，此恨长在无销期。生亦惑，死亦惑，尤物惑人忘不得。人非木石皆有情，不如不遇倾城色。其中"九华帐中夜悄悄，反魂香降夫人魂。夫人之魂在何许？香烟引到焚香处。"就是关于返魂香的具体描写。

《风流佛》中还有其他照搬借用或是套用白居易《长恨歌》中"后宫佳丽三千人""此恨绵绵无绝期"等名句的句子，在此不再逐一列举。在这些中国元素中间，可以看出《风流佛》与白居易的诗歌《李夫人》《长恨歌》有着较多的关联。白居易的作品于 9 世纪左右传入日本。白诗言简意赅、通俗易懂，一传入日本，就受到了日本人的喜爱，对日本文学产生了较大的影响。如与《风流佛》相关的《李夫人》这一作品在传入日本后就广为流传，并在各种作品中被提及。例如，《蜻蜓日记》作为日本女流日记的先河，就借鉴了《李夫人》中的"人非木石皆有情"这句诗。此外，紫式部在《源氏物语》（特别是《宇治十帖》）中也曾多次引用《李夫人》。根据中西进的统计，《源氏物语》中共有八处引用了《李夫人》。[1] 幸田露伴作为汉学造诣深厚的小说家，必定读过白居易的这部作品。《风流佛》中提到的"中国皇帝烧反魂香"就是佐证。而且从情节设定上来看，阿辰被生父带走以后，珠运开始以阿辰为原型雕刻风流佛的行为，与汉武帝"甘泉殿里令写真"即命人画亡妃李夫人的画像以寄托哀思的行为具有极高的相似度。由此我们是否可以大胆推测，幸田露伴是从白居易诗作《李夫人》中获取创作灵感，并将其改变铺陈成日本平民版的故事？接下来将具体分析《风流佛》与《李夫人》故事的相似之处。

（二）作为情感寄托的雕像与写真

前文有述，《风流佛》与《李夫人》这两部作品最大的共通之点就在于：出于对恋人的思念，两部作品都有主人公以恋人样貌为原型进行雕像抑或是令人描绘成丹青图的情节。

在《风流佛》中，因对推翻德川幕府有功，阿辰的生父成了身份尊贵的子爵。在珠运和阿辰结婚当天，子爵派来使者将阿辰带走。珠运十分痛苦，客栈老板去到珠运房间安慰他。可是"无论老板说得多么可笑，反而像是越发促使珠运叹气了"（50 页）。无奈之下，老板对珠运继续开导道：

> 你是日本最有福气的男子了。听听我昨天做了什么梦。梦见一

1　中西進：『引喩と暗喩（三）——源氏物語における白氏文集、「李夫人」など』、『日本研究』（国際日本文化研究センター）、1990 年、133 頁。

座宫殿,金晃晃的纸隔扇好体面。一位公主穿着鲜艳夺目的衣服,对着壁龛不知在做什么。她的两鬓和发际别提有多么可爱了。我恨不得从背后咬上一口,暗暗想着,自己要是再年轻二十岁,决不能放过这个尤物。而今虽然弯腰驼背,见了这样一个美人胚子,还是不免蹑手蹑脚凑过去,一手扶廊沿,悄悄瞻仰她的侧脸。原来是阿辰,使我吃了一惊。

她比当卖花女的时候越发出挑了一百倍。尤其是面带忧色,怪吓人的。我感到毛骨悚然,四下里细细打量了一遍。挂在壁龛上的,不是别人,正是你的肖像。(50-51页)

在这里值得注意的是,在客栈老板的梦中,于婚礼当天被带走的阿辰也想念着珠运,在壁龛上挂着珠运的画像。阿辰回到生父身边以后,比当卖花女的时候还出挑了一百倍,但仍面带忧色,这无疑是因为思念着珠运。因思念恋人而盯着恋人的画像看,在白居易《李夫人》里也可以看到类似的描写:"汉武帝,初丧李夫人。夫人病时不肯别,死后留得生前恩。君恩不尽念不已,甘泉殿里令写真。"李夫人是汉武帝深爱的妃子,她生病去世以后,汉武帝十分怀念李夫人,于是就命人画了李夫人的画像,并将其挂在甘泉殿中寄托哀思。这里的"写真"和《风流佛》中的"肖像"都具有情感寄托的作用,主人公皆借此缓解因无法见到恋人而产生的悲伤之情。

客栈老板开导完珠运就回屋去了。一方面,珠运有何反应呢?作品中写"珠运一个人留在屋里,倍觉凄凉。刚才那番话,益发撩拨起他的恋情,寂然凭柱,浮想联翩,不禁阖上双目。""这当儿,阿辰的身姿历历浮现。他喊声'等一等',伸手去抓她的下摆,幻影却倏地消失在空中,剩下的只是一股怨气。他想起,事已至此,哪怕把阿辰的面影雕刻下来也是好的。"(51页)十分思念阿辰的珠运听完客栈老板的一席劝导之后,决定雕刻以阿辰为原型的风流佛。虽然珠运雕刻风流佛的行为和汉武帝令人画李夫人画像的行为在表现形式上稍有不同,但在本质上是一致的。"阿辰的像逐渐浮现在平坦的木板上了。压根儿就没有人定做,所以并不是为了讨工钱,只是眷恋之情太深而为。(53页)"正如作品中所说,珠运雕刻风流佛并不是为了讨工钱,只是因为对阿辰的眷恋之情太深而为,这与因思念李夫人而命人画李夫人画像的汉武帝的行为在本质上一致的。

以上探讨了汉武帝"令写真"与珠运雕风流佛在行为上的相似,然而值得注意的是,《情史》"情幻类"中,也有一段关于李夫人的记述。其中汉武帝令人雕刻石像"刻作李夫人形"的环节,让人更能联想到《风流佛》珠运的雕像行为。《情史》又名《情史类略》《情天宝鉴》,是明代文学家冯梦龙编纂成的短篇小说集。其中的《李夫人》故事全文如下:

> 武帝追念李夫人不已,齐人李少翁自云能致其神。乃夜张帐,明烛,陈酒食。令帝居他帐中遥望,见好女如李夫人之貌,帝欲就视,少翁止之。帝为诗曰:
>
> "是耶? 非耶? 立而望之,偏何姗姗来其迟!"
>
> 复作赋曰:
>
> "美联娟以修娉兮,命天绝而弗长。饰庄容以延伫兮,泯不归乎故乡。惨郁郁其闷感兮,处幽隐而怀伤。税余马于上椒兮,掩修夜之不阳。"
>
> 一说:暗海有潜英之石,其色青,轻如毛羽。寒盛则石温,暑盛则石冷。刻为人像,神悟不异真人。李少君致此石,刻作李夫人形,置于轻纱幪内,望之宛若生时。帝大悦。问少君曰:"可得近乎?"少君曰:"譬如中宵忽梦,而昼可得近观乎? 此石毒,宜远望,不可迩也。"帝乃从其谏。少君令春此石人为丸,帝服之,不复思梦。[1]

由上可知,如果说"甘泉殿里令写真"的形式只是类似的话,那么《情史》中的这段记述则几乎与珠运雕刻风流佛的行为别无二致。考虑到《李夫人》故事在中国流传的版本众多,博学强记的幸田露伴也有可能是综合了包括白居易的诗《李夫人》与《情史》中李夫人等多种李夫人相关的故事传说。

(三)反魂手法的使用以及"不如不遇倾城色"的情节设定

《风流佛》中,在珠运和阿辰的婚礼当天,新娘阿辰被生父派来的使者带走。珠运沉浸在失去恋人的悲痛中,对阿辰无尽思念。后来,珠运以阿辰为原型雕刻风流佛。在此后的情节中,风流佛的瞳孔不但会转动,还可以与珠运对话。珠运全神贯注雕刻风流佛,而幸田露伴在此处的描写同样不惜笔墨。"粉身碎骨,额头冒出大汗珠,擦也不擦。全神贯注,决不改变初衷,浮世噪音,充耳不闻,不顾饿渴,不顾身家性命。如此大勇大猛,无所畏惧,自然就能克服一切障碍。嘴里吐出热气吹掉碎屑,在一呼一吸中都倾注了真诚之心,目光炯炯,凝眸望去。于是解脱了幻翳空华,假象的花衣,深入无际,成就一切。出现了可贵的

1　明、詹詹外史评辑:《情史》,沈阳:春风文艺出版社,1986 年,250 页。

实相,庄严端丽、美妙的风流佛。"(56 页)

珠运忘却疲倦,终于完成了"庄严端丽、美妙的风流佛"。然而就在这时却传来了阿辰和某位侯爵订婚的消息。于是珠运产生了"我现在才知道,你这个女人水性杨花,把我丢了,为了你个人的荣华富贵,选中了侯爵"(65 页)的想法。正当珠运斥责阿辰变心之际,却似乎听到了阿辰的声音。在此之后,作品中珠运一共四次听到阿辰的声音。

第一次是当珠运看到了阿辰要订婚的报纸之后,珠运生气地说道:"不论是哪儿的业平,还是癞病鬼,你就尽管嫁吧,敞开儿寻欢作乐吧"。(66 页)说完后珠运听到了阿辰回答"你这话说得太过分啦,你自己才没有准性情呢"(66 页)。第二次是当珠运说道:"这色[1]讨厌死了"。(67 页)珠运又听到了"你自己才没有准性情呢。看了一张报纸,就气成这个样子,把过去的誓约当成一纸空文"的回复。第三次,当珠运抱怨阿辰不给自己回信,说"我挑了个看来挺结实的信封,封得严严实实,翻来覆去看了好几遍,端端正正地贴好邮票,方才投邮。但是连一封告诉我收到了信的回信都没有,今天盼,明天盼,都扑了空儿。这种做法,多不诚实啊。"之后,珠运听到了阿辰"这都是爹干下的事,目的是让我另择夫婿"的解释。(68 页)第四次是当珠运决定摈弃一切烦恼和爱执,不再留恋阿辰之时,珠运听到了嘤嘤的哭声:"我被怀疑、被厌恶到这个地步,还有什么活头呢?我没什么可留恋的,索性死在老爷手里吧!"说话的正是那座木像。(69 页)

其实在第四次听到阿辰的声音之前,珠运一直以为那些回答都是自己的幻听。但当他发现"定睛看着他的木雕那眸子转了一下",珠运开始想:"阿辰的像是我呕心沥血雕成的,难道我的魂魄附在雕像上了吗?"当珠运想割舍又割舍不下这段恋情,正在失声痛哭之际,"这时听到咯噔一声,不知是什么东西倒了。是从天而降,还是从地底下冒出来的呢?玉臂亲热地搂住珠运的脖子,云鬓芳香地摩挲着他的脸颊。他大吃一惊,赶快望了望,那正是和过去一模一样的阿辰。"(70 页)

根据上述论述可知,风流佛不仅眸子会转动,还可以和珠运对话,甚至最后还搂住了珠运的脖子。这些都不是单纯的一座雕像风流佛可以产生的行为。至此读者才会恍然读懂,幸田露伴在作品中采用了反魂手法。它使得原本不具有生命力的雕像风流佛拥有了人的特质。而这一点与白居易诗《李夫人》中反魂香的使用相似。《李夫人》诗中,有"丹青画出竟何益?不言不笑愁杀人。又令方士合灵药,玉釜煎链金炉焚。九华帐深夜悄悄,反魂香降夫人魂"的描写。

---

1 此处色是一语双关,既指苎麻的颜色,又指男女之情。

前面提到,汉武帝因十分怀念亡妃李夫人而命人绘其画像,置于甘泉殿内。但是画像既不会说话也不会微笑,于是汉武帝便命令方士焚炉炼丹,以招李夫人的魂魄,便有了后面的反魂香招来李夫人魂魄的故事情节。

风流佛本是以阿辰为原型的雕像,但其眼眸会转动,还可与珠运对话。另一方面,《李夫人》中将死去之人的魂魄招回来这一行为本应存在于传说之中。在《风流佛》与《李夫人》中,这些现实社会中不可能的事情之所以能够出现,都是因为幸田露伴和白居易在各自的作品中采用了"反魂"的手法。可以说相同的反魂手法的使用也是《风流佛》与《李夫人》诸多共通点的一个关键要素。

除却上述反魂手法的使用之外,两部作品还有一处关键的类似。就是在情节设定中,两部作品中都描写了主人公的"不如不遇倾城色"。《风流佛》中,珠运在去修行的途中,投宿在须原客栈。饭后,珠运孤零零一个人呆坐着,把脚伸到被炉里,由埋在灰里的炭火烘着,将头倚在炉架上打起盹儿来。这时珠运听到了平静地走过来的脚步声,原来是卖花女阿辰来向珠运推销花了。这正是阿辰与珠运的初遇场景。此时,文中对于阿辰有如下描写:

> 她不愧是卖花女,娇媚委婉透着灵慧,伶牙俐齿,使货物生辉。见过世面,却不油滑,举止一点也不轻佻。她安详地打开带来的包袱,掏出两三盒递过来。珠运早就把花儿抛在脑后,只顾盯着那可爱的手势出神。女郎避开他的眼睛,把头背过去。
>
> 这当儿,从缝隙里刮进一股风,灯光摇曳了一下。她那天生丽质,虽看不清,却也掩盖不住。珠运弄得神魂颠倒,寻思:
> ——埋没在深山里的这个女郎是什么人呢?(6 页)

根据这里的描写可以发现,阿辰是一个伶牙俐齿、天生丽质的绝色美人。之后,珠运从客栈老板那里了解到了阿辰悲惨的身世,于是辗转反侧,难以入睡。一闭上眼,"阿辰那富于魅力的形象浮现在幻觉的灿烂花环中。岂止是高贵而已,背后还有一圈朦胧的光晕,俨然是一尊白衣观音"。(19 页)加上此处的描写可以发现,阿辰在珠运眼中是一位拥有倾城之姿、堪比白衣观音的女郎。

而就在珠运与有倾城之姿的阿辰结婚的当日,阿辰被生父岩沼子爵的家丁带走了。面对家丁用钱打发自己的行为,珠运严厉拒绝了。但子爵是阿辰的生父,如果子爵不同意二人的婚事,别说和阿辰结婚,就连见面都成了妄想。一边是阿辰被带走了的现状,一边是横亘在二人之间身份地位上的差别,珠运越想就越悔恨懊恼,但无处发泄,就越发愤懑不已。于是珠运就产生了"哎,干脆跳进木曾川的激流里，下辈子生为一个压根儿没见过阿辰的人，倒也罢了"（48页）的想法。这是珠运第一次产生了"不如不曾遇见过阿辰"的想法。

珠运第二次产生"不如不曾遇见过阿辰"的想法是在看到阿辰即将与某位侯爵订婚的报纸之时。看到阿辰即将订婚的报纸，珠运想到了以前师傅告诫自己的话。"师父曾奉劝珠运，当心不要受骗，因为如今这个世道，找丈夫最好找个理学士或文学士，因为他们最吃得开；找妻子最好找个音乐家、画家、产婆才上算。不然就找个会搞美人局、擅长在地板间摸包，而且精通英、法文的交际花，假意和华族少爷订婚，不出一天就弄到五六只金戒指。这已相习成风。当初他听了，曾冷笑道，师父的话说得太损。而今才发觉自己过于憨厚，愚蠢透了。首先把阿辰看作女菩萨就错了。她用花言巧语来掩饰精神的堕落，恰似为了掩饰镴口，在刀刃上刻血道。田原捎来的那封信上写道：妾无时无刻不想念您，并为您向神祈愿。不久即禀告父亲大人，俾能朝夕与您相处。使我空欢喜一场，真是可恨哪。"（62页）在这里，珠运有了"把阿辰当作女菩萨就错了""使我空欢喜一场，真是可恨哪"的想法。珠运认为阿辰用花言巧语欺骗了自己，对于与阿辰的相遇，珠运是后悔的，认为自己如果不曾遇见过阿辰反而更好。

因爱而不得而生出"不如不曾遇见过恋人"的想法，这与《李夫人》中"不如不遇倾城色"的描写十分相似。前面提到，汉武帝命人用反魂香招来了李夫人的魂魄，在那之后的故事是如何发展的呢？白诗《李夫人》中写："魂之不来君心苦，魂之来兮君亦悲。背灯隔帐不得语，安用暂来还见违。伤心不独汉武帝，自古及今皆若斯。君不见穆王三日哭，重璧台前伤盛姬。又不见泰陵一掬泪，马嵬坡下念贵妃。纵令妍姿艳质化为土，此恨长在无销期。生亦惑，死亦惑，尤物惑人忘不得。人非木石皆有情，不如不遇倾城色。"李夫人的魂魄虽然招回来了，但是汉武帝却无法与之对话，因此愈发痛苦。不仅仅是汉武帝，穆王、唐玄宗皆如此，无法与相爱之人相守一生，一直都沉浸在恋人去世的悲痛之中。于是作者提出了"不如不遇倾城色"的主张。

《风流佛》和《李夫人》的女主人公皆是拥有倾城之姿的女性，且两部作品中的男女主分别经历了生离和死别。基于这种情况，两部作品中都出现了"不如不遇倾城色"的描写。在这一点上，两部作品同样具有很高的相似性。但值得注意的是，珠运虽有"不如不曾遇见过阿辰"的想法，但内心深处并不是真的这样想的。在婚礼当天上，阿辰被生父带走，两人无法继续相守相爱，珠运十分痛苦，在悔恨之下珠运才产生了上述想法。而在《李夫人》中，"不如不遇倾城色"只是作者对皇帝提出的劝戒，至于汉武帝本人是如何想的，文中并没有明确表达出来。这一点可谓是两部作品大同中的小异。

三、小结

以上本节借助身处同一时期的两个作家尾崎红叶和幸田露伴的两部不同作品《多情多恨》《风流佛》之于白居易《李夫人》《长恨歌》的关联做了尝试性的探讨。可以见得，在油画肖像画以及雕像这样的小道具的使用上，两位明治大文豪都不约而同地借鉴了白居易诗歌中的一些手法。白居易的作品在九世纪左右传入日本后，深受日本人的喜爱，在日本文学中的接受度也很高。正如片山哲说的那样，在中国诗集中，白诗对日本文学的影响最大[1]。从尾崎红叶和幸田露伴的两个文本中，我们可以看到白诗对于日本近代文学的影响的实际案例。关于中国古典文学作品对日本明治文学作品的影响关系，其实并非只是涉及白居易诗歌《长恨歌》《李夫人》以及《情史》中有关李夫人的传说。在此做问题提起，更进一步的详论期待他日。

1　片山哲：『大衆詩人白楽天』、東京：岩波書店，1969 年、1 頁。

尾崎红叶年谱

庆应三年(1867)　0 岁

十二月十六日(西历 1868 年 1 月 10 日),生于江户芝中门前町二丁目。本名德太郎。父尾崎物藏,母亲名庸(荒木氏)。尾崎家族原为商家伊势屋,天保五年(1834)出生的尾崎物藏抛弃家业,一心钻研牙雕,后成牙雕名匠,其牙雕作品至今为人们所珍爱。尾崎物藏除做牙雕外,还以帮闲(以在宴席上为客人助兴为职业的男子)为业。整天穿梭于烟花巷、角力场,人称"红披风的物藏",颇有人缘。尾崎红叶的母亲庸生于 1849 年,是中医荒木舜庵之女。弟弟舜太郎、妹妹阿房。荒木家在明治维新之前苦于生计,舜庵曾干过给茶碗画画的杂活。

明治三年(1870)　3 岁

妹妹阿春出生。

明治五年(1872)　5 岁

5 月 19 日,母亲庸 24 岁去世。8 月 1 日,妹妹阿春夭折。德太郎在母亲过世后,到外祖父家住。是年,外祖父 53 岁,外祖母 43 岁。

明治六年(1873)　6 岁

入私塾。私塾是外祖父的邻居久我富三郎开设的寺子屋梅泉堂(后改称为私立梅泉小学)。红叶在那里学习读书写字。在私塾里,红叶与家住附近的山田武太郎(美妙)特别要好。武太郎生于庆应四年(1868)7 月 8 日。

明治十三年(1880)　13 岁

在梅泉小学的读书生活结束。红叶曾回顾"修读了普通小学科和汉学"。

明治十四年(1881)　14 岁

升入东京府第二中学(后来的府立一中,现在的都立日比谷高等学校的前身)。在学两年有余,后中途退学。其后到冈千仞(鹿门)的汉学私塾——绥犹堂学习汉学。冈千仞是江户时代以来著名的学者,仙台人。

明治十五年(1882)　15 岁

到石川鸿斋的汉学私塾——崇文馆学习汉诗。是年,红叶从戏剧三缘山中取字,自号缘山,热衷于汉诗创作。5月,在《颖才新志》上发表汉诗《柳眼》。

明治十六年(1883)　16岁

东京府第二中学中退。三田英语学校、大学预备门入学。为准备升学考试,专心学习。当年9月考入东京大学预备门。参加丸冈九华、前田香缘等人的交友会。会员之间传看汉诗作品,相互发表评论。

明治十七年(1884)　17岁

交友会解散,成立凸凹会。该会常组织郊游、运动、讨论、演说等活动,石桥思案也在其中。7月,与石桥思案、迟田研池同行,游览江之岛。这一时期红叶着迷于人情本。8月,抄写二世梅暮里谷峨《春色连理梅》。9月,山田美妙进入预备科。二人再续旧交。红叶从山田美妙那里得到文学上的激发,开始向小说方向发展。

明治十八年(1885)　18岁

与山田美妙、石桥思案、丸冈九华等成立砚友社。5月,笔写回览本《我乐多文库》创刊。红叶在第一号中写《口上》《我乐多文库披露》,并以半可通人的笔名连载《江岛土产滑稽贝屏风》,连载至第八号(1886年五月刊)。6月,在《我乐多文库》上发表新体诗《书生歌》。7月,大学预备门学年考试不及格,留级。八月,与丸冈九华同行,到神奈川县厚木、大山郊游。是年秋,初次读井原西鹤的《置土产》。11月,到山田美妙家居住。翌年1月,又回到外祖父家。

明治十九年(1886)　19岁

5月,以春亭鬼笑的别号在《我乐多文库》上连载《伪紫怒气钵卷》,从第八号开始到次年1月活字非卖本的第十一号结束,共三次。8月,在山田美妙编的《新体诗选》上再次刊登《书生歌》,署名缘山散史。9月,因学制改革,从大学预备门中编入高等中学英语政治科一年级。与石桥思案、川上眉山等为同级生。10月,外祖父搬家。11月,《我乐多文库》从第九号改为活字版(活字非卖本)。从这时开始,红叶取红叶山之意,将号改为红叶山人。同年,川上眉山、严谷小波加入砚友社。12月,《砚友社戏则》在《我乐多文库》第十号上登载。

明治二十年(1887)　20岁

1月,以爱黛道士的别号在《我乐多文库》第十一号上发表《伪紫怒气钵卷》,未完。另外,在同号上,发表《双六初旅》。4月,成为小石川区诹访町私立东京女子专门学校的汉学教师,属于学生打工的性质,红叶当时还是第一高等中学学生。6月,以南山子的别号在《我乐多文库》第十二号上发表戏文《一笔回向文》。7月,戏文《贺中村梅荟上名代词》在第十三号上发表。9月,升入第一高等中学英语政治科二年级。10月,小说《娘博士》的开头在十四号上登载,该小说此后中断。

明治二十一年(1888) 21岁

2月左右,寄居其姨夫横尾平太(母亲庸的妹妹阿房的丈夫)家中。一个月后,回外祖父家。3月,设砚友社编辑所。4月,发表《花阴》,在美妙主编的杂志《以良都女》上刊登。5月,砚友社杂志成为公卖品,重新推出第一号。红叶从第一号连载小说《风流京人形》,一直到1889年3月《文库》的第十八号结束。9月,升入帝国大学法科大学政治科。10月,连载《红子戏语》(第十号至当年12月第十三号);同年10月,金港堂创刊杂志《都之花》,山田美妙为主笔。自此,山田美妙脱离砚友社。尾崎红叶与山田美妙绝交,直到1901年才重归于好。12月13日,杂志《少年园》的庆祝宴会上,初识广津柳浪。

明治二十二年(1889) 22岁

1月,在《我乐多文库》十四号上发表《YES AND NO》,未完。2月,在《我乐多文库》十六号上发表《伊势物语误意》,该作是贺茂真渊著《伊势物语古意》的仿作,即模仿借用名作的文体而创作的滑稽讽刺作品,但也可看作独立的小说,未完。《我乐多文库》从十六号开始,出版交于吉冈书籍店,从十七号开始改称《文库》。第十七号为3月8日出版。3月,在《文库》第十八号上发表纪行文《路用三贯文之记》。4月,《二人比丘尼色忏悔》作为《新书百种》的第一号由吉冈书籍店出版。该小说成为尾崎红叶的成名作。(另外,《大和昭君》从《文库》第十九号开始连载,至第二十三号。在第十九号上,还登载了《犬枕——令人惋惜的东西》,采用笔名青少纳言,题目明显是对《枕草子》的模仿。四月,同岩谷小波一起到汤河原游玩。5月,《南无阿弥陀佛》在《百花园》上连载,至6月。6月,《风雅娘》作为《新著百种》的第三号出版,同时书中还登载石桥思案《乙女心》。7月,《江户水》连载在《文库》第二十四号,至第二十五号。8月,受大阪津津堂所托,前往大阪讨论《新著百种》出版事宜。同月,《大和昭君》由吉冈书籍店出版。9月,转系到帝国大学文科大学国文科。同年9月,在《百千鸟》上发表《不归巢的乌鸦》。在《文库》第二十六号连载《文盲手引草》,至二十七号。在《百千鸟》上连载《读者评判记》,从第二号到第九号。9月,《风流京人形》由好吟会、津津堂作为《新著丛词》的第一号出版。这一月,广津柳浪搬家到饭田町,与尾崎红叶交往更加频密。10 月,在《文库》第二十七号上发表《恋山贼》。《文库》自此月开始停刊。11 月,在《小学》上连载《关东五郎》,从第一号连载至第五号。11 月 23 日和 24 日,在《读卖新闻》上连载小说《裸美人》。《红子戏语》由好吟会、津津堂作为《新著丛词》第二号出版,与江见水阴《花之杖》同书出版。12 月,与幸田露伴一起进入读卖新闻社。此时尾崎红叶还是在读大学生,介绍人是高田早苗。昌盛堂《小说群芳》第一号出版尾崎红叶《初时雨》,所收小说有《骏马骨》《江户水》《令人惋惜的东西》《文盲手引草》《恋山贼》。从 12 月 23 日到 26 日,在《读卖新闻》上连载《红怀纸》。月末,搬家到牛入区北町四十一番地。

明治二十三年(1890)　23 岁

从 1 月 1 日到 9 日,《饰海老》在《读卖新闻》连载。《拈华微笑》作为《国民之友》第六十九号新年附录发表。《南无阿弥陀佛》作为《红叶丛书》由津津堂出版。1 月 5 日,在佐藤黄鹤家里上演砚友社的文士戏剧。2 月 1 日到 5 日,《猿枕》在《读卖新闻》连载;2 月 9 日到 19 日,《新色忏悔》在《读卖新闻》连载。2 月,《红怀纸》由昌盛堂作为《小说群芳》第二号与石桥思案小说《京鹿子》同书出版。3 月 20 日到 4 月 7 日,《胧舟》在《读卖新闻》上连载。5 月 1 日到 6 月 7 日,《夏瘦》在《读卖新闻》上连载。5 月 8 日,在《国民新闻》上发表《元禄狂》。同年 5 月,《浮藏主》在《闺秀新志》上发表。6 月,《别蚊帐》(上)在《江户紫》第一号上发表。7 月 5 日,《伽罗枕》在《读卖新闻》开始连载,至 9 月 3 日。7 月,学年考试不及格,红叶退学,专心从事文学创作。9 月,《此主》作为《新作十二番》的第二番由春阳堂出版。同月,《别蚊帐》(下)在《江户紫》第七号上发表。另外,《与鸥外渔史》在《栅草纸》第十二号登载。10 月,与堀紫山在本乡区森川町一番地二九七号同住,创立了俳句结社紫吟社。《红鹿子》由春阳堂出版,收录小说《关东五郎》《夏瘦》。从 10 月 27 日到 12 月 16 日,《乱发》(红叶山人阅、林鸟歌译)在《读卖新闻》上连载。11 月,《蝉蜕之恋》在《都之花》上连载,从第五十号开始到第五十八号结束。《没有答复的书信》在《江户紫》第十号和第十二号上连载。12 月,《新桃花扇、巴波川》作为《新著百种》的号外由吉冈书籍店出版。

明治二十四年(1891)　24 岁

1 月 1 日,《伽罗物语》在《读卖新闻》附刊《开笔》上发表。从 1 月 11 日到 2 月 3 日,在《读卖新闻》上连载小说《剥开的鸡蛋》(上篇)。此外,1 月,《新色忏悔》由春阳堂作为《聚芳十种》第二卷出版。是月,红叶回到外祖父家。

2 月 26 日到 3 月 21 日,《剥开的鸡蛋后篇》在《读卖新闻》上连载。2 月,校订井原西鹤《本朝若风俗》(男色大鉴),由古书保存会、博文馆出版。同月,与外祖父母一起搬家到牛入区横寺町四十七番地,一直居住到红叶去世。3 月 21 日,与医师桦岛玄周的女儿喜久(1873 年生)结婚。同年 3 月,《七十二文贱卖性命》由春阳堂作为《少年世界》第一号出版。《二人椋助》由博文堂作为《少年文学》第二编出版。5 月,《烧茶碗》从 15 日到 6 月 25 日在《读卖新闻》上连载。6 月,《利刃变成木刀之故》在《千紫万红》第一号和 8 月的第三号上连载。8 月,《二人女房》在《都之花》的六十四号开始连载。一直连载到 1892 年 12 月第九十七号。8 月,红叶到青森县三户和奥州方面旅行,9 月初返回东京。10 月 1 日到 11 月 20 日《红白毒馒头》《上篇》在《读卖新闻》上连载。《鬼桃太郎》由博文馆作为《幼年文学》第一号出版,《伽罗枕》由春阳堂出版。泉镜花在 10 月拜入门下。12 月,《红白毒馒头》(下篇)在《读卖新闻》上连载,从 6 日到 18 日,未完。与河岛桐叶合作的小说《花云》在《千紫万红》上连载,从第六号到翌年 1 月的杂志第七号。另外,红叶还往铃木得知、宫崎三昧编的浓尾震灾义捐小说集《以后的月影》(春阳堂出版)上投稿《耳垢》。

明治二十五年(1892)　25 岁

1 月 1 日,《女人的脸》在《读卖新闻》上发表。2 月,《二人女》由春阳堂出版,收录小说有《胧舟》《剥开的鸡蛋》。小栗风叶拜入门下。3 月 6 日到 5 月 11 日《三人妻》前篇在《读卖新闻》上连载。3 月,为庆祝石桥思案结婚,上演砚友社的文士戏剧。尾崎红叶为此写了《色忏悔》出阵之卷和《元禄三人形》。4 月,江岛其渍作品《风流曲三昧线》卷上的《阅后详注》,由两轮堂和文园堂出版。这个时期,德田秋声到红叶家求指导,未能当即拜入门下,直到 1895 年方才如愿。5 月,《纸砧》(由春阳堂出版,收录小说《伽罗物语》《女人的脸》《花云》《红白毒馒头》。7 月,《后篇三人妻》从 5 日开始在《读卖新闻》上连载。中间有中断,到 11 月 4 日连载结束。8 月,与中村花瘦同行,到神户丸冈九华家拜访。9 月,以森盈流的匿名写下的小说《夏小袖》,由春阳堂出版,成为一时话题。10 月,《裸美人》由进化阁出版。11 月 13 日到 12 月 5 日,《恋之病》在《读卖新闻》上连载。12 月,《三人妻》上下卷由春阳堂出版。

明治二十六年(1893)　26 岁

1 月 1 日到 31 日,《三根头发》在《读卖新闻》上连载。1 月 10 日,长子弓之助诞生,15 日死亡。3 月 1 日到 4 月 13 日,《男人的心》在《读卖新闻》上连载。未完。四月，与大桥乙羽、江见水阴、中村花瘦一起到关西旅行。在伊贺的拓植与从京都出发的岩谷小波等人汇合，到大和的月濑、奈良、吉野方面游览。5月2日到8日《旅记》在《读卖新闻》上连载。另外，《恋之病》由春阳堂出版。同5月，《侠黑儿》作为《少年文学》第十九编由博文馆出版。8月20日到10月7日，《邻家女》在《读卖新闻》上连载。10月，《男人的心》由春阳堂出版。是月，到京都拜访岩谷小波。20日，在稻荷山参加关西新闻记者恳亲会。11月，与石桥思案、江见水阴一起到江岛游玩。纪行文《观潮记》由三人合作，在19日、20日的《读卖新闻》上连载。

明治二十七年(1894)　27岁

1月1日到2月16日，《紫》在《读卖新闻》上连载。为小栗风叶《都之风》补笔，1月1日《读卖新闻》登载。《烧茶碗》改作品名为《袖时雨》，由津津堂出版。2月3日，长女藤枝出生。21日，父亲物藏逝世，享年60岁。2月，与小栗风叶合作的《片靥》在《读卖新闻》上连载，从22日到4月14日。是年春，柳川春叶拜入门下。5月，《心之阴翳》由春阳堂出版。与渡部(大桥)乙羽共同校订《西鹤全集》(上)，由博文馆作为《帝国文库》第二十三编出版。创作《十日谈》的改写作品《冷热》，从5月27日到7月6日在《读卖新闻》连载，未完。6月，《西鹤全集》(下)由博文馆作为《帝国文库》第二十四编出版。《邻家女》由春阳堂出版。7月春阳堂出版的《小说百家选》的第十二卷中，收录了红叶的《草茂美地》。7月18日，同石桥思案一起游览日光。尾崎红叶与石桥思案联名撰写纪行文《日光二人案内》，登载在10月和12月的《词藻》上。8月，《裸美人》被博文馆出版的《短篇小说明治文库》第十五编收录。另外，《紫》作为江见水荫《琴》的附录作品由春阳堂出版。10月，从1日到24日，连载小说《预备兵》；11月，从1日到30日《义血侠血》在《读卖新闻》上连载。两部小说都是对泉镜花小说的润色，署名某人。12月，与小栗风叶的合著《片靥》由春阳堂出版。是年春，北田薄冰拜入门下。

明治二十八年(1895)　28岁

1月，《不言不语》从1日到3月12日在《读卖新闻》上发表。1月，修改泉镜花的作品《取舵》，在《太阳》上发表。2月到4月，阅读《源氏物语》。4月，与泉镜花的合著《某人》由春阳堂出版，收录了《预备兵》《义血侠血》。5月，为田山花袋《笛吹川》润色补笔，在《读卖新闻》上连载，从5月1日到7月17日。6月，《不言不语》由春阳堂出版。是月，德田秋声来访，不久拜入门下。7月，编著《四之绪》由春阳堂出版，收录其自己的作品《鹰料理》

《三个条》以及尾崎红叶阅、泉镜花作的《钟声夜半录》等。8月，润色修改小西增太郎翻译的托尔斯泰作品《克莱采奏鸣曲》，在《国民之友》上连载，直到12月。9月，《青葡萄》在《读卖新闻》上连载，从9月16日到11月1日，未完，只前篇。同年9月到翌年2月，为太田玉茗翻译的脚本《彼刹罗》润色补笔，在《歌舞伎新报》上连载。是年，担任《歌舞伎新报》的主笔。10月，与角田竹冷、岩谷小波、冈野知千、伊藤松宇等一起创立俳句结社秋声社。12月，与某人（实为田山花袋）的合著《笛吹川》由春阳堂出版。同月，编著《五调子》由春阳堂出版，收录尾崎红叶阅、田中夕风创作的作品《别宅》等。

明治二十九年（1896）　29岁

一月，为小栗风叶的《世话女房》润色补笔，从25日到2月18日在《读卖新闻》上连载。另外，为太田玉茗翻译的《冬天的梅花》润色补笔，在《文武丛志》上发表。2月，从26日开始在《读卖新闻》上连载《多情多恨》，前篇连载到6月12日。3月10日，次女弥生子诞生。4月，《冷热》由春阳堂出版，附录作品《大鼻毛》《汤之花》《心之心》《羽子板的背面》等。7月，与岩谷小波、石桥思案、广津柳浪以及弟子们一起到片濑游玩，访江见水荫。9月，《多情多恨》后篇从1日到12月9日在《读卖新闻》上连载。同年9月，《三根头发》改题为《浮木丸》，由春阳堂出版。红叶编著的《笼枕》也由春阳堂出版。其中收录《风流妄语》、俳文《雨见车》（以犹眠山客的别号发表）等。10月，编辑《俳谐名家选》，由春阳堂出版。《青葡萄》由春阳堂出版。11月，秋声会的机关志《俳谐秋之声》发刊。红叶撰写《发刊之文》，此后几乎在每一期上，都发表一首或者数首俳句。12月，小栗风叶、柳川春叶、德田秋声等人成立了十千万堂塾（诗星堂）。是年，红叶与神乐坂的艺妓、相模屋的小苑关系密切。

明治三十年（1897）　30岁

1月，《金色夜叉》在《读卖新闻》上开始连载。从1月1日到2月23日，上卷连载结束。同月，《安知歌貌林》在《新小说》上发表。《千箱玉章》在《世界之日本》上发表。同时，还为柳川春叶的作品《都市人》润色补笔，在《智德会杂志》上登载。在《太阳》杂志上发表随笔《云雀料理》。4月，口述《西洋女子气质》（柳川春叶速记）在《读卖新闻》上连载。从4月15日到6月1日。同年4月，将旧作《蝉蜕之恋》以《恋之蜕》的题目在《文艺俱乐部》上再发表。6月，将旧作《二人女房》再次发表在《太阳》创业十周年纪念号上。两部作品都有修改。7月，《多情多恨》由春阳堂出版。8月，《银》在

《新小说》上发表。8月初,红叶赴仙台旅行,归途中经过饭坂温泉。9月,《金色夜叉后编》在《读卖新闻》上连载,从9月5日到11月6日。10月,秋声会《俳谐秋之声》停刊。11月,《西洋女子气质》作为《春阳文库》的第六编由春阳堂出版。《春阳文库》共十编,第一编是当年6月刊的福地樱痴的《大策士》。该文库从本年开始到翌年6月发行。红叶担任该文库编辑。11月,红叶还和中村雪后(花瘦)、藤井紫明等一起到片濑拜访江见水荫。12月,小品文《铳之铭》在《太阳》杂志上发表。

明治三十一年(1898)　31岁

1月,《续金色夜叉》在《读卖新闻》上连载(从1月14日到4月1日)。《十日谈》的翻案小说《手引之丝》在《新小说》上发表。《其面影》在《太阳》上发表。另外,为泉斜汀的作品《音物语》补笔,在《女学讲义》上登载。同年1月,作品集《黄栌句》(收录《银》《安知歇貌林》《千箱玉章》《俳谐》《流行纹》《铁面皮》《男心增上寺》《重扇》等)由春阳堂出版。除此之外,《阿兰陀芹》在《太阳》杂志(第四卷第二、三号)上连载。1月29日,水荫进入《神户新闻》报社,红叶举行了砚友社新年宴会,兼为水荫送别。在席上,经过市岛春城的斡旋,红叶和坪内逍遥进行了会谈。3月,在市村座由藤泽浅二郎、高田实等表演的《金色夜叉》首次上演。4月,小品《油柄勺》在《新小说》上连载,连载到6月。6月,《八重袖带》在《读卖新闻》上开始连载。从6月5日到9月3日。同年6月,为德田秋声的作品《枫下荫》补笔,在《女学讲义》上发表。7月,《金色夜叉》前编由春阳堂出版。是月,为柳川春叶的作品《往复》补笔,在《女学讲义》上发表。8月,《心中船》在《新小说》上连载,连载到12月。9月,小栗风叶的《恋慕流》从9月5日到12月5日在《读卖新闻》上连载;德田秋声的《辰》从9月18日在《国民新闻》上连载。两部作品里面都有"红叶补"。10月14日,继母去世(55岁)。随笔《新油柄勺》在《新小说》上连载,到翌年8月结束。另外,还为秋声的《非卖品》补笔,在《学窗余谈》上连载,到11月。12月,又为秋声的作品《风前虹》补笔,在《读卖新闻》上从8日到30日连载。

明治三十二年(1899)　32岁

1月,《续续金色夜叉》在《读卖新闻》上连载,从1日到5月28日。俳文《衣食住》在《太阳》上发表。在三井吴服店宣传册《花衣》上,登载了与中山白峰的合作《梦想里》。《金色夜叉》中编由春阳堂出版。2月,为中山白峰的作品《剑梅钵》润色补笔,在《女学讲义》上发表。2月4日,在早稻田文学会上,做关于新闻小说论的讲演。十千万堂私塾解散。3月,为德田秋声的作品《野云雀》润色补笔,在《女学讲义》上发表。此时红叶开始患胃病,健康状况不佳。6月,独自到栃木县的盐原温泉疗养。7月1日,又独自从上野出发,出游约40天,去了赤仓、新潟、佐渡等地。8月12日回到东京。9月,将此间撰写的纪行文《反古裂织》(即《烟霞疗养》)连载在《读卖新闻》上,从1日到11月13日。未完。9月6日,外祖母逝世,享年70岁。10月,为藤井紫明的作品《哀别》润色补笔,在《伽罗文库》的第一号上发表。12月,在《读卖新闻》的文学演讲会上,做讲谈《东西短虑之刃》。

明治三十三年(1900)　33岁

1月,砚友社新年宴会,参加者一百余人。与长田秋涛共同翻译的《寒牡丹》在《读卖新闻》上连载,从1月1日到5月10日。另外,演讲稿《东西短虑之刃》在《读卖新闻》上从1月23日到2月5日登载。同年1月,小说《佐渡鲕鱼》在《新小说》上连载到3月份,该作品可谓是红叶去佐渡旅行的纪念。同样在1月份,《金色夜叉》后编由春阳堂出版。3月,文学讲谈《月下的决斗》从2日到25日在《读卖新闻》上连载。3月26日,三女儿三千代出生。同月,在川上眉上家中召开文士讲谈会。席上红叶做讲谈《茶碗割》。5月,《茶碗割》在《新小说》的临时增刊《春莺啭》号上登载。《续佐渡鲕鱼》在《新小说》上连载到7月。5月中旬,和岩谷小波、石桥思案、川上眉山、江见水荫等人同行,去潮来游玩。6月,在三井吴服店宣传册《夏模样》上,刊登了与泉镜花的合著《月下园》(实为泉镜花的作品)。12月,《续续金色夜叉》在《读卖新闻》上从4日开始连载,一直到翌年4月8日。同年12月,红叶编纂校订了《俳谐类题句集》,作文《俳谐文库》的第二十二编,由博文馆出版。后编在1901年发行。

明治三十四年(1901)　34岁

1月,《砚友社的沿革》在《新小说》上发表。同月,在三井吴服店宣传册《冰面镜》上,登载了与藤井紫明的合著《黑由》。另外,还以敬下老的匿名发表《去年的梦》、俳句"晓の莺替へて来た袂かな(冬日晓莺/换了件衣裳)"等,在卷头上发表了《题冰面镜辞》。这个月分别在《歌舞伎》和《活文坛》上发表了《芝居客面相》和《色直老木绿》。春阳堂出版的合集《青帘》,又收录了红叶的小说《银》。2月,与长田秋涛的共同翻译著作《寒牡丹》由春阳堂出版。2月13日,因为杂志《浮世》发刊而与山田美妙重逢,两人再续旧交。只是《浮世》发刊计划未能实现。4月,与是年拜入门下的濑沼夏叶共同翻译的《曙》,在《文豪》第一号上发表。5月6日到16日,为疗养胃病,到伊豆修缮寺逗留。5月20日,次男夏彦诞生。6月,与门下生田中凉叶合著

《仇浪》由文禄堂出版。收录了尾崎红叶润色、柳川春叶著的《白堇》；尾崎红叶与泉镜花合著的《月下园》等。6 月 29 日，带领泉斜汀与各报社新闻记者、石桥思案、江见水荫等一起到助川游玩。翌日，参观勿来关遗址，回东京。12 月，为春阳堂出版的尾田半古编的《薄冰遗稿》写《序》。12 月 29 日，与冈田虚心同行，在年末年初到京都大阪地方旅行。

明治三十五年（1901）　35 岁

1 月 9 日，从京都大阪旅行结束回东京。旅行中，在大阪与门下生德田秋声面谈。1 月，《伪金》在《新小说》上发表。另外，《东西短虑之刃》由春阳堂发行。2 月 11 日，在宫户座，与弟子们一起观看《金色夜叉》。脚本是花房柳外，由中野信近、千岁米坡等上演。3 月，与羝梦生（松井又）的共同翻译都德的作品《最后一课》（日语标题翻译为"をさな心"，即：幼小的心）在《新小说》上发表。同时，濑沼夏叶翻译、红叶阅的屠格涅夫作品《投书家》也在《新小说》上发表。另外，尾崎红叶根据濑沼恪三郎的翻译修改绥思妥耶夫斯基的作品《圣诞节与结婚典礼》（日文翻译为《胸算用》，绥思妥耶夫斯基 1848 年作品）在《文艺界》上发表。4 月，《续续金色夜叉》续编在《读卖新闻》上连载，从 4 月 1 日到 5 月 11 日。另外，《金色夜叉》续编由春阳堂出版。同年 4 月，红叶山人、夏叶女史联名的《屠格涅夫小品》（所收《神宴》《铁臭》《火中花》《三女相行》等）在《新小说》上登载。5 月 14 日，遵从医生劝告，由泉斜汀陪同，到上总成东矿泉疗养，逗留一周，21 日返家。6 月，第二次去成东养病，效果不佳。当年夏天，红叶不堪病重，辞去读卖新闻社的工作。9 月 3 日，在《读卖新闻》社告中公布辞职的决定。9 月，莫泊桑的作品、与羝梦生的共同翻译《女人》登载在《新小说》上。从这个月开始，星野麦人等的《俳薮》改称《文薮》，红叶做主编。在《文薮》的第一号开始，连载与濑沼夏叶共同翻译的托尔斯泰的《安娜·卡列尼娜》，一直持续到了翌年 2 月，到第六号。10 月，入职二六报社。10 月 6 日，在《二六新报》上登载《入社之辞》。

明治三十六年（1903）　36 岁

《新续金色夜叉》在《新小说》上连载。到 3 月，中断。从 1 月到 3 月份的连载内容，其实是前年在《读卖新闻》上连载部分的再发表。同年 1 月，红叶翻译的莱辛的作品《明娜·冯·巴恩赫姆》（日文标题译为"草分衣"），从 1 月 15 日到 2 月 24 日在《二六新报》上连载。但因红叶病情加重，未能完成。另外，1 月，红叶的《芝肴》由 X 俱乐部出版。在该书中，收录了《令夫人》（与中山白峰合作的《梦想里》的改题）、《圣诞节与结婚典礼》（日文标题翻译为"胸算用"、绥思妥耶夫斯基作品)、《黑绌》(与藤井紫明的合作)和《金杯》(《去年的梦》的改题)等。2月,《西鹤文萃》上卷由春阳堂出版。3月3日,住进大学医院,确诊为胃癌。3月14日出院。3月19日,搬到妻喜久的娘家、桦岛直二郎家。不到三周,4月7日,又返回到自己家里,专心养病。3月,《不养生诫》在《二六新报》上连载。4月23日,与妻子喜久、儿子夏彦同行,到千叶县兆子休养,逗留一星期,5月初返家。5月,《西鹤文萃》中卷由春阳堂出版。同年五月,红叶校订《小三金五郎娘节用》,作为《名著文库》的卷四,由富山房出版。6月,与海杏生共同翻译的《非常报知》在《新小说》上发表。《续续金色夜叉》由春阳堂出版。6月20日,在东京座观看由藤泽浅二郎、高田实等上演的戏剧《金色夜叉》。夏天,病情加重。红叶拖着病躯,编辑《换果集》《草红叶》以及十千万堂出版部刊的《红叶全集》。8月,与濑沼夏叶共同翻译契诃夫的作品《月与人》,在《新小说》上连载。9月,编辑《俳谐新潮》,收录红叶自己所作俳句以及秋声会同人的俳句,由富山房出版。10月,与濑沼夏叶共同翻译契诃夫的作品《照相簿》(日语标题翻译为"写真帖"),在《新小说》上发表。10月24日,《换果集》由博文馆得以出版,这部作品是红叶弟子泉镜花、小栗风叶为了病床上的红叶而特意编纂。只是由于病重,红叶几乎连新书都拿不动。10月30日晚11时15分,红叶病逝,享年35岁零9个月。11月2日,红叶骨灰被埋葬在青山墓地。戒名、彩文院红叶日崇居士。11月,红叶生前遗著《草茂美地》(尾崎夏彦编)由富山房出版。同月,红叶生前校订的《世间女子气质》作为《名著文库》的卷十五,由富山房出版。12月,与长田秋涛共同翻译的雨果的《巴黎圣母院》(翻译后的日文标题为『钟楼守』,即守钟的人之意)上下两册,由早稻田大学出版社出版。

参考《红叶全集》等资料汇总整理

主要参考文献

一　原典

1. 著作（日文）

[1] 紅葉山人.二人比丘尼色懺悔[Z].東京:吉岡書籍店,1889.

[2] 尾崎徳太郎.金色夜叉[Z].東京:春陽堂,1902.

[3] 田岡嶺雲.嶺雲文集[Z].東京:玄黄社,1913.

[4] 塚本哲三編.源平盛衰記遊巻第三十九[Z].東京:有朋堂,1929.

[5] 正岡子規.子規全集第九巻[Z].東京:改造社,1929.

[6] 早川純三郎.近世文藝叢書第三小説[G].東京:国書出版会,1910.

[7] 国木田独歩.国木田独歩全集第八巻[Z].東京:改造社,1930.

[8] 泉鏡花.鏡花全集第一巻[Z].東京:岩波書店,1942.

[9] 尾崎紅葉.二人比丘尼色懺悔[Z].東京:岩波書店,1945.

[10] 井原西鶴.好色五人女[Z].東京:角川書店,1952.

[11] 尾崎紅葉,等.現代日本文学全集2尾崎紅葉・山田美妙・広津柳浪・川上眉
　　　山集[Z].東京:筑摩書房,1954.

[12] 田山花袋.日本現代文学全集21田山花袋集[Z].東京:講談社,1962.

[13] 尾崎紅葉,幸田露伴.日本文学全集2　尾崎紅葉・幸田露伴集[Z].東京:
　　　新潮社,1964.

[14] 尾崎紅葉.明治文学全集18尾崎紅葉集[Z].東京:筑摩書房,1965.

[15] 坪内逍遥,二葉亭四迷,北村透谷.日本文学全集1坪内逍遥・二葉亭四迷・
　　　北村透谷集[Z].東京:筑摩書房,1970.

[16] 幸田露伴,樋口一葉.日本文学全集3幸田露伴・樋口一葉集[Z].東京:筑
　　　摩書房,1970.

[17] 坪内逍遥,二葉亭四迷.現代日本文学大系1政治小説・坪内逍遥・二葉亭
　　　四迷集[Z].東京:筑摩書房,1971.

[18] 岡保生,吉田精一注釈.尾崎紅葉集[Z].東京:角川書店,1971.

[19] 大島建彦校注.日本古典文学全集36御伽草子集[Z].東京:小学館,1974.

[20] 田山花袋.東京の三十年[Z].東京:岩波書店,1981.

[21] 正宗白鳥.正宗白鳥全集第十九巻[Z].東京:福武書店,1985.

[22] 現代文学研究会.近代の短編小説(明治篇)[Z].福岡:九州大学出版会,1986.

[23] 張文成.遊仙窟[Z].東京:岩波書店,1990.

[24] 依田学海.学海日録第十巻[Z].東京:岩波書店,1991.

[25] 梶原正昭校注.新日本古典大系45　平家物語[Z].東京:岩波書店,1993.

[26] 尾崎紅葉.紅葉全集第一巻[Z].東京:岩波書店,1994.

[27] 尾崎紅葉.紅葉全集第二巻[Z].東京:岩波書店,1994.

[28] 尾崎紅葉.紅葉全集第三巻[Z].東京:岩波書店,1993.

[29] 尾崎紅葉.紅葉全集第四巻[Z].東京:岩波書店,1994.

[30] 尾崎紅葉.紅葉全集第五巻[Z].東京:岩波書店,1994.

[31] 尾崎紅葉.紅葉全集第六巻[Z].東京:岩波書店,1993.

[32] 尾崎紅葉.紅葉全集第七巻[Z].東京:岩波書店,1993.

[33] 尾崎紅葉.紅葉全集第八巻[Z].東京:岩波書店,1994.

[34] 尾崎紅葉.紅葉全集第九巻[Z].東京:岩波書店,1994.

[35] 尾崎紅葉.紅葉全集第十巻[Z].東京:岩波書店,1994.

[36] 尾崎紅葉.紅葉全集第十一巻[Z].東京:岩波書店,1995.

[37] 尾崎紅葉.紅葉全集第十二巻[Z].東京:岩波書店,1995.

[38] 尾崎紅葉.紅葉全集第別巻[Z].東京:岩波書店,1995.

[39] 三島由紀夫.新恋愛講座[M].東京:筑摩書房,1995.

[40] 佐竹昭広.新日本古典文学大系2万葉集[Z].東京:岩波書店,2000.

[41] 坪内祐三編.明治の文学第6巻尾崎紅葉[Z].東京:積信堂,2001.

[42] 尾崎紅葉.新日本古典文学大系明治編　尾崎紅葉集[Z].東京:岩波書店,2003.

[43] 山田有策,猪狩友一,宇佐美毅注釈.硯友社文学集[Z].東京:岩波書店,2005.

2. 著作(中文)

[44] 尾崎红叶.金色夜叉[Z].金福,译.上海:上海译文出版社,1983.

[45] [清]吴炽昌.客窗闲话续集卷三[M].扬州:江苏广陵古籍刻印社(影印),1984.

[46] [清]王椷.秋灯丛话卷十一[M].济南:黄河出版社,1996.

[47] [清]宣鼎.夜雨秋灯录[M].济南:齐鲁书社,2004.

[48] [清]慵讷居士.咫闻录[Z].重庆:重庆出版社,2005.

[49] [清]纪昀.阅微草堂笔记[Z].南京:凤凰出版社,2007.

[50] [清]赵吉士.寄园寄所寄[Z].合肥:黄山书社,2008.

[51] [清]蒲松龄.聊斋志异[M].北京:中华书局,2009.

[52] 尾崎红叶.金色夜叉[Z].吴元坎,译.重庆:重庆出版社,2009.

[53] 尾崎红叶.金色夜叉[Z].魏丹宁,译.北京:北京联合出版公司,2013.

[54] 程蔚东、奚佩兰.金色夜叉[Z].中国电视,1985(2).

二 研究文献

1. 著作(日文)

[55] 村岡典嗣.増訂日本思想史研究[M].東京:岩波書店,1940.

[56] 岡保生.尾崎紅葉——その基礎的研究——[M].東京:東京堂,1953.

[57] 瀬沼茂樹.日本の小説Ⅱ——日本文学講座第五巻——[Z].東京大学出版会,1955.

[58] 伊狩章.後期硯友社文学の研究[M].東京:矢島書房,1957.

[59] 吉田精一.近代日本文学概説[M].東京:秀英出版,1959.

[60] 笹淵友一.「文学界」とその時代:「文学界」を焦点とする浪漫主義文学の研究[M].東京:明治書院,1959.

[61] 島田謹二教授還暦記念会.島田謹二教授還暦記念論文集 比較文学比較文化[C].東京:弘文堂,1961.

[62] 山本健吉.小説の再発見[M].東京:文藝春秋新社,1963.

[63] 中村光夫.明治文学史[M].東京:筑摩書房,1963.

[64] 藤原正人.国民之友第四巻[G].東京:明治文献資料出版会,1966.

[65] 福田清人.二葉亭四迷[M].東京:清水書院,1966

[66] 岡保生.尾崎紅葉の生涯と文学[M].東京:明治書院,1968.

[67] 平岡敏夫.日本近代文学史研究[M].東京:有精堂,1969.

[68] 奥野健男.日本文学史[M].東京:中央公論社,1970.

[69] 柴田宵曲.明治風物誌[M].東京:有峰書店,1971.

[70] 三好行雄.日本の近代文学[M].東京:塙書房,1972.

[71] 紅野敏郎,三好行雄,竹盛天雄,平岡敏夫.明治の文学[M].東京:有斐閣,1972.

[72] 稲垣達郎,佐藤勝.「近代文学評論大系2 明治期Ⅱ[G].東京:角川書店,1972.

[73] 冨倉徳次郎.鑑賞日本古典文学第十九巻　平家物語[Z].東京:角川書店,1975.

[74] 紅野敏郎,竹盛天雄,等.解釈と鑑賞別冊　現在文学講座　明治の文学[C].東京:至文堂,1975.

[75] 伊狩章.硯友社と自然主義研究[M].東京:桜楓社,1975.

[76] 岡崎公良.近代·現代日本文学論の哲学——新日本文学劇場[M].東京:新樹社,1975.

[77] 平岡敏夫.明治文学史の周辺[M].東京:有精堂,1976.

[78] 日本近代文学館.日本近代文学大辞典第四巻[Z].東京:講談社,1977.

[79] 三好行雄,竹盛天雄.近代文学2　明治文学の展開[M].東京:有斐閣,1977.

[80] 日本近代文学館,小田切進.日本近代文学大事典[G].東京:講談社,1977.

[81] 長谷川泉.近代名作鑑賞[M].東京:至文堂,1977.

[82] 福地重孝先生還暦記念論文集出版委員会.近代日本形成過程の研究[C].東京:雄山閣,1978.

[83] 山本正秀.近代文体形成資料集成[M].東京:桜楓社,1978.

[84] 小田切秀雄.明治·大正の作家たち.東京:第三文明社,1978.

[85] 岡本勲.明治諸作家の文体：明治文語の研究[M].東京:笠間書院,1980.

[86] 吉田精一.吉田精一著作集第二十一巻現代日本文学史[M].東京:桜楓社,1980.

[87] 柄谷行人.日本近代文学の起源[M].東京:講談社,1980.

[88] 勝本清一郎.近代文学ノート[M].東京:みすず書房,1980.

[89] 岡保生.明治文壇の雄　尾崎紅葉[M].東京:新典社,1981.

[90] 久松潜一.日本文学史　近代Ⅰ[M].東京:至文堂,1981.

[91] 村上俊彦,坂田吉雄編.明治文化史[M].東京:原書房,1981.

[92] 日本文学研究資料出版会.明治の文学[C].東京:有精堂,1981.

[93] 三好行雄,浅井清.近代日本文学小辞典[Z].東京:有斐閣,1981.

[94] 岡野他家夫.日本出版文化史[M].東京:原書房,1981.

[95] 江見水蔭.自己中心明治文壇史[M].東京:日本図書センター,1982.

[96] スーザン·ソンタグ.隠喩としての病[M].東京:みすず書房,1982.

[97] 日本文学研究資料出版会.日本近代文学の書誌(明治編)[Z].東京:有精堂,1982.

[98] 谷山茂,上坂信男,内田満.日本文学史辞典[G].京都:京都書房,1982.

［99］山田有策.日本の近代文学［M］.東京：学術図書出版社，1983.

［100］小田切秀雄.明治大正の名作を読む［M］.東京：むぎ書房，1983.

［101］ドナルド・キーン.日本文学史　近代・現代篇一［M］.東京：中央公論社，1984.

［102］福田清人.尾崎紅葉［M］.東京：日本図書センター，1987.

［103］木坂基.近代文章成立の諸相［M］.大阪：和泉書院，1988.

［104］根岸正純.近代小説の表現—明治の文章—［M］.東京：冬至書房，1988.

［105］日本文学協会編.日本文学講座6　近代小説［M］.東京：大修館書店，1988.

［106］前田愛.前田愛著作集第二巻　近代読者の成立［M］.東京：筑摩書房，1989.

［107］前田愛.前田愛著作集第四巻幻景の明治［M］.東京：筑波書房，1989.

［108］巌谷大四.明治文壇外史［M］.東京：新人物往来社，1990.

［109］本間久雄.明治文学作家論［M］.東京：日本図書センター.1990.

［110］小西甚一.日本文藝史 Ⅴ［M］.東京：講談社，1992.

［111］有精堂編集部.日本文学研究の現状［M］.東京：有精堂，1992.

［112］三好行雄.三好行雄著作集第四巻　近現代の作家たち［M］.東京：筑摩書房，1993.

［113］内田魯庵.思い出す人々［M］.東京：岩波書店，1994.

［114］西島孜哉.日本文学の男性像［M］.東京：世界思想社，1994.

［115］木谷喜美枝.尾崎紅葉の研究［M］.東京：双文社，1995.

［116］前田愛.近代文学の女たち［M］.東京：岩波書店，1995.

［117］源了圓.一語の辞典 義理［M］.東京：三省堂，1996.

［118］小笠原幹夫.文学近代化の諸相［M］.東京：高文堂，1996.

［119］丸谷才一.恋と女の日本文学［M］.東京：講談社，1996.

［120］土田知則，神郡悦子，伊藤直哉.現代文学理論——テクスト・読み・世界［M］.東京：新曜社，1996.

［121］小森陽一.メディア・表象・イデオロギー——明治三十年代の文化研究［C］.東京：小沢書店，1997.

［122］小谷野敦.〈男の恋〉の文学史［Z］.東京：朝日新聞社，1997.

［123］小野末夫.近代文学に描かれた〈恋愛〉—明治編—［Z］.東京：教育出版センター，1997.

［124］佐伯順子.「色」と「愛」の比較文化史［M］.東京：岩波書店，1998.

［125］小平麻衣子.尾崎紅葉——〈女物語〉を読み直す［M］.東京：日本放送
出版協会,1998.

［126］紅野謙介.書物の近代［M］.東京：筑摩書房,1999.

［127］加藤周一.日本文学史序説［M］.東京：筑摩書房,1999.

［128］落合弘樹.秩禄処分——明治維新と武士のリストラ［M］.東京：中央公
論新社,1999.

［129］神立春樹.明治文学における明治の時代性［M］.東京：御茶の水書房,
1999.

［130］佐伯順子.恋愛の起源—明治の愛を読み解く—［M］.東京：日本経済新
聞社,2000.

［131］坪内祐三.明治文学遊学案内［M］.東京：筑摩書房,2000.

［132］真銅正宏.ベストセラーのゆくえ［M］. 東京：翰林書房,2000.

［133］江種満子,井上理恵.20世紀のベストセラーを読み解く［C］.学芸書
林,2001.

［134］近藤瑞子.近代日本語における用字法の変遷—尾崎紅葉を中心に—
［M］.東京：翰林書房,2001.

［135］土田知則,青柳悦子.文学理論のプラクティス——物語・アイデンティ
ティ・越境［M］.東京：新曜社,2001.

［136］森銑三.明治人物夜話［M］.東京：岩波書店,2001.

［137］坪内祐三.慶応三年生まれ七人の旋毛曲り［M］.東京：マガジンハウス,
2001.

［138］林望.恋の歌,恋の物語［M］.東京：岩波書店,2002.

［139］正宗白鳥.新編作家論［M］.東京：岩波書店,2002.

［140］熊本日日新聞社.検証　ハンセン病史［Z］.河出書房新社,2004.

［141］飛田良文編.国語論究　第11集　言文一致運動［C］.東京：明治書院,
2004.

［142］前田愛.近代日本の文学空間［M］.東京：平凡社,2004.

［143］中島国彦.文藝時評大系「明治篇」第 1巻［G］.東京：ゆまに書房,2005.

［144］土佐亨.紅葉文学の水脈［M］. 大阪：和泉書院, 2005.

［145］大澤真幸.恋愛の不可能性について［M］.東京：筑摩書房,2005.

［146］慎根縡.日韓近代小説の比較研究:鉄腸・紅葉・蘆花と翻案小説［M］.明
治書院,2006.

［147］関肇.新聞小説の時代［M］.東京：新曜社,2007.

［148］西田勝.近代日本の戦争と文学［M］.東京：法政大学出版局,2007.

［149］酒井美紀.尾崎紅葉と翻案——その方法から読み解く「近代」の具現と限界［M］.福岡：花書院,2010.

［150］山田有策.尾崎紅葉の『金色夜叉』［M］.東京：角川学芸出版,2010.

［151］秦重雄.挑発ある文学史——誤読され続ける部落／ハンセン病文芸［M］.京都：かもがわ出版,2011.

［152］馬場美佳.小説家の登場——尾崎紅葉の明治二〇年代［M］.東京：笠間書院,2011.

［153］堀啓子.和装のヴィクトリア文学：尾崎紅葉の『不言不語』とその原作［M］.秦野：東海大学出版会,2012.

2. 著作（中文）

［154］吕元明.日本文学史［M］.长春：吉林人民出版社,1987.

［155］王长新.日本文学史［M］.长春：吉林大学出版社,1990.

［156］近代日本思想史研究会.近代日本思想史［M］.北京：商务印书馆,1991.

［157］孟庆枢.日本近代文艺思潮与中国现代文学［M］.长春：时代文艺出版社,1992.

［158］吴廷璆.日本史［M］.天津：南开大学出版社,1994.532-536.

［159］叶渭渠.日本文学思潮史［M］.北京：经济日报出版社,1997.

［160］叶渭渠,唐月梅.20世纪日本文学史［M］.青岛：青岛出版社,1998.

［161］周颂伦.近代日本社会转型期研究［M］.长春：东北师范大学出版社,1998.

［162］莫里斯·哈布瓦赫.论集体记忆［M］.上海：上海世纪出版集团,2002.

［163］汉斯·罗伯特·耀斯.审美经验与文学解释学［M］,上海：上海世纪出版集团,2006.

［164］后藤昭雄.日本古代汉文学与中国文学［M］,北京：中华书局,2006.

［165］王向远.中国题材日本文学史［M］,上海：上海古籍出版社,2007.

3. 论文（日文）

［166］徳田秋声.紅葉をして今の文壇に在らしめば［Z］.早稲田文学,1908(9).

［167］野田寿雄.假名草子の流行色(一)［J］.北海道大学文学部紀要,1954(3).

［168］長谷川泉.擬古典主義——思潮から見た日本文学(3)［J］.解釈と鑑賞,1958(12).

［169］伊狩章.硯友社の小説作法——紅葉と古典文学［J］.解釈と鑑賞,1963(9).

[170] 岡保生.日清戦争と文壇——正岡子規の場合[J].国文学,1964(10).

[171] 伊狩章.硯友社の小説作法—紅葉と古典文学—[J].解釈と鑑賞,1966
　　　(9).

[172] 長谷川泉.金色夜叉[J].国文学,1967(7).

[173] 高田瑞穂.明治の作家像—紅露逍鷗の風貌—[J].国語と国文学,1968
　　　(4).

[174] 平岡敏夫.紅葉の初期小説—「おぼろ舟」その他—[J].国語と国文学,
　　　1968(4).

[175] 中村完.国粋保存[G].解釈と鑑賞,1968(1)臨時増刊:40-41.

[176] 関良一.明治の文体　尾崎紅葉[J].解釈と鑑賞,1969(1).

[177] 中西進.真間の手児奈・菟原処女(万葉集)[J].国文学,1969(10).

[178] 土佐亨.「金色夜叉」の相貌—前編と人情本「娘節用」—[J].国語と国文
　　　学,1969(12).

[179] 村松定孝.美意識の構図　尾崎紅葉[J].国文学　解釈と教材の研究,
　　　1970(6).

[180] 土佐亨.「三人妻」の周辺——紅葉と読売新聞[J].文芸と思想,1971
　　　(12).

[181] 高田瑞穂.紅葉文学における自然と人間[J].国文学,1972(3).

[182] 土佐亨.紅葉細見　雑考四篇[J].文芸と思想,1973(2).

[183] 白木進.標準口語としての「おとうさん」・「おかあさん」の成立過程[J].
　　　国文学研究,1973(9).

[184] 高田瑞穂.紅葉におけるリアリズムの原質[J].国文学,1974(3).

[185] 伊狩章.紅葉の女——紅葉の女性観[J].国文学,1974(3).

[186] 平岡敏夫.紅葉における〈町人〉[J].国文学,1974(3).

[187] 尾崎秀樹.紅葉における風俗——随筆ふうメモ[J].国文学,1974(3).

[188] 秦恒平.紅葉の批評性[J].国文学,1974(3).

[189] 分銅惇作.近代作家における古典の受容[J].解釈と鑑賞別冊,1975(1).

[190] 尾形国治.紅葉と陸游[J].国文学,1976(10).

[191] 尾形国治.尾崎紅葉「金色夜叉」序論[J].国文学研究,1977(10).

[192] 村松定孝.尾崎紅葉と泉鏡花[J].文学・語学,1978(5).

[193] 木村毅.紅葉・露伴・一葉の共通性と異同性[J].解釈と鑑賞,1978(5).

[194] 土佐亨.紅葉文学における"風俗"[J].解釈と鑑賞,1978(5).

[195] 平岡敏夫.硯友社における紅葉[J].解釈と鑑賞,1978(5).

［196］土佐亨.『金色夜叉』を軸として［J］.解釈と鑑賞,1979(10).

［197］前田愛.「金色夜叉」の宮［J］.国文学,1980(4).

［198］大屋幸世.構成の分析——『金色夜叉』を例として・その時間分析［J］.解釈と鑑賞,1981(12).

［199］木村民六.『金色夜叉』の中のお金［J］.思想の科学,1982(12).

［200］安田孝.「金色夜叉」補説［J］.人文学報,1983(3).

［201］朝日新聞.中国で『金色夜叉』をドラマ化［N］.朝日新聞,1985-5-29(3).

［202］朝日新聞.中国・大連は、いま日本ブーム「金色夜叉」もテレビ放映［N］.朝日新聞夕刊,1985-11-2(10).

［203］雄鹿浩司.金色夜叉」における紅葉の人生観［J］.国文学論輯,1987(3).

［204］高田千波.「良妻賢母」への背戻—『金色夜叉』のヒロインを読む—［J］.日本文学,1987(10).

［205］吉田達志.呪縛する時間—『金色夜叉』の世界—［J］.静岡近代文学,1990(8).

［206］西田勝.そして「色」から「恋」へ—『金色夜叉』の描いたもの・宮—［J］.静岡近代文学,1990(8).

［207］菅聡子.『心の闇』試論——彷徨する佐の市［J］.国文,1991(1).

［208］池田一彦.尾崎紅葉「金色夜叉」［J］.解釈と鑑賞,1992(4).

［209］尾形国治.尾崎紅葉『二人比丘尼色懺悔』［J］.解釈と鑑賞,1992(5).

［210］山本登朗.生田川伝説の変貌——大和物語百四十七段の再検討［J］.国語国文,1992(7).

［211］関肇.紅葉語彙抄(一)［J］.文学,1993(10).

［212］真銅正広.尾崎紅葉『金色夜叉』??流行と文学性について［J］.言語文化研究,1994(3).

［213］宗像和重.尾崎紅葉『多情多恨』—肖像画と写真［J］.国文学,1994(6).

［214］岡保生.紅葉と人情本［J］.文学,1994(1).

［215］小笠原幹夫.えがかれた日清戦争——独歩・子規・鏡花の動向を中心に［J］.文芸と批評,1994(10).

［216］岡崎真紀子.平安朝における王昭君説話の展開［J］.成城国文学,1995,11(3).

［217］金子明雄.メディアとしての図像(イメージ)(上)——『金色夜叉』の写真撮影をめぐって［J］.言語,1995(7).

［218］小平麻衣子.尾崎紅葉「不言不語」論——母親・相続・書くこと［J］.日本

近代文学,1996(10).

[219] 和田康一郎.『金色夜叉』三題[J].稿本近代文学,1996(11).

[220] 菅聡子.尾崎紅葉『読者評判記』の周辺[J].淵叢,1997(3).

[221] 宇佐美毅.家族の「規範」『二人比丘尼色懺悔』[J].国文学,1997(10).

[222] 菅聡子.非在なるものへの欲望—紅葉的モダニズムの構図—[J].日本
近代文学.1997(10).

[223] 菅聡子.百合とダイヤモンド—『金色夜叉』の夢—[J].淵叢,1998(3).

[224] 高橋茂美.尾崎紅葉『巴波川』論——青木の〈虚〉と〈実〉[J].清泉女子
大学大学院人文科学研究科論集,1998(4)

[225] 森上智広.紅葉文学・「数」の構造論——『二人比丘尼色懺悔』と『三人
妻』を巡って[J].山口国文,1999(3).

[226] 坂井美紀.明治二十年代末期の紅葉作品——『青葡萄』から『多情多恨』
へ[J].香椎潟,1999(3).

[227] 菅聡子.近代文学成立期の一側面——著作権意識を視座として[J].お
茶の水女子大学人文科学紀要,1999(3).

[228] 菅聡子.紅葉文学における現実(リアル)の変質——もう一つの〈風
俗〉の効用[J].文学,2000(1).

[229] 貞包英之.言語・資本・土地——一九〇〇年前後日本における『金色夜
叉』の受容について[J].比較文学・文化論集,2000(2).

[230] 関肇.紅葉文学の界面——活字的世界における作者と読者[J].国語と
国文学,2000(5).

[231] 堀啓子.「金色夜叉の藍本—— Bertha M.Clayをめぐって[J].文学,2000
(6).

[232] 菅聡子.尾崎紅葉と樋口一葉の文学[D].[博士学位論文].東京:お茶の
水女子大学,2000.

[233] 堀啓子.「金色夜叉」の藍本—— Bertha M.Clayをめぐって[J].文学,
2000(11).

[234] 小林稔和.「金色夜叉」にみる「高利貸」像の転倒[J].国際文化研究紀要,
2001(11).

[235] 坂井美紀.尾崎紅葉『心の闇』についての考察[J].コンパラティオ,2001
(3).

[236] 馬場美佳.〈著者〉のパフォーマンス—尾崎紅葉「伽羅枕」論[J].日本語
と日本文学,2001(8).

［237］石井和夫.〈死を覚悟する女〉はいかに受け継がれたか——『金色夜叉』から『其面影』『それから』へ［J］.文芸と思想,2002(2).

［238］大伴閑人.朝日川柳［N］.朝日新聞朝刊.2002-3-2(14).

［239］馬場美佳.〈涙〉の趣向・脚色の変容——『二人比丘尼色懺悔』論［J］.2002(10).

［240］酒井敏.〈勇士〉の肖像——『日清戦争実記』と読者［J］.日本近代文学,2002(10).

［241］石井和夫.荒尾譲介——尾崎紅葉「金色夜叉」［J］.叙説Ⅱ,2003(5).

［242］馬場美佳.清玄の行方——尾崎紅葉「心の闇」論［J］.稿本近代文学,2003(12).

［243］根岸英之.変容し続ける〈真間の手児奈〉像——『万葉集』から「手児奈フェスティバル」まで［J］.昔話伝説研究,2004(5).

［244］柄谷行人.近代文学の終り［J］.早稲田文学,2004(5).

［245］菅聡子.日清戦争という〈表象〉———一葉・鏡花のまなざしをめぐって［J］.叙説,2004(8).

［246］馬場美佳.〈心理学〉的一代記——「伽羅枕」論［J］.稿本近代文学,2004(12).

［247］秦重雄.明治の文学作品に描かれたハンセン病者［J］.部落問題研究,2005(4).

［248］福井智子.依田学海が見た清国軍人・丁汝昌——日清戦争と明治の知識人［J］.比較文学,2005(3).

［249］鄭美京.『金色夜叉』と『長恨夢』に関する考察［J］.比較社会文化研究,2006(19).

［250］木谷喜美枝.尾崎紅葉『金色夜叉』の〈とき〉［J］.解釈と鑑賞.2008(2).

［251］阮毅.尾崎紅葉『三人妻』と『金瓶梅』［J］.日本語日本文学,2008(3).

［252］吉岡義信.若山牧水に見る読書記録［J］.司書課程年報,2008(2).

［253］マイカルス・アダチ, アイリーン B. 恋愛小説における日本的なロマン：ハッピーエンドとは何か［J］.比較日本学教育研究センター研究年報,2010(3).

［254］馬場美佳.〈調和〉への挑戦——尾崎紅葉の小説文［J］.日本近代文学,2010(5).

［255］木谷喜美枝.尾崎紅葉『金色夜叉』——未完をめぐって［J］.2010(9).

［256］李艶麗.「女中華」の構築［J］.アジア地域文化研究,2011(7).

[257] 木川あづさ.尾崎紅葉の文体意識[J].実践国文学,2011(10).

4. 论文(中文)

[258] 刘振瀛.日本近代文学汇总的自然主义与现实主义[J].北京大学学报,
　　　1981(12).

[259] 陈茂林,李媛媛.在寻求"外显"的途中——《金色夜叉》导演一得[J].上海
　　　戏剧,1985(1).

[260] 李均洋.尾崎红叶论[J].西北大学学报,1985(2).

[261] 张雨恩.被金钱污浊了的社会——《金色夜叉》评析[J].安庆师范学院学
　　　报,1985(3).

[262] 赵平.尾崎红叶和他的金色夜叉[J].世界文化,1989(4).

[263] 藤田贤文.《聊斋志异》的一个侧面——关于它和日本文学的关系[J].聊
　　　斋志异研究,1993(Z1).

[264] 严翅君.八十年代以来我国社会价值体系的转换[J].江西社会科学,1994
　　　(2).

[265] 秦弓.论日本近代文学主潮[J].日本研究,1994(12).

[266] 李维鼎.尾崎红叶——达意的名文家[J].长沙水电师范学院学报,1994
　　　(12).

[267] 王向远.中国的鸳鸯蝴蝶派与日本的砚友社[J].北京师范大学学报,1995
　　　(5).

[268] 王向远.中国早期写实主义文学的起源、演变与近代日本的写实主义[J].
　　　中国文化研究,1995(11).

[269] 张中良.论日本近代文学的人性深层探询[J].日本研究,1996(9).

[270] 彭耀春.三度汇流与激扬——本世纪海峡两岸戏剧交流评述[J].台湾研
　　　究,1997(2).

[271] 武和平.论日本近代文学中的小资产阶级知识分子形象[J].外国文学研
　　　究,1998(2).

[272] 张玮芩.当日语歌化身为闽南语歌——文夏翻唱歌曲词曲配合的探讨
　　　[D].[硕士学位论文].台湾大学音乐学研究所,1999.

[273] 顾也力,郭晓青.日本近代文学的第一块里程碑——简评小说《浮云》中
　　　的人物形象[J].日语学习与研究,1999(3).

[274] 林岚.日本女作家樋口一叶与甲午战争[J].日本研究,1999(12).

[275] 李卓.近代日本女性观[J].日本学刊,2000(2).

[276] 王向远.五四前后中国的日本文学翻译的现代转型[J].四川外语学院学

报,2001(1).

[277] 林岚.日本古代爱情文学的美意识[J].日本学论坛，2001(6).

[278] 黄爱华.春柳社演出日本新派剧剧目考论[J].浙江艺术职业学院报，2003(2).

[279] 魏育邻.言文一致：日本近代文学的形式起源——从历史主义到"质化"[J].解放军外国语学院学报，2003(3).

[280] 中西进.多元文化与日本文学[J].东北亚论坛，2003(3).

[281] 臧运发.日本文学研究的文化视野[J].解放军外国语学院学报，2004(11).

[282] 尤忠民.日本文学中的传统美学理念——物哀[J].天津外国语学院学报，2004(11).

[283] 李雁南.在文本与现实之间——浅析日本近代文学中的中国形象[J].天津外国语学院学报,2005(1).

[284] 孟庆枢.对日本20世纪80年代以来文学批评的几点思考[J].外国文学评论,2005(2).

[285] 陈平原,查建英.陈平原访谈:关于八十年代[J].社会科学论坛,2005(6).

[286] 林岚.《平家物语》的唯美情趣[J].日本研究，2005(6).

[287] 魏育邻."告白"作为一种话语制度——日本近代文学中的一种"权力"[J].外语研究,2005(10).

[288] 全贤淑.凝重的悔恨与悲哀情结——论《金色夜叉》的诚信观念与复仇主题[J].名作欣赏,2005(12).

[289] 全贤淑.《金色夜叉》中复仇主题的审美内涵[J].大连海事大学学报,2007(3).

[290] 林岚.物语的叙述与文化记忆——关于日本古典文学中琵琶"玄上"的故事[J].日本学论坛，2007(10).

[291] 李然.从《金色夜叉》看日本时代变迁中的精神冲突[J].美与时代,2008(1).

[292] 刘立善.日本近代文坛首个文学社团——砚友社[J].日本研究,2008(2).

[293] 王立.明清小说蛇毒无意中疗病母题与佛教故事[J].上海大学学报,2008(4).

[294] 孟庆枢.当代日本后殖民主义批评管窥[J].外国文学评论，2008(5).

[295] 金莲姬.《金色夜叉》和《长岛春梦》的比较研究[J].陕西教育,2008(9).

[296] 李政亮.《金色夜叉》的台湾之旅[Z].电影欣赏,2008(12).

[297] 陈秦记.中日王昭君故事中的通俗文艺思想[J].三峡论坛,2010(7).

[298] 郭丽娟.写实主义理论在日本近代的发展与变异 [J].齐鲁学刊,2010().

[299] 谢志宇.论近、现代日本文学中的"家庭"[D].杭州:浙江大学,2010(9).

[300] 王向远.日本近代文论的系谱、构造与特色[J].山东社会科学,2012(6).

[301] 宿久高.日本生态文学研究述略[J].外语研究.2012(8).

[302] 赵海涛.尾崎红叶文学在中国的译介与研究[J].燕山大学学报.2014(1).

　　十四年前我做了一个艰难的决定——读博。说起来读书不是我讨厌的事情，但那时家境让我决心下得还是有些瞻前顾后。孩子才两岁，年轻的妻子被确诊为难症也不过一年多，病情进展如何尚不明了。万一考上，需要去外地一年。这一年期间，单位基本停发我的工资。妻子支持了我，我得以告别母校五年之后重新踏进母校之门，求教于领我日语入门并引导我进入学问领域的先生们。

　　正式开始考虑研究课题的时候，我再一次面临选择：是在硕士论文的基础之上做，还是另选课题。先生那边自然是支持前者，我却有些想逃避我写过的那个作家。本来本科时候写他的毕业论文，就是缘于先生的一个推荐，说你看看他的某个长篇也不错，于是就在假期之间借来读了。大部头的小说好不容易读完再不写有些可惜，就懵懵懂懂地写了个东西交了上去，就是我的毕业论文了。研究生阶段，继续写这个人的东西。留学的时候还省吃俭用地费了很多银子，把他的全集买了下来，也没有特别的喜欢或者不喜欢，硕士论文也是稀里糊涂地交了个东西。在这期间倒是接触了不少其他作家的作品，也有的比较喜欢，但也没有研究下去的冲动。所以到了博论选题的时候，我尽管有想开辟新课题的想法，但也一时没有明确的目标。直到有一天整理书柜，我发现关于我曾经研究的那个作家的论文以及书籍几乎塞满了整个柜子。我想着这些千辛万苦掌握到的资料我不去发挥利用，还要去重新开辟一个新课题，岂不是自讨苦吃？最终我是出于经济的想法，开始通读大多数时间睡在我书架上的全集。

　　读博期间，我同时也要教课，甚至在后期还不自量力地承担了一些事情。一面写文章一面上课的生涯很充实也很刺激。因为上课与写文章是两个完全不同的模式，上课是输出、是引导、是丰富其他人的过程，而写文章则是每天都要跟新知识缠斗，尽最大可能地吸收消化，由此而不断丰富自己、厚积薄发的过程，同时也还是费脑力、体力、金钱的过程。费脑力、体力这一点就不说了，费钱这一点还是很让我吃惊。在一定意义上，学问是拿钱堆出来的这话没错。买书要钱，复印资料要钱，到外地访学要钱。但好歹经过这么多年的折腾，我把文章

折腾了　　记得某年 6 月的一天,三个我教过的女生在毕业前邀我一起吃饭,我　　们说,看你们毕业,我很高兴也很羡慕,因为我还不知道我的博士熬到哪　　能熬完。说完这话之后一年,我竟也曲曲折折地完成了我的论文初稿。　　后再过若干年,我又将研究的文字整理汇总,形成了这本小书。少年易老　　成,回首当初立论时的勃勃雄心,看看自己当今笔下的寒酸文字,回头看　　自己选择的文学之路,有怨也有悔,有笑也有泪,有苦也有痛,但感动仍然在,　　以今后也会继续研究下去吧。

感谢求学时代一直给予我论文指导的恩师林岚教授以及研究生时期的授业恩师徐冰教授、桂玉植教授、林忠鹏教授、高富教授。特别鸣谢天津外国语大学修刚教授,吉林大学宿久高教授、于长敏教授,北京外国语大学周异夫教授以及复旦大学王升远教授。感谢在项目进行中给予多方指导帮助的顾也力教授、佟君效授、王琢教授,衷心感谢我的同事陈多友教授、丁国旗教授一直以来的帮助。

最后,感谢我的家人的全力支持。

2021 年 9 月于广州